私は人魚

出塩　康代著

はじめに

　昨年、大切な母が他界しました。彼女はアヴェ・マリアのような優しく強い人で、７２歳という若さで亡くなりました。苦労を重ね、私を貧しい中、スパルタで育てて、常に私を皆にいじめられながらも首席に導いた彼女の人生を記すことによって、彼女の存在意義を世に問いたい。

　また、私はロサンゼルスオリンピックのバタフライで銀メダルをとった水泳の先生と輪廻転生（りんねてんせい）により、２０歳のころ、恋に落ちて、大恋愛で彼との愛を育んだが、彼は浜田省吾の「J.BOY」そのもので、高橋洋子の「残酷な天使のテーゼ」の「残酷な天使のように　少年よ　神話になれ」のように自殺して伝説になってしまったので、彼が私に残してくれたこの愛を記して、彼の存在意義を世に問いたい。彼は一途だった。

　また、残された者として、不思議な霊体験と共に、壮大なラブストーリーとシンデレラストーリーを織り交ぜながら、この二人の功績をここに記したい。

　また、SOLIDEMO（ソルディーモ）の「生と死」という歌の歌詞のの答えがここにある。２千年前にいかにして、私が悔いなく旅立っていったかが分かる。

　私と先生の愛は RADWIMPS の「前前前世」そのもので、尾崎豊の「I　LOVE　YOU」とは私達二人のことで、「シェリー」の歌詞に出て来る人は、まさに私のことで、どんなに苦しくても彼を支え続けた。しかし彼は生きた心地のないまま死を選んでしまった。

　また、THE BEAT GARDEN（ビートガデン）の「Snow White Girl」の「黒雪姫みたいな小悪魔でも　眠りから覚めたとき　その瞳に映るのは　抱きしめるのは　僕がいいんだ」の歌詞の通り、彼が抱きしめてくれた。

　また、SEKAI NO OWARI の「銀河街の悪夢」の歌詞のように、一見すると平和な世界を私自身が弥生人という妖怪の鬼との闘いによって勝ち、与え続けたが、実は、それはとても苦しいもので、絶望と隣り合わせで、苦しい世界だった。しかし私はこの本を記すことによってこの現象は無くし、病んでいる日本を治したい。

　「私は人魚」という題は私が日本における先住民に当たるからで実際に魚と人間の半分ずつの縄文人であるからで、それは SEKAI NO OWARI の「マーメイドラプソディー」という曲を聴いたら分かりるし、私はその歌詞通りの生活をここまで送っています。

　私はアマビエ妖怪本人で、縄文人は日本列島が出来る前から生息して特別な存在で弥生人と２千選前に闘った人で、輪廻転生と言う現象が実際に漫画だけでなく、この世に起こった現象であることを、この本で皆さんの記憶にとどめることが出来たらと思う。

出塩康代（でしおやすよ）

目次

第1章　トリッキー（奇抜）な幼少時代

1　父と母の生い立ちと出会い

　私は鹿児島県の出水郡の村で生まれた父と、岐阜県の不破郡の垂井で生まれた母の間に生まれた長女で、薩摩おごじょだ。谷村新司の「サライ」の歌詞のように父と母の愛情に育まれてきたことを、今、振り返り幸せだったと思うし、鹿児島の出水に対しては、このような気持ちでいます。

　出水には薩摩藩の菩提寺の感応禅寺があり、日本最古の禅寺がある。また、出水は鶴がたくさん越冬で飛来することで有名で、約1万羽の鶴が出水市内の245.3haが「鹿児島のツルおよびその飛来地」として国の特別天然記念物に指定されている。また、火山灰の土で食物はあまり出来ない苦労する所だが今は豊かな農業漁業立国として有名な土地だ。そして、薩摩藩の日本有数の武家屋敷が今も整然と並び建っている。

　でも、今は今年の7月4日から続く洪水で、シラス台地のこの土地は、火山灰の撤去に時間との勝負で追われ、孤立して様変わりした。沈痛な気持ちだ。

　父は、すごく田舎の村だったが、祖父のが、村で唯一、文字を読める人だったので、上の兄と進学校の出水高校に受かった。広島カープの外木場義郎選手が出た高校です。祖母は村一番の美人で、お嫁に来た時には、祖父がとても喜んだのだそうだ。

　父は貧しかったから、よくお弁当を持っていかないで、高校時代にバスケットコートで一人シュートの練習をして、空腹を紛らわしていたそうだ。また、お米が採れず薩摩芋だけで空腹を満たしていたそうだ。薩摩芋ばかりで、育ったから全くうけつけなかったが、最近は「品種改良されて美味しいね」と言って食べるようになった。

　小学生の時に扁桃腺（へんとうせん）を患って、左の太ももの筋肉が剥がれ落ちて、何の病気かわからなかったから、近くに病院がなく、交通費も出せないから、お母さんと、一番上の姉と一緒に、父は歩けないけどもう背が大きく重かったけど、遠い、あれは何キロだろうか？とにかく二時間かけて、父を祖母と姉でかわるがわるおぶって、やっと病院にたどり着いて、扁桃腺ですねと、医者が喉に塗った塗り薬ですぐに治った。恐らくその後もおぶって帰っただろう。

　祖母が作っていた、薩摩揚げは山芋から練って、それは、それは美味しかったから、父は市販の薩摩揚げは受け付けない。また、大晦日はいつも混ぜご飯だったから、母は

ガンになる年の大晦日まで、ずっと大晦日には混ぜご飯を作ってくれた。

　また、出水ではたくさんの魚が獲れ、鰯は捨てるほどで、よく父は祖父の漁船に乗って、釣りに連れていってもらって、太刀魚を獲って、船の上で刺身を食べてそれが、とても美味しかったので、父は市販の刺身は受け付けない。今は、政府が海岸と川岸を埋めてしまったから、魚は全く獲れない。

父は薩摩芋しかなかったから、貧しかったというが、昭和初期の人なのに、１７７㎝も背がある。また父の兄弟は皆、１７０㎝以上ある。本当は恵まれて、豊かだったのではないか？よく皆に貧しかったと言っては、「本当に貧しければそんなに背は伸びない」と言われていた。

　そんな父は出水高校を卒業してから、すぐ上の兄の家族全員で支援して早稲田大学に行った、兄を頼って上京し、東京のとにかく難関な大学を受けようとしたが、そのころには実家にお金がなく、父は条件がずっと合わず落ちて、その後、ずっと落ちて７浪をして、受からないから、Ｂ日程でその中の最高レベルの名古屋工業大学に入学した。

　そして、７浪をどうやってやり繰りしたかは、もう謎になってしまったが、みんなに「あいつはバカではないか」と大学生時代よく言われたらしい。

　名古屋工業大学では、とてもいい友人が出来て、父も家庭教師のバイトをしたり、その友達によく教えていただいて、ちょっと単位が足りなかったりしたが、無事４年で卒業して機械関係の工場に就職した。同時に教員免許も取っていた。去年までずっと年賀状か来ていて、福岡では弟と一緒に会食した。

　一方、母は垂井町の町長を長年務めた父の三女として生まれ、食べるものは貧しかったかもしれないが、大きな家と豊かな財源でリッチに暮らしていた。

　祖父が祖母に一目惚れして、何回もアタックして結婚が成立したそうだ。祖母は村一番の美女だったから、祖父はたいへん喜んだそうだ。祖母は選挙の度にうぐいす嬢となって、選挙を全力で応援し、傍らで、農業や家のこともしていたので、早くから肝臓がんを患うことになった。

　また、垂井は伊吹山（いぶきやま）の麓（ふもと）にあり、そこは古代から薬草が採れて、ずっと皆、薬がいらない地域で、今も薬草で病気を治している。母はよく伊吹おろしがすごかったところだと言っていた。

　母は幼い時から成績は良く、小学校の時に福岡の「黒田節（くろだぶし）」の舞を一人で踊った。それは「〽酒は呑め呑め　呑むならば　日本一（ひもといち）のこの槍（や

り）を　呑み取るほどに呑むならば　これぞ真の黒田武士」の歌詞で有名で、袴姿に大盃に並槍を持って舞うものだが、福岡から遠く離れた、岐阜の母がこれを担当したということは、今思うと、前世から九州と縁があり、鹿児島出身の父と結婚して、私を産み、福岡に住むことは決まっていたかのようだ。

そして、特に不破高校ではトップだった。よく一人で炭火にあたり、一晩中暖をとりながら、勉強していたそうだ。そして、姉妹でただ一人、公立大学を受けることになって、受験の前の日に、ぎりぎりまで学習していた「源氏物語」の読んだ部分が、そっくりそのまま出て、見事、名古屋市立女子短期大学（現名古屋市立大学）に入学した。

そして、名古屋工業大学の父と名古屋市立女子短期大学の母は、年の差はあったものの、合コンなどで知り合い、大恋愛の末、私を身ごもったので、貧しい父とは苦労するという、実家の反対も押し切り、結婚した。

　結婚式はゴールデンウィークで、反対されたにもかかわらず、盛大に行われ、母は祖父と祖母から金と真珠の結婚指輪を贈られた。

　二人の門出は一見安泰にみえた。二人で新居の広島に向かう車内の仲睦まじい写真が残っている。また式で、母が父に嬉しそうに、おかずを父の口に運ぶ写真も残っている。

　みんな結婚式に出席した人の寄せ書きに、「なんてきれいな人を父がもらうことが出来たか不思議だ」などど、やや冷やかしながら、父は真珠のような母と目出度くゴールインした。

Ⅱ　私が生まれてから小児結核になるまで

　二人は父が工業大学だったので、車関係の広島の社宅の団地に住むことにした。最初は５階に住んでいたが、私が生まれるから２階に移った。当時からスポーツが好きな父は母を広島市民球場へ誘った。母はファールボールが飛んできて、お腹に当たって、私がダメにならないか気にしていたそうだ。

　母は貧しいながら、父の奨学金を返せなかったお金を、家計を細かくやり繰りして返していた。

　私を妊娠５か月の時に結婚式を挙げたから、新居に移って、私は早く産まれたいと思っていたかの如く、破水してスルッスルッと産まれてきたらしい。父と母はなんて玉のようなかわいい子が産まれたのかと、感動して、もう苦しい生活を送っていたが、その苦しさも一気に吹き飛んだという。

お母さんは私を産んでから、すぐに妹を身ごもって次の年の、二か月後には妹が産れた。妹は難産で、首にへその緒がぐるぐると何回も巻き付いていて、妹も母も何とか奇跡的に助かって無事産れた。ほっぺたを何回も叩いてやっと「オギャ」と泣いたのだ。この間は垂井の祖母が面倒をみてあげるといって、何か月も預かっていただいた。これがその時の写真です。

私たちはとても貧しく、お風呂も２,３日に１回で、お肉も一周簡に２.３回しか出でかなかった。

そんなある日、私は３歳で小児結核になってしまった。この時、両親はすごく落ち込んで、すぐに子供病院に入ったが、あまりにも落ち込みすぎている父と母を見かねて、垂井の祖父が、あれはいくらしたのだろうか？とても立派なレコードプレーヤーを

垂井に帰省した１歳の私

買ってくれて、退院したらこれを聞かせて、励ましたらどうかと提案したらしい。母は反対された割にはすごく垂井の祖父と祖母にお世話になっている。

私はまだ入った時の記憶がないが、そこのベッドはちょっと高く、檻がついていた。

ある日、私は美空ひばりの歌の「あの丘越えて」のように、みんなに呼び声をかけるように、籠の中で記憶が始まった。子供病院のみんなで撮影した写真も残っている、みんな仲良く、ベッドを寝ながらコロコロがついていたので、なんか棒か何かで、つきながら移動させて、仲のいい友達と話したりしていた。

あれは何か月だったのだろうか？かなり仲良くなっていたので、退院するときは、みんなに惜しまれながら、帰りの車に乗って、後部座席から、いつまでも手を振ってくれる仲間たちに、何回も振り返って、手を振りながら帰った。

帰って立派なレコードプレーヤーが、あった時は驚いたが、あれは誰が買ってくれたのだろうか？絵本とレコードつきの童謡特集があって、何回も聞いて楽しんだ。

Ⅲ 幼稚園に通いだしてから引っ越すまで

母はとても家庭的な人で、私達の服は常に生地から縫って作ってくれた。

そして、私と妹に必ず寝る前に童話を読んでくれた。それは、とても楽しかった。今日は何を読んでくれるのだろうか、わくわくしていた。本を買うお金はそこまで、なかったはずだが、母は惜しみなく本にお金を使った。

読んでくれた童謡や本の中で印象に残っているのは、「泣いた赤鬼」だった。読み終わった時は、一緒に私も泣いてしまった。他に「太陽と北風」や「ハンメルンの笛吹き」や「シンデレラ姫」や「地球誕生の歴史」「モチモチの木」など、数多く買ってくれた。

また、3時には必ずおやつを作ってくれて、パンの耳を揚げて砂糖をまぶして食べていたり、とにかく貧しいながらいろいろなおやつが出た。

家では、セキセイインコの夫婦と十姉妹（じゅうしまつ）も飼っていて、ある日、セキセイインコを部屋で放して、十姉妹も手にのってくるから遊んでいたら、窓をちょっと開けた時、セキセイインコの雄の方が、飛び出して近くの山へ帰ってしまった。山まで探しに行ったけど、見つからなかった。丁寧に飼い死なせることはなかったが、後に引っ越す時に、全部、放してしまった。

また、いつも耳かきの時間を作り、妹と二人、両親から耳垢を取ってもらっていた。また、散髪に行くお金がなかったから、いつもベランダで母からボブにカットしてもらっていた。

やがて幼稚園に通う年齢になり、広島の田舎だったので、ちょっと幼稚園バスで通う所だった。

私は小児結核になってから、母が弱いからと、必ず素足ではなくタイツをはかされた。運動会の時も皆、靴下だけなのにタイツをはかされた。

また、おたふく風邪にもなって、いろいろな病気を経験した。

運動会はいつも成績が良く、かけっこもいつも一番で到着した。特に最初のダッシュが早かったので、そこで差をつけていた。

いつも給食が多いので、私は居残りで、みんなとお昼遊ばないで、もくもくと食べていた。父が背が高いからだろうか？背が高かったので、整列するときは後ろの方だった。妹と弟がいるがどちらとも背が高い。

ある日、母の日だから、お母さんの似顔絵を描きましょう。ということになって、私は絵を描いたが、お母さんの顔に鬼の角を描いてしまった。

みんなもお母さんもびっくりしていたが、母のスパルタは幼稚園から始まっていたので、私は母が鬼のように感じていたのだろうか？

　そして、幼稚園に入ると同時に、ピアノ教室に通わせてくれた。もうそんなお金はなかったはずだが、彼女の方針は教育には惜しみなく使うということだろう。家ではエレクトーンで練習して、ちょっと離れていたので、バスに乗って通った。私は楽譜が読めるようになっていたし、和音や「エリーゼのために」などを弾けるようになった。ただ、和音のテストではピアノを見ないで、当てることはできたが、発声で音程がずれていると、何回もやり直しさせられ、苦い思い出と楽しい記憶です。

　ある日、私は、幼稚園のバスが迎えに来ているのに、下水管で靴下をどうしたら科学的に汚れが落ちるかを研究しながら、洗い続けていたら、バスのことも忘れて延々と洗い続け、それが面白かったので、みんな私がどこにいるのか分からず、やっと開いた下水管にいると分かって、バスに乗った時は、母からも幼稚園からもすごく怒られた。

　ある日、父の日だからと、授業参観で父が来て、お手製の輪っかの首飾りをかけたら、照れながら喜んだ。

　そして、囲碁を教えてくれて、まだ幼いが、父の説明に沿い、碁を打っていた。父は当時、囲碁が大好きだったので、私を強い囲碁の女流棋士に「康代」という人がいたため、祖母の助言を押し切って、私を「康代」とつけた。

　また、父が休みの日曜日は妹と父の布団に潜り込み、父の創造話を楽しく聞いていたが、いつも「三十六間の屁をふりました」で終わり、そこで、妹と大爆笑していた。

　母は幼稚園からスパルタで、ちょうちょ結びのテストがあり、二人で受けて正しく結べない場合は何回も結ばされた。お箸の持ち方も特訓されて、4歳には完全に持てるようになった。そして、お金がなかっただろうに、英語のレコードつきの本を買ってくれて幼稚園の登校前に繰り返し聞くのが習慣だった。

　そして、学芸会の日が来た。私は数人しか選ばれない、着物をきて舞傘を回すという、とても練習が必要な役を任された。着付けは母がしてくれて、傘があれは嫌がらせだろうか？私だけぼろかった。母が交換を要求したが、出演まで時間がなかったので、そのまま踊って傘を回してたり、いろいろな踊りを傘と共に踊った。そしてもう一つは「白鳥の湖」の劇があり私は白鳥役で出た。

　また、演奏会とコーラスがあって、私はハーモニカの重要な部分を任されていた。しかし、当日に部屋いっぱいに押し寄せる幼稚園児たちに圧倒されて、なんか気持ち悪く

なったので、出演まですぐだったが、その部屋を抜け出してしまった。

　そして、私は外で息を吸い直してたり、休憩して、始まってしまった演奏会を、よそ目に、観客席の母のところへ行った。そして、母と会ったら、私が出てないのは分かっていたから、「なんで出ないのか？」と怒られてしまった。

　それでハッと気持ちが戻って、慌てて後から演奏会の前列に入れてもらい、ハーモニカの重要な部分は弾けた。

　でも、翌日、父と母に呼び出されて、「なんであんな迷惑をかけたか？」とかなり叱責されたから、私は自分の部屋に戻ってかなり大泣きしてしまった。
私なりに弁解をしたとは思うが、やはりスタートから出演しなかったのは汚点らしい。
人生最初の大泣きだった。

　また、母はお金がなかっただろうに、大量のブロックを買ってくれて、私たちはそれを、組んだり壊したりして遊んだ。

　ある日、母は特別なブロックを買ってくれて、二人で車を作った。お昼寝は必ずとっていたから、お昼寝の時間になり、私はその車に初めて出来たブロックが大切で、なんと枕の下にひいてしまったのだ。それはいけないことで、見事、圧力で車が半分に折れてしまった。私は起きて母に報告したら「当たり前でしょ」とちょっとばかり叱責されてしまった。妹は枕元に置いたので無事何回も遊べた。そして、かわいそうと思ったのか、母は新しいブロックを買い足してくれた。それは、嬉しかった。また、組み立てたり壊したりして遊んだ。

　母はママチャリで前に妹で、後ろに私で、お金がなかったからだろうか？牛乳の配達のバイトを始めた。ちょっと彼女にとっては大変だったと思うが、彼女は粘り強く広島にいる頃はずっと続けた。また、父の奨学金の返済を家計が苦しかっただろうに、続けていた。

　団地には、さつま芋や豆腐やポップコーンやあられ（忘れたがはじくもの）を売りに来る人たちがいて、あられがポーンをはじけるまで、皆でカウントダウンして遊んだ。

　私は、とにかくやんちゃで、トランポリンで幼稚園の頃、何回も遊んで、ある日激しくジャンプしすぎて、外に飛び外れて、頭と体を強く打ってしまった。30分くらい動けず、頭が割れるようにジンとしたが、幸い頭は割れなかった。

　また皆で、畑つくりの見学の日に、一人だけ畑に首を突っ込んでいて、先生が斧を振った時、頭をかすめて、目に触れそうだった。幸い目には異常はなかった。

ある日、仮面ライダーの自転車を買ってもらい、補助車輪を外す練習をした。団地の入り口は、急な坂になっていたので、怖かったが、上から、勢いをつけて、自然に坂を下っていく方法で練習した。その練習の仕方は当たっていて、あれは20回くらいだろうか？無事、補助輪なしで、坂を下ることが出来、それから私は、普通に自転車をこげるようになった。

　また、ある日、私たちは東広島市の八本松だったので、広島市まで、あれはなんのためだっただろうか？幼稚園を早退して、妹と3人で行くことになった。幼稚園を望む岡から、いつまでも手を振ってくれる、友達に答えながら向かった。私は母があれは学習だっただろうか？とにかくそれを受けている間、子供室で遊ぶことになった。わたしはかけっこが好きだったので、その部屋を飛び跳ねながら何回も妹と走り回った。そしたら板に釘が出ていて、それを踏んでしまった。すぐに、大量の血が出て、足を貫通してしまったことに気づいた。母が慌てて戻って、医者に行き応急処置をしてもらい、かなり痛かったが、すごい回復力で回復して跡は残ってない。母の広島行きを邪魔したかなと反省したが、なぜ危なく釘が上向きにあったのだろうか？

　私たちは2，3日に一回しかお風呂に入らないから、よく垢が浴槽に浮いていた。そして、盆踊り大会の時、久しぶりのお風呂に入って、母が私達二人と、自分の浴衣を作って、着付けてもらって参加した。すごく楽しかった。母の作った浴衣は私のお気に入りだった。何回も踊って金魚すくいもして、金魚も持って帰った。これがその時の写真です。母の作る子供着はとてもしゃれていたので、妹とほぼお揃いでいっぱい作ってもらった。その時の金魚は家で飼っていたが、ある日、何を勘違いしたのか、バケツから大きくジャンプしてそとの浴槽の淵に飛んでそれに気づいたのがかなり後だったので、息を引き取ってたから家族で悲

母が作った浴衣を着た母と私

しんだ。

　ある日、家族全員で出雲大社に行くことになった。新しい子供服を作ってくれて、それは茶色のサロペットだったが、記念写真撮って、父の車で、東広島市から、山を登って下ってたどり着いた。途中、タイヤが側溝にはまりアクシデントがあり、プチ夫婦喧嘩があったが楽しい思い出だ。父と母は貧しかったがいろいろなところに連れて行ってくれた。

　また、母は常に子供服を私達姉妹に、大量に作ってくれて、赤のフリルのワンピースや、小学校の頃は、お揃いのポンチョなど様々であった。しかし、後に、私を病気にしたことにショックを受け、父の妹に全て譲ってしまった。後に、母の批判をする人が喜ぶはずが無いのだが、私はこれらを私が成人するまで大切にとっておいてくれたなら、私が自ら子供を産み着せたかった。私だったら、喜んで着せた。それが出来なかったことは、痛恨の極みだ。

　そして、厳島神社に行くことになって、参拝して帰った時、もう遅かったが、広島市の遊園地の観覧車に乗ろうということになった。もう遅かったので、最終組で暮れていく広島市を見ながら、少々高くなったら怖かったが、なんとか乗れた。その日は私か妹の誕生日だったのだろうか？本を1冊プレゼントしてくれるということだったので、二人でゆっくりと遅くまでいろいろ読みながらこの一冊と決めて買ってもらった。帰ったらすぐに読んだ。私はおそらく伝記を買ったと思う。

　団地は子供も多く、私はアタックNO.1が始まると、私の家にはテレビがなかったから、友達の部屋に行って、妹とずっと見ていた。おやつの時間になって母が呼んでも、聞かないで夢中になってみていた。その頃から、バレーボールの選手になると妹と二人でいっていた。

　ある日、七五三の日になって、私は水色で、妹はピンク色の着物を買ってもらって、参拝した、記念撮影したから、その時の写真も残っている。私は父で妹は母で、それぞれ抱きかかえながら、撮影した。

　あるお正月、横浜の父の兄のところに行こうということになって、初めて新幹線に乗った。横浜に着くまでに観た、綺麗な雪景色の富士山は今でも鮮明に記憶に残っている。横浜に着いて、お正月だから凧揚げをしようということになった。みんなで凧揚げしている中、私はもっとどんどん高くなれと思い、だんだんと、後ろも見ないで下がっていった。その時、もう使われていない下水管があり、マンホールに体全体はまって、沈んでいっ

た。私は窮屈な管の中、沈んでいく自分に私はここまでの命だったのかな？とよぎった。その瞬間だった。母は私がいないことに気づいてマンホールから体ごと救い上げてくれた。助かった。怖かった。急いで全部脱いで、ストーブに当たり、「怖かったね」と母や皆と話した。横浜に行ったのはこれが最後になるとは思わなかった。従妹のお姉さんたちに可愛がられて、とても楽しい思い出だった。

　また、母の垂井に帰省することもあった。そこでは、竃「かまど」（自ら薪をくべてご飯を炊く道具）があり、納屋には、米の脱穀機（だっこくき）や米にまつわる、いろいろな昔ながらの道具が全て木製でたくさんあった。よく曽祖母がカゴの車を押しながら、草取りやいろいろなことをしてくれた。その竃は母の長女がオール電化にしたために無いです。そして、田植えがある日は、親戚中が集まって、田植えの手伝いをした。私も子供ながら方法を教えて頂き出来ました。恐らくその方法は覚えているから今も出来ると思います。そして、田んぼの側のヨモギを採って、ヨモギ餅を全員で作って、皆でお祝いをした。梅も採れたため、梅雨になると梅酒をつけて、お酒が好きな長女の旦那がよく飲んでいた。またこの二人は垂井の全国から集まる有名な「南宮大社（なんぐうたいしゃ）」で盛大に結婚式を挙げており、そこは、金山彦命を主祭神に、旧国弊大社で美濃国一の宮として、また全国の鉱山、金属業の総本山として、今も深い崇敬を集める・

　そんなある日、祖母と五目並べをして、たったの５分で勝った時には、祖母がびっくりして、それから内孫とばかり会議をするようになって、なにをそんなに話しているのかな？と子供心に思った。

　やがて、５歳になる時に、オイルショックが始まった。日本国全体に衝撃が走った瞬間で、トイレットペーパーの買い占めや、ティシュペーパーの買い占めなど、様々な今のようなパニック現象が起きたが、今はそれ以上だが。そして、父が務めている工場もかなり傾きかけた。母は収入が減っていく中、なんとかしないといけないと思ったのだろうか？母の祖父が九州で支店を持つ話が出て、当時、九州といえば片田舎で誰も行きたがらなかったから、父は九州出身ということもあり、どうかと打診があった。母はいい転機と思ったのだろう。早速、父に福岡に引っ越して、ここにいても収入が下がるだけだから、新しい仕事を始めようと父に持ちかけた。しかし、父は理系で営業は無理と思ったのか、すごく反対した。それから未曾有の夫婦喧嘩が始まり、父は私、母は妹と別れて、１週間以上喧嘩した。最後に父がお皿を母の顔めがけて投げた。しかし、幸い

にも当たらないで炊事場で落ちて割れた。それを父が片付けたのだが、片付けながら考え直したのだろうか？もう夫婦喧嘩をやめて、福岡へ全員で行くことを父が決意して母も喜んで納得した。私はその夫婦喧嘩を見ながら、ここからの道は簡単ではないかな？と子供心に悟った。

　そして、団地や幼稚園に福岡に引っ越すと告げた。幼稚園の帰りは、徒歩で田舎の道を、木苺をとって帰ったりしていたので、引っ越す前の日に、ある男の子に、「明日引っ越すっちゃろ。バイバイ」と言われたので、「うん、バイバイ」と振り返って答えた。そしたら、別れが惜しかったのか、私が気に入ったのか、何回も、あれは20回くらいだっただろうか？帰り着くまで、延々と、この会話を振り返って続けた。

　そして、母の父が来て、レコードプレーヤーやいろいろなものの荷造りが終わり、いよいよ団地から離れて、福岡に向かう朝が来た。

　私たちは父の車に乗り込み、かなり団地のみんなとは仲良くなっていたので、ずっと車が見えなくなるまで、手を振ってくれる、団地の人たちに、後部座席から、ずっと手を振って答えた。ちょっぴり悲しかった。

Ⅳ　花園保育園での私

　福岡に来て、まだ私たちの入る家は社宅で改造中で、終り頃だった。下は広い車庫で、二階にたくさん部屋があった。ちょっとボロいかなという、建て方であった。いざ、入る日にはもう整っていて、家具を置いたり、布団を敷いたりした。お気に入りのレコードプレーヤーはちゃんと置くところを用意されていて、その上に黒電話を置いた。

　そして、父は母の祖父、私からは曽祖父の会長に九州宝商事の社長という、全体の子会社の中の社長という立場で、新しく出来た会社に就任した。父は母が会長の孫ということで、すごくかわいがられて、会長が九州に来るたびに、いろいろなところへ連れていくようになる。曽祖父はもうかなり年だったが、全国で九州を合わせて１０店舗も持つ、すごくやり手の営業者で、会社を大発展へと導いた。この縁が無ければ、きっと私達は九州に来ることもなかったし、路頭に迷っていたであろう。Ｔ家のご縁に感謝する。だが、父一人では新しい土地での販路の拡大は難しかった。

　私たちは、福岡に来た記念として、博多駅の筑紫口の床が丸く回るスカイラウンジで会食をした。フランスパンがおかわり自由だったので、誰がそんなにおかわりするのか？というくらいおかわりして、楽しい会食だった。

そして、私たちは櫛田神社の博多祇園山笠のスタート地点の前に引っ越したので、皆でみた、最初の7月15日の明け方の追い山のド迫力は今も鮮明に記憶に残っている。

　そして、花園保育園に入る日が来た。妹と私は背も同じくらいで、顔も似ていたため、美人双子姉妹が来たと園中評判になった。そして、いざクラスに入る時に別々のクラスに入ったので、少々皆はがっかりした。

　もう、年長組みになっていた私は、自己紹介を簡単にした。そしたら、興味があったのか？園中で一番モテていたN君に長く質問された。

　お母さんがまだ働いてなくて、朝きちんと身だしなみを整えてくれていたので、私は自分で言うのもなんだが、かなりモテた。よく男の子に捕まって、帰りにデートごっこなどをしながら帰った。

　そして、学芸会の日が来た。私は劇の最後のナレーションを担当することになっていた。それは5人くらいでリレーするものだった。劇の練習中に、私は、皆が忘れたりつまずいたりしたところを、後ろからずっと教えていた。そしたら、とうとう本番の時には全部のナレーションを任されることになった。これは、母がよく本を読んでくれていたので、文を記憶する能力が発達したのではないかと思う。

　また、音楽ではハーモニカを弾くことになった。難しい部分を任されていたので、舞台の中央で弾いた。

　滑り台や砂場があったのでいろいろな遊びをした。

　ある日、母がバイトか何かの用事があったのだろうか？迎えに来るのが遅くなって、定時になっても来ないで、その場合は、自分のクラスではなく、どんどん下級のクラスになることになっていた。私は一つ下のクラスのなり、また一つ下のクラスになり、としてとうとう最後の乳児クラスになった。どんどん不安になって、母がとうとう暮れ行く福岡市の中、迎えに来た時には泣いてしまった。

　また、私たちは毎年、海水浴に行くことを決めていたので、父の車で糸島の芥屋海水浴場に行った。私はとても海が好きで、また泳ぎも好きだった。それは今も変わってない。暮れ行く芥屋海岸の中、私は浮き輪で波に乗りながら何回も泳いだ。そして、とうとう日が暮れて、真っ暗になる直前だった。楽しく遊んでる私を、父と母は許してくれたが、帰ることにした。その時はショックで「なんでもっと泳がせてくれないのか？」とダダをこねて泣きながら泳ぐのをやめた。帰りに食べた、福岡でも初めてのうどんは美味しかった。

帰って、皆、日焼けしたことに気づいて、赤く水膨れになった肌をムトウハップの液を入れて、皆でヒリヒリしながら入った。楽しい思い出です。

　また、博多おくんちに家族と毎年行って、これは、福岡市の櫛田神社の秋の例大祭で、秋の豊穣に感謝する祭りで、長崎くんちや唐津くんちと並ぶ日本三大くんちです。皆で神輿を担いだりして、楽しい思い出だ。それは櫛田神社の境内で、龍の大きな形の作り物を棒で担いで、玉に向かって、何度も龍をくねらせ演技を披露するものだ。それは迫力があり有名だ。

　やがて、そろそろ卒園の頃のお正月頃に、父の祖母が倒れたと連絡が入った。行商で帰って来た時、階段を上がる途中で、脳溢血で倒れたと。それは昭和５０年１月２６日。享年７７歳。若すぎたと思う。

　家族全員で鹿児島へ帰省した。その時は祖母はもう意識はなく、死亡が確認された。父の家系は貧しくて、特に祖母は苦労して、７人の子供を育てたので、父の兄弟達の落ち込み方は半端なかった。夫婦の母も追い出して、祖父と兄弟だけで、故人をずっと惜しんだ。そして、祖母を兄弟でキレイに体を洗って、茶毘にふされた。親戚一同集まっていたので、横浜の従妹とも再会できた。父の故郷の家は祖父が作った木造の家で、よく潮風が入り込んでいた。また、祖父は手作りの五右衛門風呂を作っていて、皆で入って、数を数えては浴槽から出ていた。薪は皆でよく焚いた。１、２週間くらい泊まっていた。親戚の車に乗せてもらったり、ストーブを皆でつけたりした。

　通夜や葬式では、鹿児島式で、にゅう麺や混ぜご飯が出た。祖母はとても苦労したが、亡くなる時まで行商していたとは、なんという根性だろうか？

　そして、親戚と祖父に別れを告げて、福岡へ帰った。

　また、櫛田神社の節分大祭では日本一巨大なお多福麺が門に設置され、いろいろな著名人が来て、何回も豆まきをしてくれて、それは豆だけではなかったから、いつも家族全員で参加して、「今年は当たったね」などと感想を言っていた。

　そして、いよいよ卒園式が来た。保育園は聖福寺の東長寺の辺にあり、御供所町の校区だったが、一部を除いて、ほとんどの友達が同じ小学校へ行くことを知って私はあまり泣かなかった。

第2章　スパルタな母と冷泉小学校時代

1　冷泉小学校入学とスパルタなM先生との出会い

　私は晴れて冷泉小学校に入学した。そこは、櫛田神社と冷泉公園の間に位置するところで、今は統廃合で、校舎だけあります。

　M先生というとても綺麗な女性の先生の組に入った。

　最初の入学テストがあり、皆１００点だったが、それは、絵とあっている文を結ぶ簡単なテストだったが、私は出題された、問題の文を深読みして、何回も考えて、一つの絵につき、一つの文だけ選べばいいところを、一つの絵につき、二つ文を選んでしまい、一人だけ７０点をとり、もてていたN君や周りから「バカではないか？」とからかわれた。

　M先生はとても厳しくて、勉強は徹底的に叩き込まれた。皆もそれに答えるかのように、いつもテストが終わって、先生が採点するときは、先生の机に集まって、誰がどんな成績かお互いチェックした。

　私は入学と同時に、教員免許のある母から、「テストの前は教えなさい」と言われていて、そして、教えて、テストの前の日は母と二人三脚で、母が厳選した教材で、予習を夜遅くまでした。そのかいあってか、私は最初のテストは70点だったかもしれないが、満点ばかりとるようになった。

　入学当時から、作文と絵はいつも金賞をとり、廊下に発表されていた。

　そして、モテていたからコの字型の席の中、向かい側で私が可愛いという噂になって牛乳パックがいる授業で、なくて困っていたI君から差し入れがあった。

　遠足がある日、お菓子を１０００円分選んでよかったので、私は妹と渕上マーケットで選んで、選びきれなかったから、閉店の「蛍の光」が流れてきて、よく泣いていた。その遠足は、太宰府まで芋ほりをすることになっていて、いっぱい採れた。母はそのたびに美味しいお弁当を作ってくれた。

太宰府天満宮の梅

また、時々給食ではなく、お弁当の日があって、よくM君から「唐揚げちょうだい」といわれていて、なぜあげなきゃいけないのかな？と思いながらも毎回、母の唐揚げをあげていた。そんなに母の唐揚げは美味しかっただろうか？

　1年生の終り頃の冬に母が出産することになった。あれは、臨月くらいの頃だろうか？母が放生会（ほうじょうや）に私と妹を連れていきたいということで、近所の路面電車の駅から乗ろうとしたが、放生会に行く筥崎宮行きは、満員で、母のお腹が潰れるからと、皆で諦めて乗らなかった。

　また出産が近づくと、当時、母方の祖母は肝臓がん患って自宅療養して、九州に来る体力はなかったはずだが、身重の母が大変だろうと、当時流行っていた、モンチッチを私と妹に買ってくれて、博多駅の新幹線口まで迎えに行った。まだ男の子か女の子かわからなかったが、立春の日の、ちょうど「キャンディキャンディ」が始まるオープニングテーマが流れてきた時に、電話で、長い長い出産の後、父に「男の子です」と産婦人科から電話があった。その時、父は待望の男の子だったから、万歳三唱を大きな声でした。よほど嬉しかったのだろう。私達姉妹とは歳が離れていたので、それはそれは、みんなでかわいがった。祖母も金の「童子」という飾り置きを買って送って来て、母方の男の子は少なかったから、感動したみたいだ。初めてタッチしたときは皆感激して、写真に収めた。紙おむつではなく、布のおむつだったので、よくストーブの上で乾かしていたから、紙一重で火事にならないで良かった。

そして、弟が産まれた記念に、また、家族で、博多駅の筑紫口のビルの屋上のスカイラウンジで食事した。もう前みたいに小さくなかったから、妹と私はおかわり自由のフランスパンを、誰がそんなに食べるのか？というくらいおかわりをして楽しんだ。私達家族の唯一の贅沢だ。その後、弟は博多っ子の申し子のような生き方をするとは、夢にも思わなかった。

　この頃「およげ！たいやきくん」のアルバムが流行って、私は初めて貯めたお小遣いで、レコードを買った。もう、擦り切れるかというくらい、何回も聞いた。このアルバムのセールス記録は未だに破られていない。後に、この主人公のような人と出会うとは夢にも思わずに。母は「津軽海峡冬景色」などを買っていた。父はよく、朝の髭剃りの時に、「夜霧よ今夜もありがとう」を歌っていて、とても美声だったから、会社員なんかしないで歌手になったらよかったねと家族中でよく言っていた。

　また、この頃、母のお手製の鍋を家族全員で囲んでいた時に、鍋に目掛けてゴキブリ

が飛んできた。小さな頃から、ゴキブリの対処の仕方を知っていた母が、見事に鍋に入らないようにキャッチして、殺したから、無事に鍋は続行できた。私の冷泉の家は、もう古いのか、いつも屋上でネズミたちが移動する足音が頻繁（ひんぱん）に聞こえていた。劣悪な環境で育ち続けた。

　運動会の日は、予行練習から私は足が速かったからリレーの選手に選ばれていた。2年生の時に、ピンク組になった時、1年生から6年生までリレーするのだが、私は2番でバトンを渡された。しかし、私は1位の組の子を抜いて1位になった。その後も皆続いてくれたから私の組は優勝し、見事私達の組が優勝して、赤組も勝った。リレーは最後の種目の花形で、前もってテストがあって、一部の子しか出られないものだった。運動会では、今はもうないかもしれないが、男の子だけの「川中島」があって、騎馬を作って、てっぺんの男の子で帽子を取りあって、勝ち負けを決めるものだった。それは5、6年生だけの花形の勝負だから皆憧れていた。その川中島は戦国時代の合戦をモチーフにしていて、今でも入場曲の独特なフレーズが頭の中に残っている。

　また、当時、キャンディーズの「春一番」やピンクレディーの「ペッパー警部」や「渚のシンドバット」や「ウォンテッド（指名手配）」や「UFO」が流行ったから皆で振り付けを踊って楽しんでいた。

　M先生はいつもクラスをコの字型に席を組んでいて、やがて、九九を習う時期が来た。その時の先生は厳しくて、クラスを10チームくらいに分けて、それぞれの組を、その組だけ立たせて、全員が最後まで一言一句間違えないで言えるまで、何回も繰り返された。それは、成功だったのだろうか？数学の基礎だから、私の中で九九はとても生きている。

　M先生はとても厳しく、すごく、ある日、物語の要約をする問題が出題された。先生が出来た人から持ってくるようにと言ったので、何人かチラホラ持って行きだした。そしたら、ダメな人には、その要約した紙をバンと横に飛ばしてしまい、「ダメだ」といってかなり手厳しかった。その中で私だけ合格点をもらい、皆の前で発表することになった。

　そして、合格点の100点をもらえた。これは、母が小さな頃から文学に親しませてくれたおかげだと思う。それが、羨ましかったのか、クラス中からその文の問い合わせがあって、あるとても親しい女の子に電話で長く一言一句間違えないように教えたら、その女の子が今度は100点をもらえた。

いつも夏休みは妹と競って、ドリルなどを完成させて、7月31日にはいつも、終わっていた。そして、2年生の夏休みの時、母方の祖父が福岡まで来てくれて、私と妹を、垂井まで帰省させてくれた。いつも、新幹線の中の、今はないかもしれないが、食堂列車で、昼食をおごってくれた。私達はカレーでいいというのに、「カツカレーを食べなさい」と言って、高い方のカツカレーを食べさせてくれて、優しい祖父だった。その他、冷凍ミカンや甘栗などを買っておごってくれた。夏休みの8月に入っての最初の頃から、母の長女家族は家族旅行に出かけていて、私達姉妹と、祖父と祖母だけの会話が続いて、照れながらしゃべったりしたものだが、祖父も祖母も受け入れてくれた。母は4人姉妹の3女だったので、皆親戚の子供がお盆ごろには集まって来た。

　その時、8月7日の月遅れ七夕の頃、夜にゴム飛びの遊びをしたとき、田舎だったから、天の川がきれいに見えて、皆で「織姫と彦星が会っているね」と言ったのを鮮明に覚えている。

　垂井では、よくスイカを井戸で冷やして、皆で食べた。まだ、かまどや納屋があった。よく祖母の姉妹が、私達が苦しい生活をしていると知っていて、私と妹に子供としては法外な値段のお小遣いをいつもくれていた。私たちはそれを貯めて、よく本を買った。私は夏目漱石の「草枕」や芥川龍之介の「トロッコ」や「川は生きている」など買った。伝記も全て揃えた。幼い子が読む「万葉集」や宮澤賢治「注文の多い料理店」なども買った。帰りは手紙を送りあって、帰りの新幹線で読んでいた。

　帰ると、またいつもの暮らしが待っていた。

　そして冷泉の前に、駄菓子屋があり、十円で飴などが買えたから、皆で楽しみにして寄っていた。今では駄菓子屋は万引きする子供だらけで経営が成り立たずかなり潰れていき、ほとんどないそうだ。こんな美味しい安い店はないのに！

　また、母は冷泉の図書館で私の名前を説明する時は「家康の康に君が代の代」といつも説明していた。今はその説明では分かっていただけない方が大半になってしまったが、そんなにこの名前が母は誇らしかったのか？くしくも早稲田に行った父の兄の長男もこの「康」の一文字を名前に入れている。また、妹も後に長女を出産することになるが、彼女は旦那の文字から取らず、自分の最初の文字を長女の一文字に入れるくらい自分の名前を気に入っている。父と母のセンスの良さがうかがえる。本当には私は母方の祖母の助言で「千代」と名付けられる予定だったが、父が否定してくれたのは、今も有難く思っている。

そんなこんなのある日、父が会社からこのままでは解雇か移動と告げられた。父は母と何度もミーティングを重ねた。また、広島に戻るわけにもいかず、母が会社で補佐として、手伝うということで、父の会社続行が決定した。この時から、母は古い汚い家屋の部屋で、暖房の風が降りて来る場所に座り続け、汚い菌の入った空気をずっと吸うこととなる。だが、彼女の内助の功で、販路は拡大し、最終的には新しい社屋を会長から許されて、建てるまでに九州宝商事は大きくなった。彼女のやり手だったところは、曽祖父に似ていたのかもしれない。

　また父は、この母が手伝って上向きになるまで、度重なる苦難のため、母方の祖母の助言で下の名前を変えていた時があったが、その時にはあまり運気は良くなかった。やはり実の親からいただいた名前が天下一なのである。

　そして、そのころからか？母が朝、身だしなみを整えてくれないから、モテなくなった。みんな、そっぽを向くようになった。

　そしてその頃、愛眼で度のキツイ眼鏡をかけだしたのもこのころだ。本ばかり読むから、目が近くなって度が最初からキツイから、かわいい目が見えなくなり、新しい前歯ばかりが強調される顔になってしまった。

　それで、今までは冷泉公園でマラソン大会をしていたのを、大濠公園ですることになった。まだ１周の２キロではなく、２００ｍだったが、私はスタートダッシュが得意だったので、１０位入賞を果たした。その時、皆に写真を撮られて、あれはかわいいからだったからか？ズームアップで撮られて、もう眼鏡をかけていたから、「すごいブス」という定評になってしまった。

　そしてその頃に、一番モテてるＮ君から、リコーダーの練習をしていて、笛からよだれが出たのを見て、Ｎ君に「汚い」と言われ、私の性と父の商売の名前をくっつけて、へんてこりんな、あだ名がついた。それは、最初は男の子だけ使っていたが、女の子も皆で使い、激しい、いじめが始まった。今も健在している。幼馴染のＭ君は今も私の弟にこのあだ名を使う。悲しい限りだ。そんなに顔が悪くなったのと、博多以外から来たのはいけないか？博多っ子には面白くないかもしれないが、そのあだ名は今にふさわしくない。

　また、３月になると、母方の祖母が買ってくれた７段の立派な雛飾りを飾って、お祝いするのが慣わしであったが、この頃から、母はいつまでも片付けないようになり、立派な雛段もいろいろなものが弟も触り、なくなっていって、とうとう後に引っ越した後

に、父にもうボロかった家まで、取りに行かせたが、全部盗まれていて、今はない。今思うと、私が婚期をずっと逃すことになるのは、このせいかと思われる。祖母はお金を惜しむことなく、垂井の孫と同様に私達、孫をどこまでも可愛がってくれた。よく、パーマ屋のTさんが遊びに来て、一緒に写真を撮ったこともあった。

　M先生とは2年生までだったので、お別れ会で丁寧に挨拶した。彼女のスパルタは今も私の礎（いしずえ）となっている。

II　優しいU先生との出会い

3年生になって、担当の先生もU先生になった。覚えているのは、最初の学芸会の時、ヒロイン役をするのは私と決まっていた。だけどヒーロー役をするN君より背が高かった。だからそれは、やはりいけないということで、U先生が新しく引っ越してきたTさんを抜擢して、私には「ごめんね」と優しく謝ってくれた。でも、それは良かったことだった。その後、N君はTさんと付き合ってずっと別れずに、最後は無事ゴールインした。本当に私でなくて良かったのだ。

　そして、上川端商店街のH君にはいつも冷やかされていた。

　ある日、父兄参観で、父がドッチボールに参加した時、父が思いっきり「こっち、こっち」と叫んだ。誰の父か？ということになったが、父は根っからスポーツが好きで、ナイターはいつも観ていた。その血は、兄弟の中で最も私が一番に引き継いでいる。

ある日、平和台球場へ巨人と広島の試合を妹と父の3人で観に出かけた。父はうどんをおごってくれた。まだ、王貞治さんが4番にいた頃で、アンチジャイアンツの父にとっては、巨人が大量リードしている試合が面白くなかった。だから、7回表で球場を後にした。そしたら、球場から大きな歓声が上がった。帰って試合結果を見てみたら広島の勝ちだった。あの歓声が上がったときに、3ランホームランを打って逆転したらしい。父は最後まで球場に残らなかったことをいつまでも後悔していた。私も逆転シーンは観たかった。

　また、福岡国際マラソンは父の勧めで、いつもチャリに乗って家族全員で遠藤まで応援に行き、その大会は、日本で「マラソンの父」と言われた金栗四三（かなくりしそう）の功績をたたえる金栗賞「朝日マラソン」として第1回大会が１９４７年に金栗の地元熊本市で開催されたのが始まりで、２００６年の大会はこれを基点として第６０記念大会とされている。金栗四三は去年の大河ドラマの「いだてん」の主人公だが、日本人で

初めてストックホルム大会に出て、途中棄権したが、それは２０日におよぶシベリア鉄道の移動や、足袋で参加していたことや、白夜の初めての体験や、死者も出るほどの、４０度以上の日の大会や、米を持ちこむことが出来なかったことで、不名誉なこととなったが、彼はこれを糧とし、日本でのオリンピック選手の育成に尽力しており、この大会は、日本初のオリンピック選手選考大会となった。ここで長く説明したいがこれは先生と私の本であるため割愛させていただくが、皆さんも金栗四三の歴史と偉業をを検索して学習することお勧めします。

　そして、父はいつも鯨の「尾羽毛（おばいけ）」という、身と尾の間の部分で鯨の最も美味しいとされるところと、キリンビールを飲みながら、ナイターを観るのが慣わしだった。同時に煙草も吸っていたので、私達家族は、いつも煙に包まれながら生活した。しかし、５０歳くらいに糖尿病を発症し、幸い軽くて済み、やせるだけという現象だけ起きたが、それを機に煙草も酒も早い段階で辞めたため今年８１歳になるが、背は曲がったが元気である。

　また、ザリガニの飼育の課題が出されたので、妹と父と那珂川まで行って、当時は田んぼと川ばかりだったからザリガニを実際に父の指導で、妹と捕獲して、観察日記を作った。今、那珂川は福岡市のベッドタウン化した。

　ある日、皆で秋吉台の鍾乳洞を見に行こうと一泊旅行を計画した。行きは父の車の中で楽しかったが、鍾乳洞の中で「写真を撮るかどうか」で父と母が大喧嘩をしてしまい、私達兄弟はシーンと静まり返って鍾乳洞を出て、悪いと思ったのか、父と母が仲直りをして、入り口で記念撮影をした。母は、家庭的だったのが、仕事という未知のプレッシャーなのか、この頃から父とよく喧嘩をするようになった。その度に、私達兄弟は気まずい気分になって、シーンとなった。

　また、ある日、家財道具をどこに直すかで、また、派手な喧嘩をして、それは一日続いて、やっとあくる日に仲直りして、皆で協力して家財道具を直した。この頃、母が電話している時に、弟が２階から１階へ階段を滑り落ちた。これは、母はかなりショックで、幸い傷はなかったが、それからというもの、階段の上り口には、高い塀が設けられ、これをまたぎながら食事を運んだ。このため、よく母が今度は階段をすべって、おぼんごと駄目になり食事が台無しになったりして、はちゃめちゃな家族だった。
ある日、母が一人で飾り餅を切っていた時に、指を激しく切って傷は深かったが幸い自分で治せたが、母は時々こっそりと泣いていたように思う。このころから父の暴力が多

くなったが、それでも母は正室として家族を守った。そんな母を、たった一人反抗期も起こさず、そっと寄り添い生きる道を辿るとは思いもしなかった。

　また、時々、毛布にくるまって寝て母に背中を向けている父に、母が夜通し文句を言うこともしばしばあった。それを、寝ながら聞いていて、この二人の気持ちが切れてしまわなければいいがなぁと、子供心にこの喧嘩がいつ終わるのかとハラハラしながら、よく聞きながら寝た。

ある日、父がワイシャツの襟元にキャバクラの人からの口紅のキスマークをつけて夜、帰って来たことがあったが、母は何度も問い詰め、喧嘩になったが、別れなかった。これに似たことは、多々あったのだが、喧嘩もよく派手に私達兄弟の前でしたが、母は父と別れなかった。それは、今、振り返ってみると、彼女は心底から父が大好きで、また、彼女の夫は父しか出来なかったと思う。

　やがて、3年生の夏に福岡大渇水が来た。とても苦しい体験だった。まだ、1歳の乳飲み子を抱えている我が家にとっては、試練だった。いっぱい給水車が何度も来て、その度に、バケツやタンクを家族総出で持って行って、いっぱい、お風呂場やごみバケツに入れて、お風呂には入らないで、ただひたすら飲み物とご飯に使った。これは、博多っ子にも強烈に記憶に残っているのではないだろうか？弟を死なせることなく、家族全員で乗り切った。

　ある日、授業参観が来た。その日の発表は、白川の合掌造りについてだったが、私は家屋の中の構造を間違えて、柱を鏡に例えて、「こうすれば日が差し込んで、寒い地方も助かる」とまとめた。U先生に帰りに呼び出されて、それは誤りであることを告げられ、それは、合掌造りを頑丈にするための柱だと知り、「でも、とてもいいアイディアなので、最後に模造紙に書いて発表して欲しい」と告げられた。私は、間違いであることの衝撃と、それでもいいと言ってくれるU先生の優しさに感動して、泣きながらOKした。発表は最後に無事に終わり、皆びっくりしたのか、シーンとなってしまった。

　私はクラスで首席だったため、世話係というのをしていて、定期的なクラスの懇談会の司会をしていた。ある日、K君の誕生日と重なることを知って、長い書道の紙に「K君誕生日おめでとうございます」と書いて、クルクルっと棒に巻いて、それを小さな紙に巻いて、紐をつけて、紐をひっぱると巻いた紙が広がるようにした。それを披露した時は大変受けた。

　小学校の初めから習っていた書道は、いつも優秀点をつけられ、3年生になるときは

5段だった。書道の先生は、冷泉小学校の前の文房具店に来ておられたが、いつも、居残りをして、猛特訓を繰り返して、皆と遊べなかったのが悲しかった。

　眼鏡をかける前はドッチボールで、男の子から優先的にボールをもらっていたが、かけるようになってからはなかったから、私はかなり奮闘することになっていた。ある日、興奮した私は、思いっきり至近距離でI君にボールを当てたので、痛いような感じだったので謝った。私はとてもやんちゃだったので、ゴム飛びも長で重要な部分を任されて、誰よりも高く飛んだ。砂場のボール当てごっこはいつも勝っていた。暮れるまで、いつまでも遊んだ。

　ある日、お楽しみ会で、いろんなクイズを楽しむ日があった。「深海魚はどんな色をしているか？」というクイズに当てたら、1等賞になるゲームで、私は「深海魚は目立たないといけないから赤色だと思う」とレポートにも残して、参加したら見事、当たり、皆で誰がいいか？後ろに並ぶ子が全部、私になってゲームも1位になり、そのレポートは後からU先生に満点を頂いた。

　4年生の学芸会は演劇ではなく、演奏に参加した。私は福岡に来て、母の勧めでYAMAHAというところで、2年生までピアノを習っていたので、ビートルズの「レット・イット・ビー」の需要なサビを担当することになって、猛特訓した。母は、そんなお金はなかったはずだが、彼女の中ではどんなに貧しくても、学習には惜しみなく使うという、方針があったのだろうか？苦しい割には、小さな頃からいろいろなことを体験させて頂いた。

　4年生から、サークルに入っていいという、冷泉の方針だったので、私はミニバスケットとコーラスと吹奏楽と、3つあるサークル全部エントリーした。ちょっとばかりの疲労だった。でも私はいいと思ったのだろうか？

もう、母が就職して、家はあまり家事をする人がいなかったが、この頃はもう率先して妹が作るようになっていた。妹によると1回だけきれいな焼きそばを作ったらしい。とても古い木造の家屋で、雨が降ったら、雨漏りがするし、妹が料理を作ろうとしたら、まな板に小さなゴキブリがいつも集合していて、妹は払って支度を始めていた。

ある日、アイスクリームを私達家族にプレゼントされたが、買ったことがなかったから、冷蔵したら溶かして食べられなかった。皆はアイスクリームでこんな失敗はしないはずだが、とにかく贅沢とみなされているものは買わなかった。

　U先生とは4年生までだったので、お別れ会の時はお礼を言った。少々年配の方だっ

たが、とても優しい先生だった。

Ⅲ　ミニバスケットを始めた頃

　５年生になって、また２組で、ミニバ
スケットボールの先生のＯ先生が担任
だった。
　この頃は、ミニバスケットも佳境に入っ
て、朝練と夜連を一生懸命にしていた。
私はもともと背が高かったが、冷泉は朝、
校庭でラジオ体操をするのが習わしで、

舞鶴公園のぼたん

その時、君が代を歌いながら、国旗を揚げることになっていた。私の記憶が確かであれ
ば、最初は校旗を揚げて、６年生は国旗を任されていた。そして、校庭を５周するのが、
習わしだった。背が高いから後ろの方だったが、この頃は、母が食事にあまりお金を出
さないようになっていて、背が小さくなり、５年生の時は前の方に並んでいた。
ミニバスケの朝練はいつも、「きついな」と思いながら、早い集合だったから、「よし、
起きるゾッ」と気合をいれて参加して、柔軟体操やスクウェアパスなど入念に練習した。
そのお陰で、私は今も筋肉量が体の半分あり、体が柔らかい。
　私達の先輩の６年生の男子は幸運にも１６０㎝から１７０㎝が５人揃っていたので、
ジーンズ屋のＨ君が「４」番の主将になり、対抗試合もほとんど勝つようになっていた。
そして、市大会が始まり、順当に勝ち進んで県大会に行けることになった。私達は初め
ての体験でワクワクしながら直方の体育館に貸切りバスで全員で乗り込んだ。しかし、
会場に着くと、横断幕はあるは、鼓笛隊があるはで、すぐに私達は何も持って来なかっ
たことを後悔した。
　でも、先輩はＯ先生の素晴らしい指導もあり、皆の声援に後押しされながら順当に
勝ち進み、とうとう準決勝まできた。そしたら、相手は全国大会常連校だった。激しい
鼓笛隊などもあり、かなり競ったが負けてしまった。でも、福岡はよく全国優勝するの
で、３位まで全国大会に行くことが許されていた。だから、最後の望みをかけて３位決
定戦に臨んだ。あれは何試合目だっただろうか？もうかなり選手達も疲労が蓄積されて
いた。Ｏ先生とミーティングして、臨んだ。最初はリードしていて、皆勝つかなと思っ
て、疲れた応援の手を休めたところだった。急に相手の鼓笛隊とトランペットのような

ものが鳴って、私たちが２階から応援している声がかき消されて、相手ばかり目立つようになって、相手は気合が入ったのか？どんどん点差が縮まってきて、とうとう第３クウォーターが終わる頃には同点となり、最後の第４クウォーターで逆転されてしまった。まだのこりの分数は残っていたので、十分対抗できるはずだったが、応援に圧倒されたり、疲労があったりして、さらに逆転することは出来なかった。これのことで３位決定戦敗退で４位確定してしまった。皆がっかりしてしまった。帰りの直方から福岡市までのバスの中はもう暗闇に包まれていて、皆ぐったり疲れていた。冷泉が全国目指せたのは私の記憶の中では、後にも先にもこの時だけだった。

　その頃、母はまたスパルタぶりを発揮して、バスケの練習があるのに、「テストの前には早退しなさい」と言い、私はそれが彼女の方針なのだろうと納得して、皆からは、テスト前に帰るといじめられたが、素直に従った。でもそれは、私の後々の成績に大きく関与した。

　ある２学期の終りにＯ先生が模造紙に各教科と全科目の成績の順位表を発表した。なんと全部私が１位ではないか？皆から羨望の眼差しを受けることになった。そしてＯ先生が「この中で福岡高校（「福高（以下ふっこう）」）にいけるのは私とＨ君だけだ」と言った。今は偏差値７２の福岡第３位の森重隆ラグビーフットボール会長とラグビー日本代表の福岡堅樹選手が出た高校といった方が早いか？私は少々困惑した。福高の存在は知らなかったし、そうやってランク付けするとランクを気にしてのびのびと勉強に向き合えなくなった。でも、そのランク付けは成功で、皆発奮して勉強するようになったから、後に福高に行くのは私とＨ君だけでなく、多数になったのはＯ先生の功績だと思う。ゆとりで順位をつけないのは間違いです。競ってこそ優秀な存在が出来、全体のレベルもアップする。日本の教育の衰退ぶりを冷泉の担当した先生たちはどう思うだろうか？

　コーラスにも参加していたので、５年生の時は、市大会で金賞を頂いた。６年生の時は「駿馬」という課題曲を練習したが、わたしがメゾソプラノの音程がずれていると指摘されて、先生が「１歩前進」というから本当に皆の列から一歩前へ出たらそういう意味ではなく、もっとクオリティを高めてということだった。近所のかわいくもてていたＭさんがピアノ伴奏して臨んだが、参加賞しか頂けなかった。

　吹奏楽も参加していて、私はピアノが弾けたから「コンドルは飛んでいく」のアコーディアンのソプラノの重要な部分を任されていたが、３つ掛け持ちして、中でもスポー

ツが好きだったので、吹奏楽は夏休み全部お休みしてしまった。そしたら2学期は普通の部分にチェンジされていた。もっと情熱を注いだ方が良かったかな？と反省しきりだった。

　私たちの校舎は、プールが屋上にあり、講堂と体育館が別にあった。O先生はかなり先駆的な考え方を持っていて、国語は筆記といって、紙に皆の言ったことをまとめて、同時に自分の考えもまとめるという新しい形態の授業を開発した。

　そして、それが全国で評判になって、ある日講堂で公開授業をすることになった。それに、先立ってある国語の書籍を宿題にささられてこの要点をまとめるように、と皆に渡された。まだ、時間は十分与えられていたから、私はよく読んで、この文は、最初と最後だけが筆者の言いたいことで、中間は叙述的な感想だなと思った。だから、要点をまとめるのに最初と最後を3つずつにまとめて、線でつなげた。そして、一人、二人と要点をまとめたものを提出していく中で、私も提出した。そしたら、O先生がすごく気に入って、ぜひ公開授業の最後に模造紙にまとめて発表してほしいとのことだった。私は嬉しくもちょっと緊張した面持ちで公開授業に参加した。皆さんどこから来たのだろうか？いろんな先生が見学に来ていて、コノ字に席が組まれて公開授業が始まった。皆、真剣に討論して、同時にメモもして盛んになったところで、最後に私が模造紙で発表した。そしたら、それまで活発だったのがシーンと静まり返ってしまい、でも、それは先生のリクエストだったからそこでO先生が締めて無事公開授業が終わった。

　それはいまでいう、ディベートのようなものだっただろうか？自由な発想と記述式のメモは私の国語力を高めたことは言うまでもない。

　その頃、父が弟のために、3か月のプードルを持ち帰った。皆で「チェリー」ちゃんと名付けて可愛がった。最初は小さかったから炬燵で一緒に食事していたが、大きくなり私達のも食べるようになり、違う部屋へと移動した。プードルカットも定期的にして、可愛い男の子だった。お正月は冷泉公園で一緒に凧揚げをして、元気に走っていた。ある日、エサのやり方が分からず、ドッグフードをふやかさず硬いままあげた時は、お腹がはってなかなか便が出なかったから悪かったと思う。私は何度もチェリーちゃんと。私の周りを何回も走り回って抱きつくのをした。眼鏡をかまれて修理したこともあった。一緒に寝て、ウンチをしてしまうくらいリラックスしていた。しかし、弟は保育園、姉妹は小学校、両親は会社で、よく一人にさせてしまった。ウンチの教育ができなかったから、チェリーちゃんの部屋は、汚部屋になって、ウンチだらけになってしまった。もっ

とペットを飼う学習をしてから飼うべきだった。友達にウンチだらけとけなされた。あれは何年飼ってからだろうか？チェリーちゃんが部屋から出たいと、何度も叩くのが忍びなくなって、ある日、母が誰かに預けた。私は「殺処分したのではないか？」と何度も激しく聞いた。この頃から母は、子供の意見を聞かないで勝手に判断するようになった。今は飼えないのに、外来種など飼って、外に離すから、外来種が在来種を駆逐して、大変なことになっている。ペットを飼う心得として、飼えないなら飼わないでおくを徹底してほしい。

　私たちは５年生までサンタを信じていて、妹と一緒にクリスマス・イブに靴下を枕元に飾って寝た。あくる朝起きてみると、五木寛之の「青春の門」が１セット置かれていた。すぐに母の選んだ物だとわかり、どんなものか読み始めた。しかし、思春期にもなってない私にとっては、すごく難解で、読み切れなかった。大切にとって、後に読んだが、それでも難しかった。母はどういう基準で選んだのだろうか？流行っていたからか？本人は読んで確認したのか？でも、そんな母の選考基準も後の読解力に貢献した。

　やがて、６年生になり、ミニバスケは私の代になった。私の背番号は「９」補欠だった。でも、夏のＯ先生の特訓などに参加して、第３クウォーターは２軍が出ることになっていたから、逆転した試合はよく勝っていた。でもＯ先生には練習はとてもきっちりするけど、本番に弱いと言われ、市大会はあまりいいところまで行けなかった。でもＯ先生の教え方はとても分かりやすく後に生きた。

　吹奏楽で夏に講堂で大量の清涼飲料水が差し入れされるのも楽しみだった。でも、私の代は、Ｏ先生とは反対の１組のＨ先生で厳しかったが、あまりいい史跡は残せなかった。Ｈ先生は背筋が真っすぐでないと長い定規で背中を打たれるというスパルタぶりだった。

　音楽は、きちんと音楽室があり、いっぱいいろいろな楽器がケースに並んでいた。ある日、Ｆ先生によるリコーダーのテストがあった。皆緊張して間違える中、私は綺麗に「エーデルワイス」を吹いて褒められた。

　Ｏ先生はそれからも、テストの順位発表を続けた。ますます、皆、燃えて、ある日、私ばかり１位だから、どうしても教えてくれとうい転校生に教えたら、今度は彼女が１位になった。

　でも、私はこの頃からだろうか？なんとなくけだるさをいつも抱えることになり、誰も一緒に帰る人がいないから、仲のいい２人組に入って帰ったら、私がちょっと指導的

な発言をしたからだろうか？いじめられて悲しく帰った。

　やがて、櫛田神社のゴールデンウィークの「どんたく」の祭りが来た。妹は平安時代に美人とされていた、小野小町などに似ていたので、稚児舞（ちごまい）に抜擢された。すごく豪華な着物に舞いを練習して、いろいろな舞台で見事、踊り切ったので、私は羨望の眼差しを送り、皆で応援に博多の街中行った。

　「どんたく」では冷泉はいつもパレードに参加することになっていて、「どんたくばやし」にあわせて、しゃもじを打つ練習を講堂で何日もした。そして、パレードの日は、皆、花傘と着物を身にまとって博多の街を練り歩き、終わったら、ボーナスといってお小遣いが出た。それは毎回楽しみだった。

　６年生の頃は、私が櫛田神社の博多山笠が行われる真ん前に住んでいたから、近所の女の子を誘って、一泊を私の家でした。でも私が堂々とお風呂に入ろうとする姿に、皆ためらって、あまり打ち解けられなかった。でも、山笠の追い山は何千円と払わないと、見

宮崎宮あじさいまつり紫陽花俳句入り

られないものなので、皆、私の２階は特別でしかも無料だったから、女の子以外もたくさん来た。山笠はその頃には、飾り山笠といって、特大な山笠が街のあちこちで飾られていて、実際の担ぐ山笠は７番まで分かれていて、私の家は「西流」に当たった。櫛田神社の境内を一周するタイムと、博多を走り抜くタイムで順位が競われ、８番は「上川端流」の飾り山を、若い男の子が担いだ。私の弟は小さな時から、近所のお箸屋さんの主人に山笠の台に乗せていただいて、その写真もある。「オイサッ、オイサッ」の掛け声に、水を男衆に掛けながら、勇壮な祭りだ。よく、上川端の飾り山の絵を描いて、コンクールに出して、入賞していた。最後の７月１５日の追い山では未明から始まり、　やがて、明け行く博多の街とハッピとふんどし姿の男衆が駆け回った。最終地点の須屋商店街まで着くと、潔く「山崩し」が行われて、あっという間に山笠はなくなる。勇敢な祭りだ。女性禁止で、きゅうりの輪切りは櫛田の紋章に似ているため、７月１日から１５日までは禁止だった。子供も参加出来て、それは女の子もよかったから、近所の女の子は、流

れの札を持って、走り隊となって、山笠の先に走っていた。クライマックスの１５日が終わると、博多も梅雨明けし、夏を迎える。冷泉は追い山の日は休校だったので、皆で心行くまで山笠を楽しんだ。もう、櫛田神社では、７月の最初から出店が並んで、よく金魚すくいや、射的をしていたり、綿あめやりんご飴を買って楽しんだ。いい思い出だ。「山笠があるけん博多たい」というコマーシャルは今も有名だ。

　今では、櫛田神社は博多弁だけの「恋みくじ」を販売している。結婚式場に選ぶ人も大勢いる。それくらい重要な博多の神社だ。

　この頃は５年生の時に転校してきた女の子が中心になっていたので、私は少々仲間外れにされていて、ゴム飛びの遊びが終った後、私はいろいろな片付けをしていて、皆の帰るグループに取り残された。私は必死に皆の名前を呼んで、まだ、私が残っているということをアピールしながら、階段を素早く駆け下りた。しかし、いつもケガしないのに、その時ばかりは、一人にならないか？ドキドキしていたのだろうか？派手に階段ですりむいて血が出た。もう、冷泉は暮れかかっていた。急いで閉まりかける保健室に入って応急処置をしていただき、すいぶんと包帯が取れなかったが、その傷口は未だに私の左足に残っている。

　やがて、修学旅行で長崎の小浜温泉に行くことになった。それは天草大橋をバスで渡るのもコースに入っていた。私は母が妹とお揃いの新しい子供服を身にまといワクワクしながら参加した。もう、その時は転校生のＭさんを中心にグループが形成されていたので、私はちょっと仲間はずれだった。そして、世話係の私は、Ｏ先生に泊まった時の余興を任された。私は関ケ原の合戦を描きたいと提案した。Ｏ先生に即ＯＫをもらって、急いで模造紙にどうやって秀吉側が寝返って家康が勝ったかを絵を交えて描くことにした。しかし、キャストを全員女の子にしてしまったので、興味がなかったからだろうか？なんか皆適当に演出して、でも、聞いている男の子たちは真剣な顔をして一生懸命聞いていた。余興は成功したのだが、女の子がもっと真剣に演技したらいいものになったと、最後に女の子たちに小言を言ったら、Ｏ先生が「私一人で怒っていたね」と微笑まれた。でも、私は修学旅行の余興で何も難しい関ケ原の合戦はしないでもよかったかな？と反省しきりで、余計なことしたかなと、帰りの貸し切りバスの中で考えてしまい、なんともほろ苦い人生初の修学旅行となった。また、布団で寝る時に、「シーツをきちんと揃えて、布団に敷かないとダメだよ」と指導的な発言を一緒に泊まる女の子にして、すごく変な顔をされて、そんな私が母から教育を受けていた子はいなかったため、余計

なことばかりだったと、かなりうなだれた気持ちでバスの中で思った。帰りは母が迎えに来てくれていたから、その気持ちはすっ飛んだ。

　やがて、冷泉を卒業することとなった。私達、卒業生は皆で合わせてまとまっていろいろな言葉を言うのが習わしで、私は最後の難しい部分を任されていたが、いつも「走馬灯のように心の中を蘇ります」と言う、男の子が間違えたり、早口で言ったりして、いつもそこで皆で爆笑していた。

　余談だが、小学校を卒業したら、母と予習することはなくなったが、「人の学習能力は１２歳までで決まる」とは、よくいったもので私はこの時の母から教わったことで、ずっと通用する人間になるとは思いもしなかった。近所では勉強のさせ過ぎと噂になっていたらしいが、母と私の内情は外からは分からないのだ。

　そして、卒業式の当日になった。担当の先生から名前を呼ばれて一人ずつ卒業証書をもらうのだが、私は最後の名前が「よ」なのに「お」と言われてちょっと皆笑って、後で先生が言い直したが、ちょっとほろ苦い卒業式となった。冷泉は奈良屋小学校と博多二中になることになっていて、皆一緒だったから私は泣かなかった。Ｏ先生にはいろいろな体験をさせていただいたので丁寧にお礼を言って別れた。

　この冷泉小学校はドーナツ化により、今は奈良屋と御供所と大濱が合併して博多小学校になっている。そこを作る時に文永十一年（１２７４年）の文永の役（ぶんえいのえき）で大きな被害を被った幕府は、次の襲来に備え、九州の御家人に命じて、博多湾岸に元寇防塁を築かせたのが出て、現在の博多小学校（博多区奈良屋町）に併設されている石塁遺構展示会で見学することができます。

冷泉小学校　校歌

一、そよ風かおる　玄海の

雲も明るい　空の色

いま白鳥の　学舎（まなびや）に

はばたく雛の　このちから

ああ　われら　冷泉校

二、櫛田の杜（もり）の　あかつきに

歌もひびけよ　はつらつと

いま校庭に　咲き匂う

すがしき花と　このこころ

　　ああ　われら　冷泉校

三、歴史を偲ぶ（しのぶ）那珂川に

　　伸びる文化の　影映す

　　いま新しき　博多から

　かがやけ直き　このえいち

　　ああ　われら　冷泉校

第3章　悩みだした中学時代

1　博多二中入学と思春期の始まり

　私は中学生になって、セーラー服を買ってもらって、無事入学式を迎えた。人数が多いから、圧倒されたが、4組の男の先生に配属された。その時は、学級崩壊が流行っていて、授業は荒れて、K先生はおもちゃのようにされて、威厳も全くなかった。そこで、英語授業が始まった。最初はアルファベットの記述のテストだけで、皆100点だった。でも、目に障害のある厳しい女の先生で、次第に難しくなり、皆追いつくのが必死だった。そんな中、私は中学からの授業が新鮮で楽しく授業を受けていた。私は英語は中学からで、十分だと思う。国語をみっちりと頭に叩き込んでからの方が、伸びるのだ。

　そして、近所の子供たちがいくZ塾に通うようになった。そこでも、よくトップだったので、一緒に帰る女の子に、「成績のいい人が悪いふりするな」といつもいじめられていた。

舞鶴公園の牡丹

　ある日、いつものように「およげ！たいやきくん」や「愛のコリーダ」をレコードで聞いていたら、なんかいいようのないだるさに襲われた。そして生理が始まったことを知った。どういう現象かは把握できなかったが、母が赤飯を炊いてくれた。

弟は私達と一緒の花園保育園に母の都合で早くから入っていた。母は仕事できつかったのだろうか？いつも迎えに行くのは私か妹だった。どちらかというと、体力の余裕のある、妹が迎えに行くことが多かった。また、近所の材木屋のＵ君の家に遊びに行く弟もよく迎えに行った。弟は気が弱かったからか？いつもいじめられていたので、いつか、かばい返してやろうと心に誓った。

　それからというもの、思春期だったのだろうか？いろいろなことで悩み始めた。この頃はもう父も母も家に帰って来なくなったので、よく、妹の作ってくれた食事を兄弟３人で食べた。父は明らかに遊びで、母はよく徹夜でハチマキなどを作っていた。少しでも家計の助けになればと思ったのだろうか？

　父と母が帰ってくる夜は、よく「熱闘甲子園」が始まる夜遅くに食べていた。
それは、全部妹が作っていた。

　私は、朝食が用意されてなかったので、中学校に行って、昼食に出るシチューなどを誰がそんなにおかわりするのだろうか？というくらい、何杯もおかわりして、空腹をしのいだ。

　相変わらずブスで評判だったし、この頃は休み時間に遊びに誘ってくれる友達がいなくて、また、誰を誘ったらいいかも分からずに、皆が外で遊んでいるのに、私は一人、広い教室で勉強するふりをした。この頃から、家庭でも居場所がなく、学校でも居場所がなく、ただ、唯一テストと授業の時だけが憩いの時間だった。自由時間が来なければいいなと思うくらい、もうハラハラして、また一人になるのではないか？と一人危惧しながら、自由時間が過ぎるのを、ただただ一人で待っていた。この頃から孤独を感じ、どこにいても、誰かに声をかけられても、一人だなと、キツさと共に、恐怖の思春期が始まった。

　私はもうすでに、楽譜が読めたので、１学期最初の音楽のテストの前ギリギリまで学習したら、直前の問題が出て、譜面の出だしを読んだだけで、ヴィヴァルディの「四季」の「春」ということも分かったので、見事１００点をとった。そして、音楽の先生が「この中で１００点をとったのは出塩さんです」と発表した。そしたら、皆、次のテストは奮闘して、２学期はたくさんの１００点が出現した。

　運動会では、学年最初の体力テストが高得点だったため、常に選手だった。

　また絵を描くのも上手だったため、入学当初からオール５だった。よく、皆に「そんな成績がだせるね」と多少憧れの眼差しを向けられた。

次の年は、御供所小学校と大濱小学校で出来ている博多一中と合併して、博多中になることが決まっていたので、校庭は半分に区切られていて、反対側に建設中だった。私達二中はボロい木造だった。

　そんな中、あの森重隆ラグビー会長が講演に来た。とても面白かった。どうやって、福高を優勝させたかとか、明治で活躍し日本代表になったかなど、面白おかしく話してくれた。中にはスポーツに対する向き合い方や情熱なども語られて、楽しかった。

　やがて、合唱コンクールの日が来た。「翼をください」がテーマ曲だったが、また、フルートを持っている子がピアノを担当したが参加賞だった。

　この頃は、松田聖子さんが流行っていて、私はカセットテープとカセットデッキを買うお金がなかったから、フルートを持っている友達や、一緒に朝通う友達にレコードからテープにダビングしていただいた。優しい友達がいたと思う。行きの上川端商店街にレコードやブロマイドを売っていたから、友達は買っていた。そこには、裏にうどん屋があったので、皆で帰りに食べたりした。「青い珊瑚礁」など「あゝ私の恋は南の風に乗って走るわ　・・聞いて走れあの島へ」などは気に入っていたので、何回もテープが擦り切れるほど聞いた。

　サークルはジョギングクラブに入っていて、よく博多二中の周りを何周も回っていた。長距離は苦手だったが、冷泉のキャプテンをしていた女の子が優しかったので、なんとか続いた。

　朝はＳ旅館の館長の娘と、団地に住んでいたＳさんと学校に行くことになっていて、いつも寝坊していたから、Ｓさんがドアホンを押して「行くよ」と呼び掛けてくれたのは、有難かった。

　帰りは、また別のグループで帰っていて、よくボヤがあって火事があった、須屋商店街を通って、サビれていた下川端通りと通り、上川端通りを通って冷泉小の近くの家へと帰った。下川端通りは閉店しているところが多かったから、ここはどうなるのかな？と、子供心に思った。ここは、後に博多座になった。

　博多の町は、大内氏の没後、大友氏と毛利氏、大友氏と津島氏による合戦で荒廃を極めた。１５８７年に九州平定を成し遂げた豊臣秀吉（とよとみひでよし）は、石田三成や黒田官兵衛（後の如水）に荒廃した博多の町の復興を命じました。復興にあたっては、博多商人の協力を得て、「太閤町割り（たいこうまちわり）」と呼ばれる都市整備を２回に分けて行いました。現在も冷泉町や御供所町にその面影を見られます。当時の豊臣秀

吉の遺徳（いとく）を偲び（しのび）、現在、博多豪商の紙屋宗湛（かみやそうたん）「博多の商人で、豊臣秀吉や徳川家康の保護を受け、朱印船貿易（しゅいんせんぼうえき）で巨利を得、朝鮮出兵に際し補給輸送を担当した。黒田孝高（くろだよしたか）と親交し、茶道では千利休（せんのりきゅう）、津田宗及らと交友があった」の屋敷に、豊国神社が建てられている。このように、私たちは、豊臣秀吉が整備してくれた太閤町割り（たいこうまちわり）の碁盤の目のように、正確に真四角になっている、道を通りながら、通学を長年した。当時はなんで博多はきれいなのに他の町はぐちゃぐちゃなのかは分からなかったが、先生が教えてくれたから、それからはこの偉業に感謝しながらの通学へと変わった。本当に綺麗な町割りだった。

　そんな中、前から肝臓がんで自宅療養していた母方の祖母がもう末期だという知らせがあった。もう暑い時期だったが、皆で飛行機に乗って小牧空港まで行って親戚に迎えに来てもらった。もう、そこには、大勢、母の親戚が集まっていて、祖母の意識がなくなる中、一人ずつ話しかけて、最後に二女が呼ばれて、一言二言話して、祖母は息を引き取った。その日は昭和５９年７月３日。享年６３歳である。若過ぎたと思う。懸命に祖父と長女家族を守った証だと思う。お葬式は名古屋に近かったから、お坊さんが何人も来て、盛大に行われた。祖母は母の結婚に反対だったが、よく遊びに来させてくれて、祖母との写真がいっぱい残っている。祖母はとても頭のいい人だったから、母が誕生したのだと思う。しかも、母をとびきりの美人に産んだ。今、心からありがとうと言いたい。

　一方、相変わらず学校は荒れていて、これは博多中になったらどうなるのか？と少々危惧していた。

　そして、博多二中が閉校して、統廃合することになった。校舎は古かったけど、思い出のあるところに別れを告げた。

　そして、卒業式では先輩が、カッコいい男の子たちが、第二ボタンを女の子にあげていて、全部のボタンがなくなる人もいた。

II　博多中学校で２年生の私

　あれは制服も若干新しくなったのだろうか？無事コンクリートで造られた博多中が出来、それは、屋上にプールとバレーコートがあり、すごくコンパクトな校舎で２棟に分かれていて、渡り廊下があった。

　私はお父さんが校長先生という娘のK先生のクラスの１組に入った。コネかなんか

ではいったのだろうか？全く生徒をまとめ切らない頼りない、覇気のない女の若い先生だった。そのくせ、まじめに聞いている私だけにチョークや板などを当てて、私のどこがいけなかったのだろうか？

　私の孤独は加速して、大人数になったから、また新しく友達が出来るのかと思ったら、全くだった。相変わらず休み時間は一人で勉強していた。そこで、何クラスもある中から、またＨ君と一緒になった。その頃は、Ｈ君はあまり勉強に熱心ではなく、近くの席になったら内容を教えていた。また、横浜で両親が水泳選手で離婚したから、お母さんと一緒に福岡に来たかわいい女の子が転校してきたから、その子にも教えていた。その子は、お母さんが授業参観に来ても、激しく母親に抵抗して、言い合っていたから離婚とは、とてつもなく、子供に負担になるのだなと子供心に思った。正に、うちの両親が喧嘩ばかりして、帰ってこず、私がいい点を取った時だけ、父が帰って来たので、残る兄弟２人のためには、両親を離婚させてはいけないと、子供心に必死だった。

　ある日、水泳大会が来た。皆で屋上に集まって華やかに始まった。私は運動能力がとてつもなくいいから、クロールの花形の最後のリレーのアンカーを任されることになった。私は「水泳は正式に習ったことがないから」と頑なに断ったのだが、クラスのみんながぜひということだったので引き受けた。しかし、その日は、あまり食べるものがなかったのだろうか？なんか朝からだるく、トップで引き受けたリレーを最後の組にしてしまった。皆攻めなかったけど、勉強と貧困いうハンデがなければな？と口惜しかった。

　博多中は二中より荒れていて、トイレでタバコを吸ったり、シンナーを吸ったり、制服は違反だらけで収集がつかなかった。

　私は新しく、部活に入っていいということだったので、バスケと迷ったが、省エネタイプの卓球を選んだ。ちゃんとユニホームを皆でえらんで、顧問が始まる前に、長い教訓を暗唱された。しかし、私は不良のふりをした方が、友達が出来るのかなと、不良グループに入って時々しか行かなかった。下手なふりをするのが流行っていたので、フォアハンドは下手なままだ。バックハンドは顧問がみっちり教えてくれたので、今でも得意だ。ラケットはシェイクハンドを選んで、ダブルスはよく成績のいい女の子と組んだ。中体連は席田中であった。私は有名な選手ではなかったから、全国優勝する那珂川中のシード選手と当たった。それでもよかったのだが、ラケットの面の確認が終わったら、一人５回まで連続サーブで今みたいに、試合が改良されてなかったから、一度流れが傾くと、もう取り返しがつかなかった。私はなんで顧問のハードな練習を真面目に受けなかった

か悔やんだ。その選手のサーブは真っすぐ来たかと思うと、違う方向へ飛んでいってしまうという魔球のようなサーブで２１点中、１点返すのがやっとだった。中休みにはみんなで蜂蜜レモンを食べるのが習わしだった。空港に近い中学だから飛行機の音がうるさかった。私は幽霊部員だったが夏練習には熱心に参加した。
そこで分かったのは、卓球は省エネスポーツではなく、体力勝負のスポーツだということだ。汗をいっぱいかいた。卒業アルバムの写真には残念ながら載ってない。

　そこでは、私も不良の真似をしたら仲間ができると思ってスカートを長くしてみたりしたが、全くだった。髪を島倉千代子の「人生いろいろ」の歌詞のように「髪を短くしたり、強く小指をかんだり」のようにして、なんとかブスと呼ばれなくなるように、強く前歯を机に打ち付けたりした。それで欠けた前歯は今もある。
この頃だろうか？唇を強く指でこするとうになって、白い大きなマメが唇の真ん中に出来ていた。

　やがて、クラスマッチが来た。私は好きでよく観ていたバレーボールに参加した。皆屋上に集まって、ちゃんとボールが飛んでいかないように、ネットが全体に張られていた。成績はしたことがなかったから、あまり良くなかったが、するどいサーブを体全体で一人で跳ね返した時は皆驚いた。審判を担当した時は、上手だねと褒められた。

　その夏に、福高が甲子園の県大会の決勝まで進んだとニュースになった。なんでも素晴らしい投手がいて、勝ち上がったということだ。準々決勝は大牟田高校と当たり、４―１で競り勝った。準決勝は東筑高校で９回裏に１点を入れて、５－４でサヨナラ勝ちをした。決勝は久留米商業とで、この時ばかりは、夏休みでも補習があり福高は休みではないが、後に日本史の担当

筥崎宮あじさいまつりのユリ

となるＳ先生の号令で、全校休みにして、全生徒で久留米球場まで応援に行った。しかし、エースの松永選手は一人でずっと連投していたので、疲れたか、3回表に3点を失う。4回裏に2点を返すも、松永選手の暴投も絡み、6回表までに8点取られた。後に内山選手に投手を変わるも、大量リードを許していた福高は、今まで、よく打つ、下村選手や入江選手をもってしても逆転は出来なかった。福高が甲子園を目指せたのは、後にも

先にもこの時しかなかった。さぞや福高生全員は肩を落として帰ったに違いない。松永選手がプロになったという話は聞いていないが、恐らく連投で肩を壊したのだろう。すごく謙虚な選手で有名だったらしい。私はこのニュースを聞いて、私が行く高校は勉強だけでなくスポーツも強いのだなと強い関心を寄せた。

　ちなみに、今年は甲子園は行われなかったが、福高は「がんばれ福岡２０２０」福岡地区高校野球で、４ブロックに分かれた中で、決勝まで勝ち上がり、激しい戦いの末、福大大濠高校を４−３で勝ち、見事に優勝を飾っている。頼もしい限りだ。

　ある日の秋、皆で放生会に行くことになり、辛うじて行きで一緒になるＳさんが誘ってくれたから、夕方から筥崎宮へ行って、色のついたヒヨコを釣ったり、お化け屋敷をくぐったり、モーターショーを観たりした。そのヒヨコは持って帰り、育ててとても大きくなって、朝に「コケコッコー」と鳴いてくれるまで、成長したが、下の駐車場で育てていたため、ある寒い冬の朝、凍死していた。かわいそうなことをした。本当に丈夫によく育ってくれた。

　そして、修学旅行の日が来た。でも、いじめは加速していて、友達も初めからいなかったから、重い気持ちで参加した。始めは、高速で貸し切りバスでえびの高原まで行って、散策して、記念撮影をして、またバスに乗って、志布志湾へ向かった。フェリーに載って、大隅半島を回って、錦江湾に行くルートだった。フェリーでは、午後になっていて、すぐに自由行動になったが、だれも一緒に誘ってくれず、唯一、フルートを吹く女の子が。私の席の隣の子と行動すると聞いたので、「わたしもいいか？」と聞いたが、ＯＫはもらえなかった。仕方ないから、まだ寝るには早い、広い就寝室で毛布にくるまり、一人寝たふりをした。まだ寝る時間ではないのに寝ている自分の姿が恥ずかしかったのと同時に、寂しくて寂しくて仕方なくて、涙をこらえて、ボーっと天井を見つめながら、この孤独はいつになったら終わるのかな？と途方に暮れながら、ずっと一人でいた。

　一晩、皆でフェリーの中に寝て、あくる日の朝、開聞岳が見えた。皆で「富士山みたい」とはしゃぎながら、綺麗な開聞岳をゆっくり横切り、錦江湾へと入って行き、鹿児島港でまたバスに乗った。西郷隆盛の像や磯庭園を見学して、帰路に着いた。またしても、人生２回目の修学旅行も楽しい思い出とはならなかったことにすごく落胆し、また、このことを相談する友達も家族もいなかったことに、たった一人で悲しい気持ちをこらえることとなった。

　また、ある日、「フクト」という福岡市の模試を受ける日が来た。私は母との予習は

しておらず、小学校の時ほど、あまり勉強に打ち込んでなかったが、母が用意してくれた、学習帳を何回も解いて、市内「2位」をとった。皆、驚いた。近くにこんな成績をとる子がいるのだと、皆感心したみたいだ。

　そして、またMさんと一緒だったので、授業中しか話し相手がいなかったから、よく話しかけ、私が授業の妨げをしたから成績が落ちたとよく責められた。

Ⅲ　博多中学校を卒業するまでの私

　3年生になったらK先生ではないといいな！と心から思っていたが、見事に同じK先生の4組に入った。また、転校生のMさんと一緒だった。
この頃は、皆、高校受験を控えて、Z塾で猛勉強していた。産婦人科の息子に「僕が1位と思ったのに、私がいた」と、よく残念がられた。私は、数学の先生に誰も解けなかった、難しい方程式を一人で当てて、気に入られていた。

　でも、私は、思春期といじめが加速して、皆、一緒にトイレに行く人がいたから、誰も一緒に行ってくれなかったけど、粘り強く交渉して、やっと見つけた時には、生理の血がよく外のスカートやパンツに滲み出ていて、皆から、からかわれて、隠すのに必死だった。

　そして、夏休みが来た。母はもうそんなお金はなかっただろうに、親不孝通りにある水城学園に、「修悠館・福高・筑紫丘特待専門クラス」という、さらに難しい塾に通わせてくれた。それが、彼女の方針なのだと、並々ならぬ情熱を感じ、もう理由は聞かなかったが、素直に頑張ろうと誓った。

　そこでは、同じ中学の子がいなかったから、いじめがなく私にとってはパラダイスだった。しかも、隣に座った女の子は修悠館を目指す優秀な子で、勉強道具はスポーツ用品店のサックに入れて、常にサンダルを履き、とてもハイカラでおしゃれな子だった。大人になったらこういうおしゃれに気をつかう子になりたいなと誓った。しかも、薩摩隼人の巨人の定岡正二選手が大好きで、一緒に撮った写真や、ブロマイドや下敷きを全部至る所に取り入れていて、私も父が毎日、ナイターを観ていたし、定岡正二選手の歴史についても多少詳しかったので、すぐに意気投合した。定岡正二投手は、鹿児島実業高校で、甲子園で鹿児島県勢初のベスト4に導き、準々決勝では原辰徳さんが在籍していた東海大相模校との延長15回にわたる熱戦を勝ち抜いた。準決勝では防府商校戦では、3階に右手首を負傷し交代をよぎなくされ、チームはサヨナラ負けをした。その悲劇性

と甘いマスクと高い実力が相まって、大勢の女子中高生から絶大な人気を誇った。巨人に入る前には、多摩川で１万５０００人の女性客を集め、熱狂的なファンの続出となった。巨人の優勝に貢献するも、トレードを断り、短い選手生命となった。しかし、その後も、ファンを惹き付けてタレントとしてで活躍している。私は全くおしゃれでなく、垢まみれで汚いＴシャツを着ていたのだが、彼女は一度もそれを口にしたことはなかった。よく、朝一緒に彼女が地下鉄の天神駅に着いたら、私は自転車を手で押して、昨日の巨人戦はこうだったね！などと話しながら通った。その頃は、水城学園は大学の浪人生が一番通うところだったので、親不孝通りを大勢の列を作って、浪人生が通っていた。私は彼女と成績も近かったため、いつも点数を競いながら学習した。初めて、学習が楽しいと解き放たれた瞬間だった。

　英語では３人称の覚え方においてユーモアを交えながら教える先生がいたので、少々難しかったが、すぐに覚えた。クラスはごく少人数で男の子と女の子が半々だった。そして、最後の学園模試を終えて、彼女と別れる日が来た。彼女は帰り道に、「行きで激しく喧嘩してもすぐに仲直りして、一緒に授業受けたね」と懐かしそうにいろいろと、この夏休みを振り返った。私も彼女から教わったことは、たくさんあったから、どう最後の言葉をかけようか？悩みながらゆっくり、親不孝通りを天神へと向かった。そして、地下鉄の天神駅に着いた。いよいよお別れだ。しかし、彼女はここで終わりにしたくなかったのか、「家に遊びに来ないか？」と誘った。その時は本当にいじめられてばかりの私が選ばれたと思って、とてもびっくりしたのと同時に、とても嬉しかった。私は、素直にその申し出を受け入れればいいのに、多少、貧困でだるさを感じていたからか？なんと断ってしまった。彼女はその後も何回も聞き返したが、私は家に帰るのを選んでしまった。寂しく別れを告げて、地下鉄の天神駅の入り口の階段を下りていく、彼女の表情を今も忘れない。彼女はとても優秀で美人だったから、きっと修悠館に通ってモテただろう。私の初めての思春期のいい思い出だ。でも私はこの時、家に遊びに行っていたら、今も交信があったかと思うと自分の判断は間違いだったと思ってずっと後悔することとなる。

　思春期から続く孤独との闘いはまだ続いていたが、東京からＴさんというかわいい女の子が転校してきた。そして、いきなりＺ塾でトップクラスに入った。Ｚ塾では塾の試験がある度に、激しくクラス替えをさせられて、その度に、模造紙で成績順位が発表された。よく私は１位をとっていたから、父が見に来ていた。それを妹は批判するが、

身内だからいいのである。おそらく、母からの父の悪口の聞き過ぎだろう。Ｔさんは英語が得意ですぐに仲良くなれた。こんな子と一緒に高校に行けたらいいなと、ぼんやり思った。

　中体連は私たちの代になり、ほとんどがスタメンで活躍していたが、わざと下手にプレーする選手ばかりだったので、あまりいい成績は残せなかった。

　２学期に入り、ロサンゼルスオリンピックの新体操において日本で初めて１３位入賞した秋山エリカが凱旋演技に来た。新体操を楽しそうに披露するその姿に、あんな風に好きなスポーツを一生出来たらいいなとぼんやり思った。彼女は私と同じ冷泉町出身で、彼女はリボンを足で投げる技を世界最初に考案し、１９８９年の世界戦選手権では、日本人過去最高の個人総合８位入賞を果たし、高校卒業後、東京女子体育大学へ入学し、山崎浩子が引退してからは、新体操の火付け役として、この競技を牽引した。柔軟なその身体は惚れ惚れするくらいだったが、現在は東京女子体育大学教

筥崎宮あじさいまつりの百合

授や、社団法人日本新体操連盟の理事として活躍している。その柔軟な身体を活かし、中村格子先生の「実はスゴイ！大人のラジオ体操」（講談社）の監修も務めていて、私もこの本で自らラジオ体操をしている。その凱旋では大人数連れて、いろいろな演技を披露してくれて、それは華やかに行われた。

　Ｚ塾で最後の試験が終わった。私は休みたかったが、気に入られている数学の先生から分厚い数学書を渡されて、解くように言われたので、素直に解いていた。難しい方程式でこれは高校の内容ではないか？と思ったが全部解いて当ててしまった。しかし、最後に解いた時には、これでは解き過ぎで、方程式が試験に出たら解けないのではないか？と疑問に思った。

　中学では、試験の１週間前に私が中心となって１０人くらいで、予習をした。皆、教えてほしいとのことだった。そこには福高志願はおらず、福岡中央や福岡商業だった。皆に適切なアドバイスして、予習ドリルで猛勉強した。ただ、Ｍさんに私が邪魔したというので、少々Ｍさんに偏っていたら、Ｍさんは、福岡商業に受かったけど、手薄になったＫさんが落ちて、お母さんと大泣きして博多女子にしか受からなかったそうだ。

悪いことをした。少し10人は多かったか？その他、福岡中央などには順当に受かった。

　そして試験当日。私は万全の準備をしていったが、方程式がと懸念になっていた。そして、数学のテストが来た。なんとそこには方程式がなかった。初めてのことだったらしい。そのかわりに難しい体積の問題があり何分かけても解けないから、飛ばして全部解いてから解くことにした。でも、解けなかった。前に座っていた女の子が解けたと誇らしげに言っていたからこの子が受かったのかな？と思ったりした。他の教科は全部解けた。

　そして、試験合格発表の日が来た。行く時に、幼馴染のH君が「受かっていたよ」と言っていたけれど、この目で確かめたかったから、実際に福高まで見に行った。そしたら番号があった。受かったのだ。でも、私は地元ではないから、受かるということがどういうことか？あまり実感はわかなかった。ただ一つ、体積を解けた子がZ塾で落ちたと言って悲しそうな表情だった。それが複雑な心境だった。体積に時間を取り過ぎたのか？ぜひ一緒に行きたかったものだ。仲良しのTさんは、最後の試験の後、全く勉強しなかったらしいが、無事受かっていた。嬉しかった。合格発表は独特で胴上げをしたり、先輩たちが祝福に訪れたり、家族で記念撮影したり、とても豪勢だった。

　博多中とさよならする日が来た。私は何一ついいことなかった中学をやっと卒業出来ると嬉しかった。

　卒業写真は須崎公園の噴水の前で撮り、けだるそうに眼鏡姿で中央付近にいる私が載っていて、よく弟が後でわざと「かわいいね」といって冷やかした。

　でも、卒業の寄せ書きで「眼鏡に集合」という心無いコメントが寄せられ、私は悲しかった。そんなに勉強しかしてないとみられていたのか？指には鉛筆ダコが出来ていた。

　　　　博多中学校　　校歌　作詞　持田勝穂　作曲　森脇憲三
　一、　　　　朝はあかるい　玄海の
　　　　　　　空に沸きたつ　雲のごと
　　　　　　　ふくらむ希望　胸にして
　　　　　　　正しくつよく　学びゆく
　　　　　　　みどりの風の　光る学び舎
　　　　　　　われらが母校　博多中学

二、　　　流れゆたかな　那珂川や
　　　　　　那の津博多の　名をとどむ
　　　　　　郷土のほこり　うけつぎて
　　　　　　たのしく清く　励みゆく
　　　　　　みどりの風の　光る学び舎
　　　　　　われらが母校　博多中学

　三、　　　窓に背振の　峰遠く
　　　　　　きたえ風雪　身に耐えて
　　　　　　輝く校旗　堂々と
　　　　　　守りて我ら　進みゆく
　　　　　　みどりの風の　光る学び舎
　　　　　　我らが母校　博多中学

第4章　栄光と挫折の福岡高校時代

1　首席で入学した一年生

　福高入学決定の年の春休みの、会社の慰安旅行では白と黒の高いワンピースを買ってもらって、参加して、父と母はとても嬉しそうだった。私達は毎年、春休みに慰安旅行に行っていて、沖縄や兼六園や映画村、道後温泉や有馬温泉や甲子園など行き楽しい思いをさせていただいていた。貧しい家庭から、難関の福高に受かるのは、当時はあまり珍しくなかったが、それでも福岡有数の福高に入ったということは、父と母は、鼻高々だった。

　入学式の前に、五冊の読書感想文の課題が用意されていて、入学まで、読破して感想文を書いた。他にも福高カバンや制服など用意しなければいけなかったが、母は惜しみなく出した。そこで、参考書の多さにはびっくりした。

　そして、入学式の前々日かに、私が首席で入学したことを学校から告げられた。

　それで、新入生挨拶は私が担当してくださいとのことだった。私は嬉しいのと同時に、緊張した。父と挨拶文を考え、当日は新入生が体育館で全員、在校生と対面するように全員座り、また在校生も新入生に対面するように全員座り、私は、一人、広い体育館の

中央の列の中央に立って、練習した「勉強もスポーツも頑張って、楽しむ高校生活を送りたいと思います」と挨拶した。そして、名前を言うのを忘れたことを思い出し、帰りの道で舌を出してしまって、後に担任となるM先生のとても怒られた。

その福高の校舎は今も博多の誇りとして語り継がれるくらい立派で、堂々たる構えの校舎は昭和初期に建てられた旧福岡中学校時代

福岡高校

からのもので、県の有形文化財に指定されています。外壁のタイルがモザイク模様になっているのもアートな風味があって面白いです。これは修理に規制があるからだとか。1階は地下と地上と半分ずつになっていて、全体的にコの字型に建てられていた。今は、内装が新しくなり、綺麗な内壁となっている。福高のバッチは校技のラグビーの球がモチーフとなっていた。

1年生は書道か音楽か絵画か趣味別に組が組まれた。私は絵画が良かったが、母が書道上手でしょう？の言葉に、不本意な書道組に入り、1組で国語が担当のM先生だった。

そして、入学最初の全国模試があった。私は十分受験で頑張ったから休みたくて、手を抜いてしまった。そしたら、上位ではあったが、校内50位以内にぎりぎり入るかの点数で、後に九州大学にいく、N君とK君の間に入った。

これを受けて3者面談があったが、母が「医者にする」と言った傍らで、国語の担当のM先生は「首席で入ったかもしれないが、首席の実力はない」と言い渡されてしまった。こんなこと言う先生がいる高校はどんな高校かな？と思った。

入学最初に体力検査があって、一人座高が足より短くて、屈伸や反復横跳びをずば抜けた身体能力でこなしたので皆びっくりした。50mが早かったので、即体育祭の選

手に決まった。

　部活に入っていいとのことだったけど、最初はテニス部に入りたいなと思っていたが、ちょっと貧困の疲労はピークだったから、帰宅部になった。代わりにクラブサークルでテニスをとった。スマッシュなど丁寧に教えていただいた。

　そして、教室が始まった。勉強が出来る高校は、イケメンやかわいい子だらけで、いじめる子もいなかったから、なんと「パラダイス」ではないか？と私は皆と対面して感激した。その時から、早く眼鏡からコンタクトにしてほしいと、要望した。そして、女の子の席順がＴ利恵さんとＴ由貴さんと同じ苗字の子がいて、利恵さんは「としえ」と読まれたので、本当は「りえ」だから後だが、由貴さんが後になって私の前になった。彼女は記憶が確かであれば、筑紫女学園を受けた時も一緒の子だった。かわいい子で、教授の娘で最初から一橋大学に合格したいと具体的に話していた。私は何故、具体的な大学を公言出来るのかちょっと不思議だった。彼女はよく、参考書を１冊も持ち歩くと重いから、背表紙も何もかもバラバラにして、試験や勉強しているところだけを自分で少しずつまとめて持ってきていた。私はその姿を見ながら「なんと効率的なことが出来るんだろうか？」と自分の不勉強に脱帽していた。そして、左隣も教授の娘で、大分から編入してきた、右隣も教授の娘と知った。なんという高校だろうか？こんなハイレベルな高校についていけるか若干、最初から不安になった。そして、Ｍ先生の国語の授業で、大分の子が「産業革命」と答えただけで、激しくＭ先生が褒めたので、どういう先生かなと不思議だった。

　福高の参考書や教科書はどれも難しく、朝補修と夕方補修を必ず受けないといけなくて、１時限目が始まる前に、午前７時前くらいに教室へ行って、１時間から１時間３０分授業を受けるのが習わしだった。それは、毎日で夕方も補修だった。よく寝坊して朝、遅刻して、廊下に立たされていた。とても、ハードな高校生活の始まりだ。

　私は、担当の「首席の実力はない」という言葉を裏切ってやろうと懸命に、もう母の許容範囲ではなかったから、ビブレの紀伊国屋の参考書を物色して買って行きまして、テレビの教育番組で英語やいろいろな授業のテキストを、自分なりに揃えて、なんとか頑張った。

　そして、最初の中間テストがきた。私は張り切って、頑張って受けた。本当は妹が受験の年だから、私は家事手伝いをしないといけなかったから、勉強は二の次にしないといけなかったけど、このハイレベルな高校でついていくには、もう母もいないことだか

ら、初めから頑張らないとダメだと直感していた。また、当時、「第３次世界大戦」とか「ノストラダムスの大予言」などささやかれていたので、私はこの現象をなんとかしたい！という使命感にも燃えていた。もし、１年生から頑張らなければ、「第３次世界大戦」は本当に起こっていた。断言出来る。この後、ずっと、勉強に釘付けになるとは思いもしないで、夢中でテスト受けた。でも、ずっと母には「妹の受験に勉強した」と責められ続けた。

　そしたら、Ｍ先生の国語のテストの現代文の要約のところで、私の回答に、全体に大きく「✖」と書いて帰ってきた。初めての体験だった。何がいけなかったかはもう聞かなかったが、こんな先生がいる高校はどんなこうこうかな？とまたまた深い疑念が抱かれた。でも、その「✖」があっても、私は学年首位だった。期末テストも数学で、微分積分を丁寧に基礎から教えていたただける、ちょっと足の悪いＩ先生のお陰で、首位だった。いつも物理では100点だったから、臨時講師のおじいさんに気に入られて、皆の前で発表されていた。周りの教授の娘の子はそこまで頑張っていない様子だった。

　普通、大学受験の時だけ勉強頑張るのがセオリーだったから、私が猛ダッシュして最初から勉強したため、１組の皆もつられて、勉強を頑張り、学年の他のクラスからは、「勉強ばかりして、仲の悪いクラス」とささやかれてしまった。でも、後に有名な大学に入学することになった子が多く出たのは言うまでもない。

　私は、教授の娘の子とは何を話していいのか分からなかったから、登山部のＨさんのグループに入って、ご飯を食べていた。よく妹がお弁当を作ってくれた。また、学食の焼きそばパンは１００円で、他も全部１００円くらいだったため、争奪戦で、私は終りのチャイムが鳴るのを逆算して、鳴った時にはダッシュ出来るように、机の上はなにもかも片付けて、一目散に学食へ駆け込んでいた。行列が出来て、売り切れ続出だった。その学食のパンはとても美味しくて、今でも日本は料理パンと菓子パンが世界一ある国らしい。学食の奥には座敷があり、先輩たちが、ご飯を食べながら心行くまで談義をしている声が響いていた。また、同じ学食の料理の「ドリア」が１５０円と安く、気に入っていたので、Ｈさんたちと食べた。「ドリア」は外人が開発はしたが、日本初の西洋料理で、この他、日本人が初めて開発した、西洋料理は「ハッシュドビーフ」「ハヤシライス」「ビーフシチュー」など、数々あり、日本人が開発した料理は多いのだ。また、Ｈさんの仲間に「「奨学金」を受けているから、返さないといけない」と言っていた女の子がいたけど、私は受けていなかったから、今、振り返ってみると、母はある程度もう余裕があったの

かな？と思う。

　その時の、現代文の問題は芥川龍之介の「羅生門（らしょうもん）」だったので、皆で終わっても議論しながら、何故、男は最後に暗闇へと行ったのか、心ゆく二学期が始まる頃、まで話し合っていた。

　その頃、１９８５年５月１６日に「たかが漫画、されど漫画」と題して、長谷川法世さんが講演に来た。彼は「博多っ子純情」という漫画を描き、大ヒットさせ、映画化された「石堂高校」とは「福岡高校」のことで、博多と福高の生活を中心に恋愛ドラマを描いた。彼も私と同じ中学で、博多の「うまかっちゃん」のラベルの漫画を描いている。ＮＨＫの朝の連続テレビ小説の「走らんか！」の台本も手掛けていて、今も毎年博多祇園山笠に毎年出ている。でも、話がちょっと上手くなくて、盛り上がりに欠けたから、私はちょっと居眠りをしてしまった。それはかなりもったいなかったか？漫画はとても面白くて博多弁を随所に使っていて楽しいのだ。

　また、福高祭という文化祭は誰も誘ってくれなかったから、一人で見学した。それは、３大行事の一つで、実際に舞台の上でバンドとして演奏出来るのは、先生たちが採点する予選を勝ち上がったバンドだけだ。何組ものバンドが演奏して、近くで観たかったが、もう舞台は人でいっぱいで、いつも、入り口の辺で、雰囲気を楽しんでいた。とても上手なバンドばかりだった。

　夏休みに入る前に、プールの授業が始まった。福高は水球部があり、県でも数少ない部活だったから、県大会の常連校で、プールはとても広く、中央は深水２ｍ以上あるから、本当に泳げる人以外は、禁止区域だった。私はあまり、水泳を本格的に習ったことがないから、我流で、でも毎年、海水浴に行った思い出が楽しかったから、思い切って楽しく授業を受けていた。

　そして、秋に行われる福高最大の催し物の「体育祭」の打ち合わせが行われた。福高の体育祭はＯＢが多額の資金を出して行われていて、九州でも有名なのだ。それは、各学年が４チームに分かれて、３学年が合同になり、競技や応援団などで、競われる物だ。当時はまだ、パソコンはなかったが、その前身のようなもので、プログラミングを３年生がして、ＯＢが出して建てるスタンドで人文字をするのが習わしだ。他に応援団では、男の子が団旗を振って、刺繍が縫われた学ランを着て、応援するだけでなく、クラスの何人かのかわいい女の子が踊り子といって、チアガールをすることになっている。私達のクラスからは、Ｔ利恵さんや何人かが選ばれて、私は縫子を担当して、生地から衣装

を作るからその制作担当になった。本番は１０月の体育の日と決まっていた。

　そして、夏休み前に、全授業休んで、盛大なクラスマッチが行われた。私はバスケットの経験があることを皆から期待されて、バスケのクラスマッチに出ることになった。ずぶのど素人にパスの仕方やフォーメーションやシュートの仕方など丁寧に教え、私はセンターになって、司令塔としてコートに立ち、次々とシュートを決めていった。最初からスポーツが好きな私にとっては、唯一の楽しみな時間だった。そして、準決勝まで勝ち上がり、小学生の時、バスケの全国優勝経験者と当たった。十分勝てる自信はあったが、勉強と貧困というハンデがあったのだろうか？負けてしまった。３位決定戦は勝ち、３位だった。皆、部活もしているから、賞をとってもよさそうだが、賞状が贈られたのは、私の３位だけで、医者の息子という、Ｋ君が黒板の上の中央に大切に飾ってくれた。

　夏休みになって、福高恒例の１年時九重キャンプ教室があった。行きの貸し切りバスで疲れて寝ていたら、Ｎ君がチョコチョコと触って起こしたりしてからかわれたが、ちょっと私的にはあまり食べてないから、きつい感じで始まった。九重に着き、途中までバスで登り、そこからは登山の始まりだった。私は短距離では得意だが、登るのは大の苦手だったから、いつも集団から後の方になってついには最後になりながら、登った。優しい女の子がクラスにいて、付き添ってもらった。

　着いたらキャンプ場があって、自炊やテントやあらゆるものが揃えられていた。私は事前から決まっていた、お茶碗洗い担当で、何故か食器を洗ってばかりいた。ご飯を炊くのは、牧からと決まっていたので、男の子たちが、工夫しながら炭起こしから炊いていた。よくカレーを作ったから、だいたいカレーだった。そして２日目の夜に松明を焚いて、それを囲んで歌を歌う行事が始まった。初めての体験で、ゴウゴウと燃える松明に強烈な印象を持った。そして、それが終わったら、阿蘇の夜明けに山頂に着くのを目指して、さらに登山が始まった。その時のきれいな満天の夜空に、見たこともないたくさんの星がきらめいていたのは、今も忘れない。

　やっと明け方に頂上に着いた、私たちのクラスは、昇ってくる朝日に感動した後、先生を中心に記念撮影をした。その時の私は、分厚い眼鏡に髪の毛はボウボウという感じで映った。早くコンタクトにしたいなと内心、切望した。お風呂は集団で入るので、少々窮屈だった。福高ジャージを皆、身にまとい、最後にまた整列して皆で記念撮影した。その時の私の表情は悲しそうだった。やはり、パラダイスの福高に行っても孤独は解消

されなかったか？一番最後に、皆で広場において整列して、Ｔ由貴さんが、恐らく行動が品行方正だったということか、一番活躍したということで、表彰されていた。テントで寝るときは、野生で生きるとはこんなに厳しいものかと、寝るときは虫が来るし、寒いし愕然としたものだ。初めてのキャンプで私の中のちょっとキツかったが、楽しい思い出だ。

　そして、夏休みが終わったら、２学期が始まる前の模試がまたあった。私は学校の期末などを頑張って疲れていたので、かなり手を抜いてしまった。そしたら、入学の時の模試より悪く、周りの教授の娘は皆、とてもいい点をとっていた。学校の試験はそれほどでもないのに、模試だけいいとはどういう世界か？そして、後に東大の数学科にいく産婦人科の息子のＭ君が、数学の分厚い参考書の最後に載っている数式を解いて、学年１位だった。まだ、だれも最後まで解いてないはずだ。これは、教えられているなと勘づいた。模試とはどんな世界か？やはり学校だけの勉強では、本当に「首席で入ったけど首席の実力はない」ということを実証してしまう。こんな、教えられて東大に行くような生徒たちに負けたくなくて、私の勉強はさらに拍車がかかり、午後４時に帰宅して、午後６時に起きて、オールナイトで勉強して、授業中に休むというなんともハードな生活を２年も送ることになる。やりたくない時は、勉強はしないでいいのだ。それを私は全く休憩の仕方も忘れるような高校生活を送った。

　冷泉から福高に行く道に２ｍから３ｍの急な坂があった。私は自転車通学だったので、いつも登る時に、前輪をグッと持ち上げて、スプリンター並みの力で一気に駆け上がった。丁度、母が伊吹おろしの中、実家に自転車に負けずに帰っていったように、それが２年続いた。今でも筋肉は体の中でかなりある。

　そして、大半は吉塚駅まで列車で通う生徒だったが、東京から博多中に編入してきたＴさんとは同じ帰る方向だった。そして、彼女はゆくゆくイギリスに留学したいということだったので、よく二人で「英語だけで会話しようね」と話して、本当に学校を出た瞬間から帰るまで、英語で話して帰った。近くに福岡市民体育館があり、プールで泳ぎながら、それもずっと英語を話していた。その時の英語は学校で習っているような複雑なことではなく、簡単な英会話のようなものだったが、私にとってはその時間がとても楽しかった。毎日、今日はどんな単語を使おうかな？とワクワクしていた。Ｔさんとは帰り道が一緒で良かった。そのため、今でも英語が話せる。彼女は１浪をしてから無事、スコットランドの大学に行き、国際文通を１回した。彼女は、徹底的に英語をマスター

し、そういう好きなことだけに絞るやり方もあるのだなと、彼女の人生を見て思います。

　相変わらず、2学期に入っても、私は首位をキープしていた。血の滲むような努力だった。いい成績を取る度に、全く帰って来ない、父が帰って来て、誇らしげに成績表を見ていた。福高になったら、孤独は終わるかな？と淡い期待をしていたが、全くそんなことはなく、嫌いな登山部を見学したり、一人で福高祭を見学したりと、どこにも居場所はなかった。福高の文化祭はバンドが厳しく審査され、一部しか舞台に立てなかった。ただ、一人、Hさんが、移動に付き合ってくれて、7限目のサークルクラブも一緒のテニスだったため、それだけは救われた。

　やがて、大規模な体育祭の日が来た。私は踊り子の衣装を生地から作る「縫い子（ぬいこ）」だったので、大会に入る前に、レースの襟（えり）と衣装にカーブをかけながら、慎重に母のミシンで作り、高評価を頂いて、かわいい黄色組の衣装が出来た。何度もスタンドで人文字を練習し、始まるのをワクワクしていた。私は選手に選ばれて、１００ｍ走だった。そのころは、勉強と貧困というハンデがあって、スタートの５０ｍまでは１位だったが、徐々にスピードが落ちていき結局８位で、入賞にもならなかった。ただ、黄色組の先輩たちが私の名前を連呼して、応援していただいたのが、恥ずかしくも、とてもうれしい記憶となった。この競技は成績順に点数が加算されていき、黄色組は応援合戦を迎える前には、トップだった。このまま応援団もトップだったら、ほぼ優勝は決まりだ。そして、応援合戦が始めった。黄色組の構成は全部3年生が決めるのだが、踊り子の衣装もダンスもかわいかったし、応援団も見事だったから、トップで見事、優勝決定！その時は、あとで、黄色組全体で、応援団長を中心にかなり長く挨拶の言葉や、優勝のコメントなど、スタンドが外されるまでに1時間くらい皆で優勝を味わった。3年生は卒業してしまうので、かっこいい先輩たちがお互いに記念撮影をしていた。

　また、冬休みに入る前の、全授業休みの、クラスマッチが来た。友達にまた、バスケを勧められたので、またバスケを選んだ。福高の規則により、部活動をしている人はその競技には入れなかった。だから、ルールを知らない人たちによる、バスケやラグビーはボールに団子状態であまり見られたものではなかった。私は、大阪の有名な将棋名人が、丁稚奉公（でっちぼうこう）をした先の、赤ちゃんをおぶっていて、赤ちゃんを落とすほど、将棋を指している人たちの後ろから、「そこで銀、そこで飛車」と声をかけていたように、いろんな競技を見に行っては、「そこでパス、そこでシュート、もっと前へ」など大きな声をギャラリー席からかけていた。そう！私は根っからスポーツが好

きなのだ。いつか、勉強と貧困というハンデがなくなってスポーツに専念できるような人生を送りたいな！とぼんやりと考えていた。そして、コック長になったＧ君を誘って、また皆にフォーメーションを教え試合に臨み、パスが読めたので、よくパスカットしインターセプトして、自陣にドリブルで持って行って速攻というシュートを決めていた。一緒に速攻をする友達からは「出塩ちゃんと一緒で助かる！」とよく言われていた。もう、貧困で背が低かった私は、スリーポイントシュートなどを決めていた。そして、順当に勝ち進みまた準決勝で全国優勝経験者と当たった。いつも、今度こそと思うけど、そんなに寝てない私にとっては不利で、また負けた。そしてまた３位。ああ、いつ勉強と貧困というハンデはなくなるのだろうか？もう、コンタクトレンズにしていたので、今回はとても闘いやすかった。それだけは救いだ。

　そして、冬休みに入る前の模試が来た。私は今度こそ失敗しないようにと、期末で疲れていたが、頑張った。しかし、やはり模試は違う。何か違う。試験範囲も告知されてないし、未知の世界だ。夏休みの終りよりは良かったが、教授の娘ほどではなかった。それを、父と母に素直に話した。そしたら、通信制の「Ｚ会」を勧められた。私はお金も出してくれるとのことだったので、迷わず入った。その通信制のやりとりは、赤ペンで解答を添削するものだったが、かなり難しかった。やはり、このような難しいことを皆、親から教えてもらっているのだなと、教えてもらえない私は、闇に向かって努力するような、努力を続けた。

　冬休みが明けると、今度は早朝から集まって、福高ジャージに着替えて、ハードな体育の練習、例えばグランド１０周ランニングなどの、「寒稽古（かんげいこ）」が始まった。福高はラグビーが校技だから、グランドはラグビー仕様でかなり広い。少々ハードな練習だ。なんでも、体を鍛えてこそ、強靭な肉体と精神は宿り、勉強もスポーツも強くなるのだとか。福高は文武両道なのだ。厳しい練習の後はグランドに整列して、校長先生の挨拶を聞いた。正直ハード過ぎたが、心地よい疲労だった。今は、もう行われていないそうだ。

　そして、妹が高校受験の年だから、冬休み前くらいから、福高の試験にも慣れてきたから、ここで妹を教えなければ、一生家族から呪われるだろうと一生懸命教えた。そしたら、私と同じ福高へ行きたいとのこと。まあまあ、いい成績をとってはいたが、本当に安全に受かるまでには、あと一歩だった。その気持ちに応えようと、多少自分の勉強は休んでも教えた。

そして、受験当日。福高では私たちは休みだから、妹を勇気づけて送り出した。そして、何時間経っただろうか？そろそろ終わるなという時に、妹が泣きながら「落ちた」と言って、父と母の会社にうなだれて帰って来た。うーん？私の教え方が中途半端だったか？父が泣く妹に、ナデナデと頭をさすってなだめた。そして、ひとしきり泣いて気が済んだか？妹が家に帰って来た。そこで私は落ちたかどうかはまだ分からないから、とりあえず答え合わせをしようと誘った。そしたら、妹が納得して、問題を解いていった。大方、合っていたが、数学が苦手とのことだったので、数学の一番ウェイトが大きい方程式を解いてもらった。そしたら、全く解き方は違ったが答えは「4」で合っていた。私は妹をなだめるように、「これが、合っているから受かったかもしれないよ！」と出来る限り励ました。

そして、合格発表当日。なんと妹は受かっていた。晴れて姉妹で、福高に通うことが決定した。これには、妹もかなり嬉しかったのか、その春休みの会社の慰安旅行では髪もキレイに整えて、私と同じように、ちょっと高い服を買ってもらって楽しそうに参加していた。この時も、父と母は嬉しそうに、私の時よりも、さらに誇らしげにしていた。

Ⅱ　初恋と踊り子を体験した2年生

　2年生になり、今度は社会をどの教科を取るかで、クラスを分けられた。私は、世界史と日本史と地理の中で、地理が本当は良かったのだが、1年生の時に日本史をかなり詳しく勉強したから、他の勉強もあったから、省エネ作戦で、日本史だったらあまり勉強しないでもいい点を取るだろうという、安易な気持ちで日本史を選んでしまった。地理をとったらまたT由貴さんとは一緒になれたが。

　それで、入ったのが古典担当のT先生のクラスの4組で、男の子たちはスポーツなどを専門にして、あまりそこまで勉強しないイケメンだらけのクラスで、女の子は1組から続く子たちで形成された。その中には、本当は大濠にバスケで推薦が決まっていた190㎝あるT君が含まれていて、福高に受かったから推薦を蹴ったのだとか。でも彼一人では、福高をバスケで県大会に導くことは出来なかった。

　そして、日本史は貝原益軒の子孫というおじいちゃんがなって、その人は黒板では全く出鱈目（でたらめ）で汚かったが教科書には載っていない小話をはさみながら面白おかしく話したので私は手を抜くどころかますます詳しくなってしまった。

　貝原益軒（かいばらえっけん）とは、江戸前・中期の儒者で、福岡藩医官貝原寛斎の

4男で名は篤信、字（あざ）は子誠、通称を助三郎、のちに久兵衛、別号に損軒・柔斎です。父や兄存斎に医学・漢学を学び、のちに藩医となり京都に遊学。学問は始め陽明学（ようめいがく）をこの身、のちに朱子学（しゅしがく）を、晩年にはその朱子学も批判する。その探究するところ極めて幅広く、子女の教育法を説いた『和俗童子訓』等著書も多いです。正徳（しょうとく）４年（１７１４）、８５歳で逝去した。名言も数多く残す。

　また、彼は「養生訓（ようじょうくん）」という本も残し、長に頃から弱かったため健康に興味を持ち、ちょっと言葉は違うかもしれないが、要約すると「健康とは心を静に保つことと、適度に運動することと、適切な食事をすることで、これらバラバラではなく、すべて一つでこれが揃ってこそいい状態になり、常におしゃべりで怒り心を乱し、心を静に保てないならば健康とは言えない」という内容の本で、それは今もベストセラーだ。彼は７０歳まで福岡藩に仕え、その後、引退してから多くの本を書き出し、その本は各ジャンルにいろいろまとまっていて、いかにアンテナを張り続けたか、また記憶したかがうかがえる。まさに福岡が産んだ天才だろう。

　そして、私は相変わらずハードな勉強を続け、最初の模試はＺ会のお陰か、かなり良かった。続いて中間も期末も頑張った。まだ、受験ではないのに、一人ハードに勉強している姿を見て、ある女の子が「輪廻（りんね）」と私をやや指さして言った。その時は何のことかよく分からなかった。もう、その頃は、激しく嫌いな勉強をしているストレスで、激しく指で唇を触り、唇の真ん中に白い大きなマメが出来ていた。
古典のＴ先生は皆の前で「僕はまったく結婚できないんだよね」などと、くだらない話をして、まとめきらなかったから、よく私達生徒が、私語を話し出すから、５分くらいえ授業をやめて帰っていく先生だった。

　そして、幼馴染の上川端のＨ君とは、４５０名もいて、１０組もあるのに、また一緒になった。もう勉強についていけないから、よく「ブービー賞」を取ったと言って、喜んで私に報告していた。でも、少しでも勉強に対する熱意が戻ったらと私は思い、よく近くの席になったので、試験の度に教えていた。それは、果たして彼にとって嬉しかったか？少々疑問が残る。

　その時の現代文の問題は中島敦（なかじまあつし）の「山月記（さんげつき）」だった。なぜ、男が虎になってしまったか。心ゆくまで話し合った。

　そしてこの頃に、森重隆ラグビーフットボール会長が講演に来た。そう！私は彼と中

学も高校も同じなのだ。相変わらず、面白おかしく話して、生徒たちを釘付けにしていたが、さすがに２回も聞くと、スポーツのなんたるか？また、向き合い方、勝負に対するこだわりや、精神論など間接的ではあったが、なんとなく習ったような気がした。その時の森会長の講演は一生懸命聞いているから、一生忘れないだろう。

　ちなみに、彼は高校からラグビーを始め、２，３年生の時全国大会に出場し、ポジションはセンターで、明治大学では１年生から大会に出場し、１９７４年に新日鉄釜石に入社してから、主将・選手兼任監督として、日本選手権４連覇に貢献した。明治大学の北島忠治監督から「糸の切れた凧」と評されるほど、奔放でスピードのある選手だった。福高は東福岡高校が出来るまで福岡県のラグビー代表校で、昭和２９年には３回目の全校優勝を飾っている。また１９２４（大正１３）年７月創部で九州一歴史が長い。これまで全国大会に３７回出場（優勝３、準優勝３、国体優勝２）である。１９７１（昭和４６）年には全国大会最多出場校として表彰さてれました。１９４７（昭和２２）年、第２６回全国大会の神戸二中との決勝にて、ある選手が自身の強烈なタックルで主将の左眼球が飛び出したが、自ら眼球を手で押し込み、試合を続行、最後には優勝したというエピソードもあるくらいだ。

　彼は、その後に福高のラグビー部の監督になって、２０１０年から２０１１年の第９０回花園大会に導いた。その時は、記念大会ということで、いつも福岡は全国優勝しているから、２校出ていいとのことだったので、東福岡と同時に出場した。私は父の影響で、ラグビーは勉強の合間をぬって観ていたため、父が「福高が出ているよ」と言ったので、最初に強豪の本郷高校と当たったのを観ていた。父はずっとスカパーで野球やラグビーに特化したコースを契約し毎日のように観る、熱血スポーツマンだ。本郷高校は強くてリードされていたが、ケガで試合に出ていなかった、福岡堅樹選手が途中出場し、試合終了間際に回ってきたボールを、何人も俊足を生かしてかわして、見事に逆転トライを決めて、それが大きかったから１４－８で逆転勝利した。アナウンサーが「森さんの喜ぶ顔が観られますね」と森重隆会長が映った姿は今も忘れない。

　そして、２回戦に大阪の大阪朝鮮高校と当たった。ここは在日朝鮮人が母体の在日だけのチームだが、何故、このような高校が全国大会に出られるかは、不思議に思うが、今は経営危機に陥っているらしい。でも、昔から強くて、福高はトライを１度も決められずに、０－２４で負けてしまった。

　ここは強くて、準決勝まで勝ち上がった。しかし、２０１９年ワールドカップラグビー

日本大会で有名となる桐蔭高校の松島幸太郎選手が出ていて、ほとんど負けていたが、大阪朝鮮がゴール付近においてモールで押し、ウィングにパスを出した時、松島幸太朗選手が見事にインターセプトしてターンオーバーして、ほぼ花園球場を一人で独走し、トライを決めた。これで、流れが変わり、見事に桐蔭高校が１６－７で逆転勝利した。松島幸太朗選手は福岡堅樹選手と共にワールドカップラグビー日本大会を一緒に戦うことになるが、見事に、森重隆会長や福岡堅選手や福高の悔しい気持ちを晴らしてくれた。彼なら世界で活躍できるだろう。そしてその大会は決勝で見事に桐蔭高校が東福岡高校を２４－１０で下して、初優勝を飾った。その試合も全部、父と観ていた。

　また、森重隆会長は日本大会で会長と言う責務を全うし、初のベスト８に導き、ラグビーの一大ブームを巻き起こし、流行語大賞にも選ばれて、その大会の日本国内にもたらした経済効果は６４６４億円の黒字にのぼり、チケットは１７２万枚を売り上げ、販売率はＷ杯史上最高の９９％に達し、海外から２４万人以上訪れ、その外人だけの経済効果も３４８２億円で全体の半分以上を占め、ラグビー強豪国以外での開催を大成功に収めるのに貢献した。現在、前大会で世界ランキング３位の南アフリカを破り、現在世界ランキング９位であることが、評価されて日本ラグビーは強豪国の一員のティア１に選ばれた。これからワールドカップ以外の強豪国との大会に出られる。また、２０２２年からは２５チームが参加する三部制のプロリーグが発足する。まだ森重隆会長について載せたいが、私と先生の恋愛小説であるため割愛させていただく。

　また福岡堅樹選手は今年コロナで苦しんでいる人々やたくさんの人を救いたいと医師を目指す決意をしたが、彼なら文武両道で偏差値７２の高校出身で、医師の家系であることから出来ると思うし、現実になることを願っている。

　ちなみに、東福岡は本当に全国優勝を何回もする高校だが、所詮、全国から集まっている訳で、地元の人も喜ばないし、このようなシステムはいかがなものかと疑問に思う。このシステムは全ての競技で許されていて本当にいいか？

　私が昔からスポーツに親しめたのは父のお陰である。ラグビーの試合を何試合も松任谷由美の「ノーサイド」の歌詞の通りの、何もかも犠牲にして、競技に打ち込むという選手に出逢うとは思わずに、ずっと観ていた。

　ちなみに、父は卓球部でもないのに、中学の時に学校の代表に選ばれている。また野球も小学校から習っている。今も、死語でいう「バリバリ」でめちゃくちゃスポーツが上手くて、熱血スポーツマンだ。アビスパ福岡も博多の森競技場まで歩いて応援に行っ

たりして、とにかくスポーツが大好きだ。出水高校も福高と同じで外木場義郎投手を擁して一度だけ甲子園に出られた大会があった。この時ばかりは父はその知らせを聞いて、鹿児島の球場まで足を運んでいる。福高と同じく外木場義郎投手だけでは決勝はどうにもならず、０－１で敗戦し、甲子園には出られなかった。父は何を感じただろうか？

　また、日本が貧しく皆、背が低い中、貧しかったかもしれないが、豊かな食事でただ一人大きくて背も昭和初期の人なのに今も父は身長が１７７㎝ある。うちは父の遺伝子を継ぎ、私は勉強のし過ぎで、１６０㎝しかないが、妹は貧しかったのに１７１㎝あり、弟においては１８３㎝もある。差別により彼が出場機会を与えられることはなかったが、出場権を与えていたら、戦後の日本のスポーツ史も変わったかと思うと口惜しい。スカパーも惜しみなく契約し続けたのが何よりの証拠だろう。その血は私が一番受け継いでいる。

　そして、２年生の体育祭のミーティングが行われて、私はもうコンタクトにしていたからか、「踊り子」がいいのではないか？という同級生の助言もあり、２年生は「踊り子」という花形を担当することになった。私は飛び上がるほど嬉しかった。助言してくれた４組の同級生のＹさんには、今もお礼を言いたい。もともと、運動には自信があった私はダンスにも自信があった。

　そして、夏休み前の大規模なクラスマッチの日が来た。私は同じクラスの男子を応援しようと、一人バレーボールを見に行った。そしてら、そこで華麗にプレーして、カッコよくはち巻きをして、もう俳優よりカッコいいＡ君がいた。私は一瞬で虜になってしまい、なんとなく恋焦がれて、King & Prince の「koi‐wazurai」の曲の歌詞のような気持になり、これが恋か？と思い、初恋の体験だった。後で聞けば、学年１モテる男の子で、Ｔ利恵さんも、もう虜になっていた。でも、私は勉強しかしてないし、そんなにモテている人とは縁がないだろうと、早速、恋心を封印してしまった。その子は、福高に受かったら、ドラムを買ってあげると約束されて、頑張って受かって、バンドでドラムをしていた。福高はバンド活動も盛んでいろんなバンドがあった。

その時も、「バスケに出た方がいい」と助言する友達がいたので、バスケに出た。もうコンタクトだし、新しい組で、新しく速攻が分かる女の子がいた。だから、１年生の時より、点数は取れて、相手チームの男の子が「入らん、入らん」というのが、しゃくに触ったから、フェイントをかけてシュートしたりした。同じ組の４組の男の子は誰一人、応援に来てなくて、ただ一人、幼馴染のＨ君が「やー、頑張れ、そこでシュート、そ

こでパス」などと、ずっと一人で応援に来ていた。そして、また準決勝で、全国大会優勝経験者に当たった。今度こそと、ドリブルのカットを試みたが、相手が１枚上だった。だから、また、３位だった。ああ、いつ勉強と貧困のハンデはなくなるのだろうか？

　また、その頃、福高出身の外尾悦郎さんが講演するので、体育館で福高全生徒とディスカッションすることが、１９８６年１月１５日に、題は「バルセロナの石堀修行」で行われた。当時、彼は彫刻家として、スペインへ渡り、サグラダ・ファミリアの彫刻に携わっていた。彼曰く「いつ終わるか分からない彫刻だ。一日に進むのはほんのちょっとだ。」と話した。その話に、生徒の一人が、「何故、そんないつ終わるとわからない彫刻に携わることが出来るのか？」と質問した。彼は「彫刻自体が好きで、楽しいから、いつ終わるとか、いつ完成するとかは、全く関係ないことだ。」と話した。私は学生心に「ふ～ん、「好きこそ物の上手なれ」ということわざは本当で、好きだったら、どんなに困難でも乗り越えることが出来るのね」と思った。彼はその後、２０００年の完成させた「生誕の門」が、２００５年にアントニオ・ガウディの作品群としてユネスコの世界遺産に登録された。２０１２年、国際社会で顕著な活動を行い世界で『日本』の発信に貢献したとして、内閣府から「世界で活躍し『日本』を発信する日本人」の一人に選ばれました。

　踊り子の練習が始まる前に、私たちは博多から吉塚へ引っ越した。私は母が引っ越したいのは知っていたが、郊外ではなく、市内ど真ん中とは知らなかった。なんでも、自分の仕事の近くが良かったのだそうだ。それじゃあ、お金ないはずだよ！私は心の中で思った。郊外だったら安いのに、無理して市内なんか選ぶから、高くて切り詰めないといけなかった。でも、またしてもチャリ通学だったから「どうして列車で通学するようなところに引っ越さないのか？」と母を責めた。私は列車通学をしたら友達が出来ると勘違いしていた。

　それから、踊り子の練習は夏休み入る前から、始まった。私はいい家での参加だったから、以前みたいに垢まみれやニキビだらけではなかった。全部３年生が振り付けを考えて、その通り練習した。先輩は私がバスケをしていたことを知らないから、一人、どこまでも屈伸し、体が柔らかいことに驚いていた。今もヨガは不向きなくらい体が柔らかい。それは、ミニバスケで早朝に練習した賜物（たまもの）だろう。今でも屈伸は胸を両足につけることが出来るし、開脚も１８０℃出来る。

　そして、その練習では一人で腰をひねって、ツイストして踊るから、それも先輩たち

はビックリしていた。踊りは、１０人くらいいる先輩の試行錯誤で、徐々に完成し後は、縫いあがった衣装を着て踊るだけとなった。踊るのは、緑組の１年生と２年生の抜粋チームで構成されていた。１５人くらいいただろうか？体育祭の取材は一般からも来るくらい福高は有名だ。

　いよいよ、体育祭当日。スタンドには美術部が描いた大きな絵がバックに飾られた。私はまたも競技の選手に選ばれた。今度は距離の違ったコースを走ってリレーする、「スウェーデンリレー」だった。何度もバトンパスの練習をしたが、成績は思ったほど良くなかった。緑組は、競技の成績が途中経過でも、そこまで、芳しく（かんばしく）なかった。だから、先輩たちは、応援合戦でひっくり返そうとやっきだった。

　いよいよ、応援合戦。私たちは、早くから衣装に着替えてスタンバイした。初めてはく、ミニスカート。その時の写真だけど悩んでたからうつむき加減です。でも、とても気分は高揚した。音楽は、初恋のＡ君がドラムを叩いて、伴奏するというものだった。そして、踊りだ。私は部活も所属してなかったし、クラスマッチと同様、孤独からも解放されて、思いっきり楽しんだ。他の組から、あのツイストして踊る子は誰か？とささやかれるほど目立ったらしい。帽子も手袋も用意されていてとても気に入った衣装だった。そして、全員でスタンドの中央に駆け上がりポーズを決めてフィニッシュ。どうか？逆転できたか？結果の点数は、それまでの競技の点数を挽回出来るほどもらえなかった。惜しくも優勝を逃した。でも、私は花形

踊り子の衣装の私

の踊り子が出来たということと、何一つ、青春らしきものをしてなかったことで、唯一の青春を体験出来た瞬間だった。終りに衣装のまま、絵を描いてくれた、美術部の女の子と記念撮影した。それは今も、ベッドのスタンドに飾っている。また２年生の踊り子のメンバーで衣装のまま記念撮影したのもテレビに飾っている。それくらい、私にとって、大切な青春の１ページだった。

　そして、冬休み前の、全国模試があった。私はもうＺ会で複雑な問題も解けるよう

になっていた。そして数学のテストで、一番ウェイト大きな微分積分の問題が出た。それは二つ曲線の重なった面積を出す問題だった。これはＺ会でしたことがある！と喜んで、方程式とＩ先生が特訓してくれた微分積分を組み合わせて、見事に最後に由って＝３と出せた時は、スカッとした。

　そして、結果発表の日。見事、微分積分の答えは合っていて、後で聞けば解けたのは私一人で、全国でトップ１０に入った。この時ばかりは、晴れて首席と証明できたかな？と自分で誇りに思った。トップ１０に入るのは福高でも、珍しく他のクラスから、どんな子？と皆、４組に見学に来ていた。

　そして、冬休み前のクラスマッチが来た。早朝から皆に、パスの確認やフォーメーションやシュートの決め方などを確認してバスケに出た。４組の男の子は応援に来てなくて、またしても、幼馴染のＨ君だけが応援に来ていた。そしてまたしても、全国優勝経験者と準決勝で当たった。今度こそと、いろいろな試みをした。貧困というハンデはなくなっていたから、スリーポイントもかなり決まった。今までよりもはるかに、競った。センターからゴール下に直接パスして、シュートを決めてもらったりした。でも負けた。私は寝てないのにどうしてそんな元気があったのか今から思うと不思議でならない。それだけ、スポーツが好きだったのだろう。正に怪力だ。そしてまた３位。ガッカリ。勉強というハンデがなぅなればなといつまでも悔しかった。

　その試合の後だったか？勉強もスポーツも出来て可愛い子がいると、クラスで評判になった。そして、席で寝ている振りをしていた私の隣に、Ａ君がいきなり座ってきた。私はドキドキした。まだ、初恋中だった。何か話せば良かったか？その時はそれだけで終わった。

　その頃、北九州に父の妹が住んでいたから、家族で会いに行った。旦那さんは船乗りで、４か月に１回し帰って来ないけど、その日は揃った。二人姉妹の従妹がいて、鍋を囲みながらいろいろ話したら、父の妹が父に「あんたいい家族持っているね」と話しかけた。その時はどういうことかは、分からなかった。帰りの高速道路で母が「いろいろな家族がいるね」と話した。愛車は乗り心地が良かった。どうして、４か月に１回しか会えないのに寂しくないのかな？と思った。それを直接聞いたが、「全く寂しくない」と言い、その家には夫婦で揃った写真が大切そうに飾られていた。

　その年の昭和６１年１２月３１日に、父方の祖父がまるで、私達家族がいい生活をするのを見届けたかのように永眠した。享年９５歳だった。鹿児島に行ったのは父と母と

弟だけだったが、彼は１袋２０００円するお茶を毎日飲んで、しわ一つない顔で、昔の割には長生きして大往生だった。彼のお陰で父は田舎から難しい名古屋工業大学に受かったので、その日はずっと鹿児島の方を向いて、いつまでも手を合わせた。

　３学期になって、よく行き道でＡ君に会うことが多くなった。私から話しかけてもいいけど、相手が「誰ですか？」ということだったらいけないしし、と思いずっと躊躇（ちゅうちょ）したまま３学期は終わってしまった。

　そして、いよいよ長野の志賀高原スキー教室が来た。ここでＡ君と話さなければ一生のお別れだ。私は、どんなタイミングがあるか？と誰も相談に乗ってくれない中、一人で作戦めいたことを妄想して、「こんどこそは楽しい修学旅行を送るぞ！」と心に決めていた。行きは新幹線で、博多駅で酒豪して、名古屋まで乗った。行きは女の子たちで、トランプなどした。名古屋からＪＲしなのに乗り換えて、長野市まで行った。着いた頃は夜だった。志賀高原のスキー場まで移動して、お風呂に入った。ちょっとごった返して窮屈なお風呂だった。翌日、１０人くらいのチームに別れインストラクターがついて、スキーを習うことになった。その先生がすごくイケメンで、すぐに私たちのチームの人気者になった。５泊６日くらいあったから、志賀高原で初めてスキー服に着替えた私は、ちょっと重いなと思いながら、与えられたスキー板をかかえて集合した。先生の教え方はとても良く、すぐにスキーを覚えてしまい、本当はチームでずっと移動しないといけなかったけど、一人、先の方まで、ボーゲンをしたり、ターンをしたり自由に滑ったから、よく先生に怒られた。これは、男女別々のチームだったが、また幼馴染のＨ君が冷やかしに来て、「ヤーイ、もっと滑って」などと、どこからか声をかけてきた。この時はスキーに夢中でＡ君のことはスッカリ忘れていた。最後の宿泊の日に、先生が宿まで来てくれた。皆、喜んで記念撮影をした。人気者だったから、皆、今までのコースの滑りなど、話は尽きなかった。この日はスキー服で雪の上でもクラス全員で記念撮影をした。

　そして、あくる日宿を離れて、善行寺詣りに行った。チャンスだ。でも、Ａ君にはもう取り巻きがいて、私は蚊帳の外だった。記念撮影をして、自由にお土産を買っていいとのことだったけど、一緒に回る人がいなかったから、一人何を買っていいか分からず、結局参道では買わなかった。

　そして、またＪＲしなのに乗って名古屋へ向かった。これは、自由に座っていいとのことだったから、Ａ君がＴ利恵さんと楽しく話しているところへ、一人で座ってみた。

私は4組でも仲のいい子は出来なかったから、皆で話すというよりも、もしかしたらクラスマッチの後、A君が座ってくれたようにならないか？私の最後の作戦だった。でも、かなり盛り上がっていたし、私の存在には気づいてもらえなかた。そこへラグビー部の部長のI君が、A君と仲良かったのか何かで「A君、おいでよ！」と私の方の座席を指した。でも盛り上がっていたのと、ずっと接点がなかったのとで、A君ではなくK君が来て、名古屋に着くまでいろいろと話した。「やはり、ダメだったか！」かなり落胆した。

　名古屋に着いたら今度は、男女別々に乗る、寝台列車で福岡まで帰った。女の子たちはこの間の、いろいろあった出来事などを寝ないでいつまでも話していたが、私はA君とはこの後は別々のクラスになるし、「ああ、初恋は終わったか！」かなりふさぎ込んで、一人でベッドの上で悲しみながら寝て帰った。旅行鞄を吉塚まで持って行く時には、もう貧困ともおさらばする生活がきたらいいなと落胆しながらも、安堵の気持ちで何かが私の中で終わった気がした。

　私は引っ越して、隣が空き地だったから、まだ、未開発な福岡市を一望して、隣で妹が、「来年になったらお姉ちゃんは有名な大学へ行くんでしょ？」というのを聞きながら、「ああ、もう家も出来たし、両親も喧嘩しなくなったし、私の使命は達成されたのかな？」とボウッと思った。

Ⅱ　保健室登校と恩師との出会いの3年生

　3年生になった。いよいよ大学受験。3年生は理系か文系かで分かれていて私は数学が得意だったから理系にした。そしたら、京都大学の数学科を出たK先生が担当になった。なんでも、息子と娘と朝ジョギングしてから学校に来るという紳士的な優しい先生で後に恩師となる方だった。初めて1と4ではない6組になった。そしたら1年生で一緒だった医者の息子のK君やU君とも一緒だった。

　その時の7限目のクラブはテニスでなく初めて演劇クラブを選択した。そしたら、福高の側にある「石蔵酒造（いしくらしゅぞう）博多百年蔵」の一族で、本当はラサールに通っていたが、編入して福高に来た、演劇部の部長の石蔵君と会った。彼は私のことは知っていたみたいで記憶は確かではないが、開口一番「お互いに出来るよ」と励ましてくれた。そして、私が即興で考えた寸劇を皆で披露して、石蔵君から高評価をいただいた。楽しい思い出だ。彼は卒業写真の演劇部の写真で「神出鬼没」という旗を掲げて映っている。演劇は盛んだった。

その石蔵酒造とは、黒田家の播州播磨（現在の姫路）時代から御用商人であった「石蔵屋」まで遡り（さかのぼり）ます。関ケ原の戦いでの功績により、黒田官兵衛（くろだかんべえ）・長政（ながまさ）親子が筑前福岡藩主の命を受けた際、石蔵屋もこれに帯同して博多入りし、博多商人としての歴史が始まった。江戸時代の石蔵屋は、主に博多～壱岐（いき）・対馬（つしま）関の廻船問屋（海運業）を営んでおり、江戸時代後期になり鮭造業にも参入した。

　また、幕末維新の際には、福岡藩の加藤司書、長州藩の高杉晋作、薩摩藩の西郷隆盛との密約の場として奥座敷を提供した商家としても知られている。現在の酒蔵（博多百年蔵）は、石蔵屋の第２酒造場として、明治３年に建造されたものです。一回、アクシデントで蔵ごと焼け落ちたが、見事に復旧し、今はアマビエがデザインされたお酒を売っている。ここの人に褒められたのは光栄だ。

　現在、「石蔵」という性は福岡に４５０名以上いて繁栄ぶりがうかがえる。

　そして日本史は熱血先生のＳ先生になった。その先生は授業の前に５問テストして全問解けないと居残りだった。伊達眼鏡に手袋とおしゃれな先生だった。

　そして３年生、最初の模試が来た。私は引っ越して楽になったのか？それとも、もう疲れていたからか？学年25位を取ってしまった。３年生になったら巻紙に習字で１００位まで名前が張り出されるので、それを見ながら、もう模試で頑張ることはないかな？などと気合が抜けた感じで一人見ていた。それは、よく１年生の時から、早稲田のラグビーのキャプテンをすることになった人などの順位を見て、楽しんでいた、憧れの巻紙だった。

　そしたら、その模試の結果のあくる日か？日本史担当のＳ先生のクラスの男の子が、朝冷たくなって、亡くなったとのこと。学年に衝撃が走った。その子は入学最初の模試で１位を取ってからずっと伸び悩んでいた子だ。え！まだどこの大学に入ったか？の結果も出てないのに、そんなに順位で悩んでいた子がここにもいたのか？誰か勉強が全てではないと教える先生はいなかったのか？一緒のクラスになっていたら同じ悩みを話したかもしれないな？と白いユリの花束が飾られた席を見て思った。

　３年生だから、一気に学年の勉強に対するボルテージが上がり、皆、急いで帰って勉強したりしていた。そんな中、私は英語で話して帰っている、Ｔさんと一緒に放課後、パンを食べていた。受験の忙しさとはかけ離れたゆっくりまったりとした会話だったか？大分から編入してきたＯさんが「余裕やね」と声をかけた。え？余裕？そんなつも

りないけど、大学はどこでもいいと思っていた私達２人は余裕に映ったか？帰りの時間は気にせずかなり話した。

そして、卒業アルバムのための記念撮影が始まった。個人で撮るのと、クラスごとに制作するのと、部活ごとに制作するのと別れていて、もうコンタクトだから、ブスかどうかは気にせず、個人写真を撮り、先生とクラス全員の記念撮影は近くの東公園の市指定文化財の日蓮聖人像をバックに皆で撮った。そこは亀山上皇像が中心にあり、県指定有形文化財になっていて、「敵国降伏（てきこくこうふく）」と彫られていて、１３世紀の元寇襲来の際、亀山上皇が「我が身をもって国難に代わらん」と伊勢神宮などに敵国降伏を祈願されたという故事を記念して、福岡県警務部長（現在の警察署長）だった湯地丈雄等の十七年有余の尽力により、明治三十七年、元寇ゆかりのこの地に建立されたものだ。元寇は何度も習ったが、もし台風が来なければ、日本はモンゴルの国になっていたそうだ。まさに「神風！」そして、この時の将軍「北条時宗（ほうじょうときむね）」は二回の元寇に対し、全力を尽くしたことによる、疲労と困憊（こんぱい）によって、死ぬ気で日本を守ったから２７歳の若さで他界した。

そして、３年６組で工夫して、３階から「3.6」に見えるように並んで、上から空撮などした。理系は男子クラスが多くて、女子が入るのは、うちの６組と２組だけだった。また、方程式が入試に出なかったからか、理系は１０組の中で７組出来るのが普通だったが、私の学年は６組までしか出来なかった。また、初めて女性が担当クラスを持ったのも、私の学年だ。

やがて、５月が来て、３年生の時のために買った、分厚い参考書や辞典など揃えていたが、なんとなくキツさが残っていた。そして、一気に眠気に襲われた。そう！私はこの２年寝てない。もし、このまま突っ走っていい大学に行ったら、いつかテレビで見た、無理していい大学の医学部に入ったけど、インドのお坊さんになってしまって、年に何回かしか両親に会いに来なくて両親が悲しんでいるというドキュメントの子のようになるではないか？と疑念を抱いていた私は、成績がどんどん下がっていく中、ぼんやりと思っていた。

そして、夏休みに入る前の、最後のクラスマッチが来た。私はバスケにという友達がいなかったから、思い切って、習ったことはないけど、好きなバレーボールを選んだ、２チーム出られるけど、出来る方と、出来ない方とに分けてあったのかな？私のチームは「ボールが来たら受けられないから負けちゃうよ！」という女の子が入っていた。私

はすかさず「勝敗は関係ないよ！」と勇気づけた。そして、試合当日。案の定、友達たちは次々とボールをこぼしていった。そんな中、幼馴染のＨ君が、組みも違うし、バレーに出るって言ってないのに、どこからともなく、応援に来て、私が目の前に来たボールをアタックしたら反れたのを見て、「下手」と声かけた。そりゃ下手なはずだよ！誰からも習ったことなくて、テレビで観たことがあるだけだもん。でも応援に来たのはＨ君一人で６組からは誰も来なかった。そして、初戦敗退。皆でお疲れといった後、同じクラスのバスケを応援に行った。そしたら、ラグビー部部長のＩ君が彼女と観に来ていた。もう組が違うのに。その試合はルールが分からない人たちだったのか、ボールに向かっていつも団子になっていた。Ｉ君は私の選手姿を見ないまま卒業した。

　夏休みが始まる前に、英語で帰っていたＴさんが、「うちに遊びに来ない？」と誘った。その頃は西区に住んでいたけど、十分に貧困と勉強というハンデはなくなっていたから、行けたはずだ。でも、私はなんと断ってしまった。水城学園の子といい、私は大切な友達たちの申し出をことごとく断っていた。もし二人とも遊びに行っていたらどうだっただろうか？何十年も交信が絶えない仲の良い真の親友になっていたのではないか？私はもったいなく、なんてダメなことをしたのだろうか？と今でも悔いが残っている。

　そして、夏休みに入る前は、かろうじて、勉強もスポーツも出来た。でも長い夏休みの後はそうはいかなかった。先生たちの「もうレールはひかれている」という号令で、一人でも多く修悠館より、東大や九州大学に行くための本格的な受験戦争がきた。そんな、皆をよそに、私はますます体が重くなり、息をするだけが精一杯の状態になった。その様は、心臓と頭が固く固まり、顔が真っ黒になって、鞄はすごく分厚い参考書だらけ汚い乱れた姿で、よだれを垂らして顔を真っ黒にして登校するようになった。私の君はそうでなかったが、他の組の子が一緒になると、よく避けられた。Ｋ先生が「あなたは特別な人だから、保健室登校しないか？」ということだった。それでは、もちろん単位は足りないと知っていた。でも、そこは男の子がケガをワザとしてでも行きたがる、通称、「学校のマドンナ」がいるところだった。私は勧められるまま、保健室へ向かった。

　そこでは、綺麗な女の先生が「出塩ちゃん、今は福高だけかもしれないけど、もし無事卒業して、違う人たちと会ったら、きっと卒業して良かったと思うと思うよ！」と懸命に励ましてくれた。そして、私が失恋したのと、自殺したいくらいキツイことを察してか、「出塩ちゃん、結婚とはご縁で、いろいろな人と破談しても、最後には本当にご縁のある人と結ばれるものだよ！私も何人もダメだったけど、今、本当にご縁があった

人と結ばれて、男の子を産んだよ！」と恋愛のHOW　TO（仕方）まで教えてくれる、正に正真正銘のマドンナだった。

　それで、勇気をもらったか？皆が真剣に受験勉強している教室にも出るようになった。でも、もう文字も分からないし、心臓は重いし、生理もとまったし、とても言いようのないキツさだった。そして、黒柳徹子の「窓際のトットちゃん」のように、机をバンバン叩いて、立ったり座ったりして、さぞかし、クラスの皆にとっては迷惑だっただろう。でも、だれも責めなかった。それどころか、教室に入りにくそうに、そばの階段で座っていたら、後に琉球大学に行くことになる男の子が「なんで入らんと？」と声をかけてくれた。私は皆には迷惑だろうになんて優しい男の子がいるのだろう！と涙が出た。

　そして、よく帰らずに居残りしていたら、「今日はどんな数学を解こうかな？」と言いながら、楽しく毎日、数学を解いている男の子がいると知った。私は何故あのように楽しく解くことが出来なかったか？とても悔いが残った。彼は大阪大学の数学科にストレートで通った。よくK先生が無限大の出し方を丁寧に教えてくれるのが印象的だったが、私はこういう状態ではなくて、授業受けられたら良かったな！と心から思った。無限大の出し方は今も私の課題だ。うちの組からは理系の有名な大学に受かる子が出たのは言うまでもない。K先生は授業に参加しても早退したり、退席したりした私を責めなかった。逆に行く度に、「あなたは特別な人ですから気にしないでいいですよ！」と私のことを励まし続けた。本当に今でも涙が出る。

　やがて、授業には出ても、どんどんと症状は重くなり、帰りの会の掃除のために席を全部後ろにする作業をする度に、ズドーンと重い心臓と頭がガンガンして、「ああ、早くこのキツさがなくなって、夜にゆっくり寝たいなぁ」と思いながら、皆より遅い速度で席を下げていた。

　先生たちが、授業中に勉強出来ない私を指して、日本史のS先生が「天は自ら助くる者を助く」と英語の昔からある諺とか「夫婦とは最後までお互いを尊敬しあうものだ」と言って、何のことかは分からなかったが、私に「どうぞ、退席してください」と言葉を投げかけた。また、世界史の先生が「星の王子様、読んだことあるかな？」と聞いてきた。私は、何のことかは分からなかったが、記憶して、後に読むことになる。また、うなだれながら職員室に行って、2年生の担当のT先生に「最後にこれで良かったという生き方が出来たらそれでいいのだよ！」と言われた。結婚出来ない、彼に言われたくはなかったが、それも励みとなった。彼はいいことは言うけど、後に私が精神科にか

かっていることを、私の近所中にバラした本人だ。

　そして、体育の日の体育祭が来た。私はほとんど練習に参加してなかったが、もうこれで出なかったら、一生、福高の体育祭に出ることはないと、もう正式に立つことも出来なかったが、勇気を振り絞って、うちの赤組の後ろのスタンドに寝そべった。私は4月の体力テストが良かったため、障害物競争に出ることが決定していた。しかし、私は同じ組の団長のW君に「私は練習してないし、多分、走ることも出来ないから棄権する」と告げた。しかし、彼は「どういう状態であれ、同じ組の同じ選手には変わりないから、どういう結果になってもいいから出て下さい」とのことだった。私は、てっきり棄権を賛成するものと思っていたので、正直、飛び上がるほど嬉しかった。そして、障害物競争の時間になった。私は赤のはちまきをして、並んだ。スタート前に「え〜、出来ない！」と言う黄組の子がいたが、一緒にスタート地点に立った。私は、「もう、最後なのだ！」と言う気持ちがこみ上げてきて、どこから湧いてきた力なのか、スタートすると一気にダッシュして、1位で、平均台の上を上手く走り渡り切ったりして、ハードルは飛ばないで、全部なぎ倒していった。そしたら、福高の全校生徒が大爆笑してくれた。そして、最後の網をくぐれば1位だ。しかし、網はくぐるのは教えてもらったことないし、分からなかった。なんとか、力を振りしぼって、くぐっている間に、出来ないと言っていた女の子が追いついて、私が網をくぐって、空いた空間に潜り込んで、そのままゴールして1位となった。私の最後の体育祭の成績は2位だった。でも、嬉しかった。参加を促してくれたW君には心からお礼を言いたい。

　そして、最も花形の応援合戦が始まった。赤組は運動神経がいい子が多かったのか、1位通過していた。このまま、応援合戦も1位だったら完璧な優勝だ。踊りはT利恵さんが振り付けを担当していて、衣装は、文系から看護師になりたいから、理系に編入してきた女の子が担当していた。そして、私は練習してなかったから再びW君に「大事な人文字が乱れると思うから、応援合戦は参加しないでいい」と断った。そしたら再び「例え、乱れても、あなたは赤組のメンバーで実際に参加しているから、もう乱れるかどうかは関係なく参加して下さい」とのことだった。私はこんな優しい団長のW君に涙が出た。ちゃんと用意されていた席に座って、応援合戦の赤組のスタートを切った。応援もバッチリ、W君を中心に決まっていたし、踊り子の振り付けも衣装も最高だった。そして、いよいよ人文字。私は「出来たらついていきたいな！」と始めて行った。しかし、やはり練習したことがないのだ。パネルを動かす順序が分からず、途中からパネルに書

いてある順序の番号を無視して、想像で動かし始めた。案の定、人文字は乱れだし、最後まで整わなかった。後ろで、後輩が「あの人、出来てないよ！」と愚痴めいたことを言っていたが、この人文字の乱れが、大きなマイナス点となり、赤組は２位になって、黄組が１位となり、そのまま黄組の優勝が決まってしまった。私は「ああ、やってしまった！だから私はいない方がいいと言ったのに！」と心の中でつぶやいたが、終わってW君が締めの言葉で「僕たちが永遠の優勝だ！」と叫んだ。嬉しかった。赤組で私が明らかに邪魔だったと、皆、分かっていたが、誰一人私を責める子はいなかった。福高とは、なんて素敵な高校なのだろう？そう、心から思った。普通、嫌だ。それを温かく迎えてくれるW君や赤組の皆にお礼が言いたいと同時に今でも謝りたい。私がいなければ赤組の本当の優勝だった。そんな懸命に人文字をする私のスタンドの姿に父も母も涙した。

　体育祭が終わると、３年生だけグランドに集められ、校長の訓辞を聞いて、本当に本当の受験戦争の始まりだ。私は、いよいよ居場所がなくなった。皆、３者面談で、模試と照らし合わせながら、最終的な志望大学を決める日が来た。私はK先生に、もう勉強してないから、行けるはずもないけど、もともと行きたかった「京都大学の医学部と、津田塾大学の医学部を目指します！」と言った。普通ならバカにして聞かないはずだが、K先生は真摯に「じゃあ、そこを目指そうね！」と励ましてくれた。

　そして、臨戦態勢に入った３年生たちが、いつまでもふさぎ込んでうなだれている私を心配して、違うクラスからも昔一緒だった生徒が励ましに来た。英語で帰っていたTさんには「出塩ちゃん、大学なんかどこでもいいじゃない？結婚したければ結婚すればいいじゃない？」と帰りのチャリを押しながら、励まされた。また１年生の時同じクラスだったT由貴さんに、一緒に勉強しようと、由貴さんのクラスに誘われた。でも、勉強もせず、うなだれている私を見て「笑ってよ！昔、笑っていたやん！」と涙を流された。私は「働こうかな？」と本当の気持ちを由貴さんに話した。そしたら、「そうしたければ、そうするのがいいね！」と賛成してくれた。彼女はこの後一橋大学に受かる。１年生の体育の担当の先生からは「Dちゃんが、そんなんだったら、こっちまで涙出るよ！」と励まされた。また中学から同じ塾の同じクラスのSさんには「うちの兄は交通事故で亡くなったんだよ！でも、出塩ちゃんは生きているじゃん！頑張ってよ！」と励まされた。また２年生の時一緒に踊り子をしたHさんからは「今、休んでいるだけやろ？休んだらまた元気になれるでしょ？」と励まされた。また２年生の時一緒だった美術部の子に授業中に退席していいとのことだったので、一緒に美術部の部屋に入って、作品

をみせてもらって、正直な気持ちを、もう頭が痛かったから、そんなに話すことは出来なかったが、一言二言話したら「そんなに重い気持ちを背負っているのは、出塩ちゃんだけじゃないよ！私も皆も、大なり小なり持っているよ！」と叱咤激励された。踊り子の振り付けをしたＴ利恵さんからは、微笑みながら励まされた。皆、俊ちゃんカットや聖子ちゃんカットをしていたので、私も一度高校時代にしたかったなと！思いながら、せわしくクラスを移動する皆にはますますついていけなくて、ほとんど学校に行かなくなった。

　そして、母が全く自らドンドン動けなくなる私を心配して、担当に相談した。そしたら、「もしかしたら、心理科で気持ちを聞いてもらったらすっきりするかもしれない！」と助言をされた。母は迷わずＺ大学の心理科のＦ先生との面会を勧め、最初は男だったが私が女のＦ先生を指名したので、Ｆ先生と週に２,３回面接することになった。心配な妹や弟もついて来たりしていた。Ｆ先生とは正直に体がどんな状態か？またどんな心境か？もう固まって動かない頭の中、学校には行かないで、ポツポツと話し始めた。そしたら、あれは何回目だっただろうか？「もしかしたら、精神科の薬を飲んだら、状態が軽くなるかもしれない！」とＺ病院のＺＭ先生を紹介された。私は正直に、「今にも自殺してしまいたいくらいキツイ」と話した。先生は落ち着いて聞いて、今はもう飲まない方がいいとされているハルシオン（今は危険な薬）という錠剤を処方されて、夜はそれを飲んで、ゆっくり寝るように勧められた。また、学校の先生たちからは、母は「もう学校に来なくてもいいから、好きなところに行って、好きな遊びをさせて下さい」と勧められた。それで、父が好きなゴルフのパットパットゴルフが出来る場所が近所に出来たから、家族全員で行った。父はいつもゴルフではアンダー９０で回るくらい得意で、優勝のトロフィーなどが今も家に沢山ある。私はスポーツが好きだったため、もう立てなかったが、どこからか力を振り絞って、パットを沈めた。それを同じクラスのＹさんに言ったら「家族愛やね！」と言われた。

　そして父と母は、父の愛車でいろいろなところへ連れて行ってくれた。ずっと勉強ばかりで、ショッピングもお出かけもしていない私にとっては新鮮だった、日田の高塚地蔵尊へ家族全員で出かけた。そこは何でも願いが叶う、九州でとても有名なところで、県外からも人が来るところだった。もう、心臓も頭も動いていない感じだったが、薬で少し眠れたのか、何段かあった階段を皆で駆け上がり、皆が願いをかける、お地蔵様のところへついた。私は確か、願いを書いたと思う。もう定かではないが、願いをかけて、

最後にお地蔵様の頭をコンと叩いてしまった。「しまった」と思った。お地蔵様に失礼ではないか？正直に父と母に話した。

　そしたら、今度は秋月に有名なお坊さんがいるからそこに話しに行こうという話になった。また、愛車で高速に乗って皆で出かけた。そこは、紅葉が有名なところで、私を待ってくれたかのように、紅葉が残っていた。そこでお坊さんに正直に「高塚地蔵尊で頭を叩いてしまったから罰があたるのではなか？」と聞いた。そしたら、すべて自分の気持ちや歴史をきいてくれたお坊さんが「今、あなたは迷いの中にいます。でもこれに耐えたらきっといい未来がまっているでしょう！お地蔵さんの音は良かったですか？良かったなら、それはいいことがある前兆です！」と見事に私を限りなく勇気づけてくれた。本当に自殺したいくらい追い込まれていたのは、事実だが、ここで命をたったら、苦労して出塩家の血を守った先祖たちはどんな思いをするだろうか？また、豊かな財産でここまで、貧しい中、福高にいけるようになるまで支えた、母のＴ家の先祖たちはどう思うだろうか？励まされながら、このキツイ体験を乗り越える決心がついた。もう、十分、浮浪者のように道端に急に座り込んだりして、追い詰められていたが。

　そして、親戚中が集まって、早稲田に行った、父の兄の家族と、北九州の父の妹の家族が遊びに来た。兄には、「今、出塩ちゃんに何かあったら、続く妹や弟は悲しい思いをするよ！東京に来たかったらおいで！」と誘われた。そうだな！妹と弟がいるのだ。私は長女の責任をはたさないといけない。また、妹にはＡ君に未練があったから、後出しでラブレターのようなものを、もう書けないのに、書いて出してもらった。「これでいいのだね！」と念を押されて出してもらった。Ａ君は読んだだろうか？捨てただろうか？

　そして、うなだれているばかりの私が元気になるかと思って母が「しっかりしろ！」と思いっきり左頬を平手打した。でも、それは痛いだけで、すぐに効果がないことが分かったのか、母に「ごめんね、そういう気じゃなかったよ！」と謝られた。でも、すぐに、私を元気づけるため、分厚い、正式な「源氏物語」と「枕草子」を全巻揃えてくれた。それは、後に私の楽しみとなる。また、あれはいくらしたのだろうか？とても大きくて長い、「百科事典」を揃えてくれた。それは全３０巻という壮大なものだった。今は妹が欲しいと言ったから、妹の家にある。私なりに、薄れていく記憶の中で、母は母なりに私を励まそうとしているのだ。答えなければと心にそう誓った。

　そして、母の長女が垂井からはるばる、ニーハイブーツを履いて、吉塚に来た。ショッ

ピングしたことなかったから、「ショッピングがしたい」と言ったら、博多の新天町や、天神コアに連れていってくれて、いろいろな服を買ってくれた。中には、私が食物部に入りたかったことを知ってかどうか？3万円もするエプロンを2着買ってくれた。それは、むちゃくちゃフリルがついていて可愛いエプロンだった。大切にとって、後にそれで料理することになるとは思わず、嬉しく受け取った。

　そして、うちは由々しき事態だったが、母が仕事は辞めず、父の妹にお金を出して、身の回りのことが出来ない私の世話をさせ始めた。今、思うと、確かにうちは貧乏だったが、貧乏なりに楽しく生きることも出来た。それを福岡市の中心に引っ越したかった母は、根っから仕事が好きだったのではないか？父の妹は私からいろいろなことを聞き、後に「私を犠牲にして建てた家」と激しく母を非難することになる。従妹姉妹が心配そうに何回も訪れてくれた。　　　　　　　　　僖

　そして、弟も勉強しないといけないということで、九州大学の卒業が決まっている女性の家庭教師を母は大量に雇い、その中の人が、ボウリングに誘ってくれたから、私はガーターばかり出して、全くダメだったがいい思い出となった。また。子供の頃、映画館で「E・T」を観に行ったのが楽しい思い出だったので、妹が友達を誘って、3人で「アンタッチャブル」を観に行った。もう、立てなかったから席に座るので一生懸命だったが、内容は把握出来なくても楽しい思い出となった。

　そして、いよいよ卒業の日が来た。私は単位が足りなかっただろうに、あれはK先生の助言か？「2年生まで十分頑張って来たから、無事に卒業させます」との連絡があった。福高とはなんというこうこうだろうか？普通はこれだけ授業を休んだら、留年だ。それを卒業？正直、飛び上がる元気はなかったが、飛び上がるほど嬉しかった。そして、皆と卒業式に参加していいとのことだった。私は躊躇した。皆とは違う道を辿っているし、一人で卒業証書を校長先生からもらうことを選択した。もらう時に校長先生が「ずっとあなたが首席でしたよ！」と優しく励ましてくれた。家族中泣いた。卒業アルバムも頂いて、いろいろな写真に自分が入っているのが、誇らしかった。S先生のクラスの亡くなった子は別枠に囲まれていた。ちょっと複雑な気持ちだった。そして、その3年5組は、昔、福岡市で路面電車が走っていた時、「福高前」という駅があったから、その駅ごと、校内に移築させてあったので、クラスの数人で「福高バンザイ」とコメントして、駅と一緒に皆で載っていた。そして、私は書かなかったけど、卒業文集も頂いた。皆の中で「ずっと男クラだったのは黒歴史」とか書いてある、男の子の文を見

て、男クラはやはり男の子は嫌なのだなとか、いろいろな学校生活を一人で思い巡らせた。K 先生の言葉は「継続は力なり」だった。後に、私の座右の銘となる。

　もう、体も薬が効いて、ある程度、歩いたり考えたりできたので、「この奇跡はきっといいことが巡ってくるよ」と Z 大学の F 先生が卒業と同時に励ました。私の真っ黒になり、鞄も乱れてみっともなく、座り込んで、浮浪者みたいな状況に、避けようとする学生も多かったが、私は自殺することなく、無事、福高の門を後にした。フェニックスが微笑みかけてくれているような、春だった。

霞たつ
おぼろに惑い
何思わん

太宰府天満宮の梅俳句入り

　福高は体育祭と福高祭以外に、予餞会という 3 大行事がある。大切な恩師の K 先生との出会いがあった、福高への恩返しがいまでもしたいです。

　私は K 先生が 3 年生の担当ではなくて、入試に方程式が出ていたら、とっくに福高とは縁のない生徒だった。それを、勉強だけでなく、スポーツや恋愛や人生における、勉強以外の大切なことを教えてくれた。もし、この運命を辿らなければ大人にとって本当に大切なことは知らないまま、勉強しか知らないつまらない大人になっただろう。また、ここまで、いろいろな学習が出来ることもなかっただろう。今、確かにそう思う。ありがとう、福高！

「この個所の記事が出来たのは 1 月 1 2 日の桜島の日だったが、夕方に虹がかかり、錦江湾（きんこうわん）の桜島をバックに虹の麓（ふもと）が指すという珍しい様子が観察された。鹿児島に特別な思い入れがある私は、特筆しておく」

　　　福岡高校　　校歌　作詞　川原三郎　作曲　松園里郷
　　一、　　　大空ひたす東海の
　　　　　　　中に国なす大八州（おおやしま）

　　　　しまに輝く文明の
　　　　光を浴びてわれ立てば
　　　　筑紫の山野（さんや）ことごとく
　　　　希望の色に燃ゆるかな

二、　　　山紫にうすかすむ
　　　　春縹緲（はるひょうびょう）の朝ぼらけ
　　　　萬（よろず）の花にさきがけて
　　　　あるじ忘れぬ紅海の
　　　　清きかをりを放つ時
　　　　至誠の念は胸に満つ

三、　　　開け玄海の涛の声
　　　　千里を越えて澎湃と
　　　　寄せて砕くる潮しぶき
　　　　弘安以来六百年
　　　　青史を飾るますらをの
　　　　剛健の風君見ずや

　四、　　伏敵門を仰ぎつつ
　　　　白砂を踏みて佇めば
　　　　千代の松原萬代も
　　　　かわらぬ松の深緑
　　　　ここに集へる吾　　の
　　　　操守の色に似たらずや

　五、　　雄々したのもし山河の
　　　　勝れし國に生い立ちて
　　　　日毎栄行く大御代の
　　　　重き任務を身に負ひつ

　　　　　起ちて四海の風雲を
　　　　　叱咤せん日よとく来た

　　若き福高　作者不明　原曲は大正10年
一、　　新緑深き　松原に
　　　　　歴史のつぼみ　ほころびて
　　　　　日もまだ浅き　福高の
　　　　　香りはすでに　高まりぬ

二、　　寒風肉さく　冬の朝
　　　　　熱砂骨やく　夏の夕
　　　　　花ももみじも　よそにして
　　　　　きたえにきたえし　我が腕
千代原頭　左座喜美雄作（中6回）大正14年作　ラグビー応援歌
一、　　千代原頭　緑をこめて
　　　　　紫映ゆる　玄海の波
　　　　　十万夷狄の　血に肥えし
　　　　　勇者九州男の　誓いは固し

二、　熱球血をすゝりて
　　　　　虚空に狂い
　　　　　若き勇士の　肉弾の声
　　　　　組みて倒るゝ　砂煙
　　　　　春日原頭　笛の音高かし

　　立花山の曙　竹田靖治作（中3回）大正11年作　剣道応援歌

一、　立花山の　曙に
　　　　　多々良河畔の　夕まぐれ
　　　　　春秋ここに　幾年か

練りに練りたる　鉄腕は
　　　咆哮するどき　虎を撃つ
　　　覇者又何の　敵あるや

二、　捲土叱咤の　勇将や
　　　降魔の利剣を　ふりかざし
　　　紫魔一せん　きらめけば
　　　たちまちきずく　かばねの山
　　　熱血こもる　月桂冠
　　　覇者又何の　敵あるや

第5章　彼との出会いと九州英数学館での浪人時代

　そして、福高では大学受験はせずに卒業して、浪人時代を送ることを決意した。それは、父も母も賛成してくれた。ちょうど妹も大学受験だ。私は妹に自分のことで教えられなかった分を取り返そうと、一緒に大学受験することを決めた。

　水城学園の彼女が懐かしかったから、皆、福高の中にある予備校に通っていたが、私はもう水城学園はいっぱいだったから、同じ親不孝通りにある、九州英数学館で浪人時代を送ることを決めた。最初は、授業に出ても寝てばかりだったから、皆、心配していた。

　それと同時に、この年の4月に、父が「スイミングスクールに入ってみる？」と誘ったから、妹は入らないで、残りの4人で吉塚校に入ることにした。

　そしたら、いきなりスイミングスクールの市大会があり、香椎のダイエーの屋上で派手にメイクして、一生懸命応援している男性に出会った。彼は2mくらい身長があり、顔も俳優顔負けのイケメンだった。こんないい人は、いい人がいるのだろうな？と何も競技に参加しないで、ふさぎこんで一人タオルにくるまっていた。

　そして、最初は初心者コースに入る決まりになっていたから、その男性に私がうなだれ失望して参加しているのを気づいたか？知っていたか？ビート版を持って「理想とはこういう風に書きますね！」といった。一気に虜（とりこ）になった。なんて気のきいたナイスガイないいだろうか？それは週に2、3回組まれてあって、中森明菜ちゃんの「出会いはスローモーション」のように、スローな出会いが始まった。私は海が好き

だったのを思い出し、太っていたのも気になって毎日といっていいくらいよく通うようになった。顔がニキビだらけで真っ黒だったのもなくなって、生理も始まって、とても楽しいスクールだった。また、同時に誰よりも上手かった。もう、勉強と貧困というハンデがないのだ。私は今まで封印されていたスポーツに対する情熱を一気に爆発させた。でもこんなカッコいい人は、いっぱい女性が通っていることだし、私は論外かな？と早速Ａ君の時のように気持ちを封印してしまった。

　そして、初心者コースを卒業していろいろなコースに参加するようになった頃、あれは３か月くらい経った時だっただろうか？弟も通っていたので、他の先生が、その男性が私のことを好きってよと弟にと告げて、４人で食事している時に、弟が、「ロサンゼルスオリンピックのバタフライで銀メダルとった先生がお姉ちゃんのこと好きってよ！」と話した。私はビックリしたのと同時に、飛び上がるほど嬉しかった。一気に水泳に対する情熱のボルテージも上がり、ますますスクールに通うようになった。そして、あのイケメンはオリンピック選手だったのだ！と感動した。後で聞いた話だが、私はテレビをあまり観ないから分からなかったけど、日本でずっと有名な選手で、本当は金メダルを期待されていた選手だったそうだ。ますます気に入った。オリンピックは私も特別なものを感じていたからだ。と、同時に中森明菜ちゃんの「セカンド・ラブ」の「恋も二度目なら　少しは上手に　愛のメッセージ　伝えたい」と言う、歌詞が浮かんだ。そう！私の恋は二度目なのである。今度は上手く出来るか？失敗しないで全力を尽くそうと言う、気持ちが瞬時に沸いた。

　その頃、九州英数学館では唐津のＴさんと仲良くなって、とても可愛い女性集団の一員となった。文字が全く読めなかったが、１学期が終わる頃、「Ｔhis is a pen」が読めるようになって、英語からまず思い出しながら学習した。もう、十分睡眠時間は取り戻していた。Ｔさんは可愛いうえに頭もよく、いつも競っていた。また水城学園のような友達ができたのだ。そしたら、福高から千代中から福高に入ったＩ君が一緒だった。よく休み時間に励まし合ったりして、福高の話をした。彼は普通、千代中は柄が悪いから博多中に編入するのだが、千代中の荒れた学校の中、見事自分の力で福高に入った男性だ。なんでも教師を目指しているとのこと。千代中の学級崩壊でよくテレビが入って中継していた、と話していたから、その苦い経験からか？最後の方に「福高出たからといって驕っては（おごっては）いけないよ！」と言ったのは、十分承知している彼にとっては余計なことだったか？私が「環境によって私は作られたのさ

！」と言ったら、少々驚いて、コクンと納得したみたいだった。彼は後に九州大学の教育学部へ受かることになる。千代中で九州大学？どんな家族だったのだろうか？真摯な子だったから、きっと素晴らしい教員になっているだろう！

　福高で様々な先生が言っていた、生きるためのエッセンスとでも言うだろうか？様々な本を読んだ。もちろんアントワーヌ・ド・サン＝テグジュペリの「星の王子様」も読んだ。なんと素敵な本だろう！そしてこの、星の王子様とは、今の先生みたいだと勝手に想像を膨らましていた。それは、DREAM　COME　TRUE の「うれしい！たのしい！大好き！」の歌詞のように、この人の為に今までの私の苦労した人生があったのかなと、インスピレーションが湧いた。

　その頃、私の水泳のコースはどんどんと複雑になり、ターンの練習、クロールだけでなく、平泳ぎ、背泳ぎ、ついにバタフライまでこぎつけた。先生が「今度はいつ来る？」と家によく電話をかけてきたが、それは弟しか受けなかったから、父と母は最後まで彼の存在は知らないし、今も分からないままである。バタフライで大きな水しぶきをあげて泳ぐ姿に、あれは誰か？ということになった。また上手かった。

　最初の頃、よく女子生徒に、自分の顔に水しぶきを当ててみて「これをなんと言うでしょうか？」と言い、女子が「水も滴るいい男」と答えると。「そうです！」と得意げになって女子もキャッキャキャッキャと言って喜んでいた。後から考えると、それは女子へのアピールではなく、まだ態度を決めてない私へのメッセージだったのかな？という気もする。でも私は、予備校の楽しさや、まだ体力が完全に回復してなかったから、よく行くことはしたが、少々ムラがあった。

　今、考えると先生は好きと同時に、自分のようにオリンピックに行ける選手を発掘しようとしていたのかもしれない。スクールには先生の評判を聞いて、様々な年齢層が吉塚校に集まっていた。

　そして、そこに同じ吉塚の福高の同じ学年のＴさんも通っていた。すぐに私と分かり、「もし受験していたらセンター試験は私の次に座る予定だったよ！」と声をかけてくれた。この子も吉塚中は柄が悪いから、普通、博多中に編入して、福高を受けるのが、セオリーになっていたが、荒れた吉塚中の中、卒業して、見事、福高生になった人だ。そして、「あの先生に私のこと好きと言われた」と正直に話した。同じ福岡教育大学の友達とスクールに通っていたが、二人揃って、「高嶋政広よりカッコいいじゃん！」異口同音に褒めちぎった。そして私に「良かったじゃん！」と応援してくれた。彼女は保母

さんになりたくて、教育大学を受けて、今はピアノを弾けるように習っているとのこと。近所だから、よくピアノが響いていた。すごく、好きなのだな！と途中で辞めてしまった私とは対照的だなと思った。彼女の教育大学は市内より離れたところにあるので、時々しか会わなかった。でも、その度に事後談で盛り上がった。福高時代、出来なかったことを取り返すかのように、いろいろなことを体験した。同時に松田聖子の「青い珊瑚礁」の「あゝ私の恋は南の風に乗って走るわ　あゝ青い風切って走れあの島へ」という歌詞の通りの感情を先生に抱いた。

　また、母と仲良く泳いでいる姿に、「それ、お母さんですか？」と先生に聞かれた。当時は家族分断などが流行って、自らの母をリードしながら一緒に泳ぐ女子は少なかったのだろうか？すごく感心した様子で、その何日後には私が泳いで止まったら、一緒についてきて止まったりした。私はもっとついて泳いできてと森高千里の「１７歳」の「息も出来ないくらい　早く　強く　つかまえに来て　好きなんだもの　私は今　生きている」の歌詞のように、もっと泳いで離れてみせて、彼を誘った。もう、私は彼の気持ちに応えるとはっきりとは言わなかったが、随所に意思表示をしていた。私はオリンピックはスポーツの最大の祭典と思っていたので、彼の選手にという気持ちに応える気は満々だった。そして、よく帰りに「もっと来ませんか？僕が教えたでしょ？」と言われた。私はもっと教えて欲しいと言うアピールで「そんなにまだ教えてもらってない！」などと言って彼を困らせたりした。彼のコースに入るのが土曜日だけになっても、彼は粘り強く理解してくれた。そして、彼と会う時は、ASUKA の「はじまりはいつも雨」のようによく雨が降った。「君に会う日は　不思議なくらい雨が多くて　水のトンネルくぐるみたいに幸せになる」の歌詞通りだったのだろうか？よく先生が「今日は雨がまだ降っているから、練習時間を延長しませんか？」と提案して、何人かしか応じなかったが、私は必ず応じて、スクールが閉まるまで何時間も泳いでいた。初めて心から一生通して、競技したいと思える水泳との感動的な出会いだった。

　そんな頃、垂井の母の長女が夏休みを利用して、垂井に遊びに来ないか？と誘った。私は行きには弟と参加すると伝えた。垂井はよく泊まりに行ったら、「九州組」といじめられて３人兄弟だけで、中当てと言うドッチボールをして遊んだところだ。　　　　また親戚一同で広い庭でバトミントン大会をしたところだ。私はもう水泳の疲れで眠れるようになっていたため病院には行っておらず、軽くなった体を感じて楽しみに帰省した。

　３姉妹なため、長女があとをとって、婿養子を迎えて、女の子も産れたところだった。

その長女は、高校まで剣道をして、私が４年生の時に帰省したときに、個人で東海の代表に選ばれて、名古屋まで皆で応援に行った子だ。

　最初に名古屋の観光をしないかということになり、何がしたいか聞かれディスコが流行っていたから、ディスコに行きたいと言った。それで、本当は二女と三女と弟だけで行く予定だったが、急遽、旦那さんに許可をもらって、いつも家族の料理を作っている長女も行くことになった。弟は午後５時を回ると、垂井に返され、３姉妹と一緒にはるばる遠く名古屋の栄まで出かけた。当時、長女は近畿女子大学を卒業していて、二女と三女が南山大学に通っていた。二女は卒業する頃で、首席だったから総代を務めるとのこと。それは母の姉の誇りとなった。一緒に祖父のいる離れで寝ていたので「どうして総代がとれるのか？」と素朴に疑問を投げかけてみた。そしたら、「源氏物語を隅々まで読んだからではないか？」と帰ってきた。「ふ〜ん、古典は母の入試も決めてしまうくらい大事なのだ！」と実感した。私は福高の頃のように一人腰をひねりツイストしてディスコで踊り皆に驚かれた。

　そして、三女はアメリカのコロラド州を旅して来たばかりだった。今にも落ちそうなヘリコプターの中、遺書を書こうと思ったと、怖かったと激白していた。いつも帰る度に、母の名前を使って「せっちゃんの恋は素晴らしい」と褒めるから、そんなに大恋愛で素晴らしかったのか？と感心するくらいだった。そして、間もなく１８歳になることを知って、本当は自分のために買ったと思われる、ティファニーの銀のネックレスをハートのモチーフ付きだったものを「１８歳（数えは１９歳）は女性の最初の本厄だから、銀のアクセサリーを持っていたら、厄除けになるよ！」と言って、いくらしたのだろうか？アメリカで買ってきたという、高いアクセサリーを私にプレゼントしてくれた。私は、九州組で垂井の恩恵は皆ほど受けてないかもしれないが、こんなにお世話になっていることを改めて実感できる旅となった。栄で１万円する黒の革靴を買ったと、母の姉に報告したら、「金持ちは違うな！」と言われたので、え？金持ちに金持ちと言われた！私は本当に貧困とサラバしていた。帰りは、何度も垂井駅で手を振って皆に別れを告げた。

　夏休みが終わる頃、私は皆が福高で聖子ちゃんカットしていたから、自分もしてみようと、いつも行く美容院でパーマをかけた。ちょっと伝え方が悪くて、グリグリのソバージュになった。それを見てＴさんが激しく笑ったが、後に彼氏に怒られたそうだ。私はこの頃、コンタクトにおしゃれな衣装にと大変モテていて、親不孝通りはやや不良だから、かなり危険なナンパばかりされた。吉塚では未開発の広場を通って帰るので、途

中で男性が追いかけてきて、「この後、一緒にお茶しませんか？」とか、博多駅でおじいちゃんに「一緒に博多を案内して欲しい」とか、親不孝通りで映画に誘われたりしたりだとか、山口から来た人に「一緒にカフェに付き合って欲しい」とか、先生の存在が常によぎっていたので、応じたのもあったが、大事には至らなかった。

　九州英数学館では、「DAYS」という本を買って、世界情勢など読んでいた。高校の頃「PRESIDENT」という政治雑誌を読んでいたのを思い出しながら。また、まだ京都大学に未練があったから赤本を読んでいたら福高の同じ学年の子が代表で解き方が載っていた。あまり模試はいい子ではなかったが、試験は全部問題を読んで、解く分数を割り出し短いものから解くというもので、順序はバラバラで良いとのことだった。「ふ〜ん！こんな解き方して受かったのだ！いい案だ！」と納得した。とにかくよく天神や博多駅を歩いていたから、妹に天神を歩くのが好きな女」と言われていた。

　その頃、妹は２年生まであまり芳しい成績をとっていなかったが、私は懸命に教えた。そして、とうとう学年７位をとるまでになった。これはいい！そしてどこに行きたいか聞いてみると、「大阪の大阪外国語大学がいい」とのことだった。九州の西南大学も十分受かる成績だったが、小さな頃から、阪神タイガースの帽子をかぶっている子だったから、本当に大阪に行きたいのだなと思った。その中でも英文科がいいとのことだった。でも大外大の英文科は東京外国語大学の英文科の次に難しい。急に３年生から勉強しだした妹にとっては、ちょっと受かるか？受からないか？微妙なところだった。そこで「大阪に行きたいのがメインなら、ちょっと落としてモンゴル語科はどうか？」と聞いた。妹も大阪に行くのを優先したかったのだろう、納得して、西南大学全学科と大阪外国語大学のモンゴル語科に絞った。

　そして、英数学館で皆、進路を決めだして、私は担当から福岡大学「以下「福大（ふくだい）」と鹿児島大学しか受からないと言われた。私はすごく鹿児島に憧れがあったから、選びたかったが、先生を残すことは出来ないから、福大を選んだ。そして、見学に行った方がいいとのことだったので、母とバスに揺られながら、初めて自宅からかなり遠い学校へ行った。そしたら、開放的な、何施設もある大学で、生徒は２万人で西日本最大の大学だと分かった。初めて、自ら行きたいと思う学校との出会いだった。国立も受ける予定だったが、本当は最初から福大に入りたかった。

　この頃は先生に大学を受けることは内緒にしていた。だから、佳境に入ってあまり行けなくなって、ちょっと寂しそうだった。よく「今度はいつ来ますか？」の電話がかかっ

てきた。いつも弟が電話に出た。私は見事受かったら、大学所属のオリンピック選手になる気満々だった。でも、帰りに「もっと来ないと駄目ですよ！」という先生に訳を話さなかった。私は福高の激しい学習の疲れが本当にとれていないのも現状だった。時々、最初勢いよく参加して急に帰ったりしたから、先生は少々困惑していた。でも松任谷由美の「守ってあげたい」のフレーズが似合うように、私が常に苦しみから守って輝いていたし、私もそういう気持ちだった。私がコースに参加すると、違うコースだったのち慌てて私が参加しているコースに入ったりした。私が綺麗なクロールで「息継ぎはこうすると早くなるんですよ」と泳ぎながら実践してみたら益々気に入ったみたいだ。

　そしてその頃、私は付き合っていることが公になると破談するだろうと、よく彼を観察していた。そしたらプリンセスプリンセスの「GET CRAZY!」の「最後の恋に堕ちたウブなわたしを　最近悩ますものは　下世話なウワサ　ふたりの愛はいつも輝いている太陽　それなのに　黒い雨雲チャンスを狙ってる」という歌詞の通り、私がよく行かない間に毎日きているという中学の同級生に会った。彼女は私が「生理の時は来ない」と言うのに対して、「タンポン入れて毎日来ている」と言った。そして先生に自ら「もっと教えて！」とアタックしているではなか！これはいけないと思い彼の気持ちを私に向かせるために、最後のテストが終わって受験まで毎日通った。そして彼のコースで仲睦まじく練習している私の光景を見て「叶わない」と思ったのか？シャワー室で私にコクンと頷いてそれからは全く来なかった。危なかった。私が狙っている男性にはそれなりに敵がいっぱいいるのだ。これを教訓に彼が他の女性に向かないようにかなり工夫した。

　また、彼は他の女性生徒に「僕の部屋は散らかっているから誰かに掃除して欲しいんですよね！」と私に聞こえるように話した。私はすぐにでも駆けつけて彼の部屋も彼の服も全部世話したかった。でもサザンオールスターの「いとしのエリー」のようにならないように彼とデートしたかったが、King & Prince のシンデレラガールの歌詞ように門限が早いかのように遅くまで泳がないで、彼をプールに残し、いつも彼との約束をしないまま帰った。悲しかっただろうか？私はどんな経過であろうと最終的に彼とゴールインしようといろいろな恋愛雑誌や漫画を読んだ。「ブーケ」という漫画で、本当は長年付き合っていた彼がいたけど、破局して違う人と結婚して子供を持ち、元カレは1億光年の孤独をもらうことになったという漫画を読んだ。先生は特別な存在だったから彼を裏切って孤独を与えることは出来ない！！と心に誓った。

　彼はスクールの皆とよく飲んでいたが、本当に好きなのは私だけだったか？いつも帰

る時はエスコートしてくれた。帰りのドアを開けたり、「また来てください」と声をかけたり楽しかった。私はそんな彼に応えたくて、藤井フミヤの「TURE　LOVE」の歌詞のように、いつも彼の背中を追って、振り返ってくれたら優しく微笑んだ。彼が誰よりも理想に向かって頑張っているのが分かっていたからだ。

　また、私が長くいかないで、ひょっこりと行った時には、営業をしていたのだろうか？ネクタイ姿で私の泳ぐのを確認して安堵していたようだ。

　そして、大学受験が来た。まずは共通一次学力試験。妹と一緒に出掛け、最後の打ち合わせをして臨んだ。お昼は彼女と食事した。共通一次学力試験の内容はかろうじて、記憶が戻っていたから、いい点をとれた。妹も良かった。会場の香椎高校を帰っていたら、福高の浪人生がいっぱいいたから、私の可愛い変化ぶりに皆、驚いて、同じクラスの「家族愛やね」と言ったYさんと一緒になった。同じクラスの頃の話とかいろいろしながら、九州大学の農学部に行きたいとのことだったので、「前の日はギリギリまで問題を解くといいよ！意外とその問題が出たりするから！」と励ました。そしたら、後に本当に前日に解いた問題が出て、見事に受かったそうだ。これは、いつまでも感謝された。いいことを言って良かったなと自分でも思う。農学部は難しいのだ。

　そして、本命の福大の法律学部法律学科の試験の日になった。絶対に受かりたいとう強い気持ちで臨んだ。そしたら、広い大学の授業室で通路を挟んで福高の初恋のA君と隣になった。え？こんな偶然はあるの？と一瞬ひるんだ。彼もすぐ私と分かり、気まずそうに席を立とうとしたが、私は「お願い！席を立たないで！一緒にいたいから！」と立とうとするA君を感じながら願った。そしたら通じたのか？彼は席を立たなかった。それは選択科目のある試験で、日本史や世界史や数学やいろいろな科目から1教科選んで受ける日だった。偶然、彼も数学を選び、私も数学を選んでいた。そして、まず、国語の試験。彼も私も順調だった。そして、休憩の時間が来た。私はA君がどこか行くと、もう二度と会えないなと少々落胆気味に迎えたが、彼も私も同じ高校から受けた子がいなかったのと、私の願いが通じたのか、皆、席を立って休憩に行く中、広い教室で通路を挟んで、隣同士で過ごした。何か話したい！でも彼とだけの思い出がない。あるとすれば、2年生の時に一緒に応援合戦したことと、未練がましいラブレターを3年生の時に送ったくらいだ。読んだかどうかも分からない。でも、もし同じキャンパスで過ごさなければここで本当のお別れだ。でも、そんなことが頭でグルグルと回るだけでいい言葉が思いつかない。彼に恋の大切さを教えてもらったお礼を言うために天が設定してく

れたのではないか？彼はただひたすら寝たふりをしていた。何万人も受ける大学で隣同士になったことに嬉しすぎて、それだけで時間が過ぎていく。二人だけであれは何分あっただろうか？二人とも隣同士で話そうと思えばいくらでも話せたが、結局言葉を交わさないまま、最後の数学のテストの時間が来た。私は彼が時間内に解けるか賭けていた。もし時間内に解けたら、一緒に解け終わった振りをして、一緒に席を立とうと思った。私は早々に解けたが、彼はまだ解いている。そして、２０分、３０分と過ぎて行って彼はまだ解いている。やはり、福高に行ったとは言へども、３年間、あれだけ遊べば解けないか？やはりさっきの休憩時間に話すべきだったか？そして４０分経った。もう、私の鉛筆は止まっていたから、彼は待っているのを分かったと思う。そして、みんな席を退席して、完全に二人きりになった。ああ、解けるか？お礼を言いたい！この奇跡に感謝したい。　しかし、私は先生との恋が始まっている。彼もこの間、始まっていたとしたら私は邪魔だ。そんな気持ちがよぎりながら、とうとう終了のチャイムがなった。ああ、解けなかったか？だったら同じキャンパスにいる可能性はないのか？私は賭けが外れたから、これを彼は過去の人にしなさい！というお知らせかと思って、勢いよく退席口に向かった。そしたら、いつまでも、私を見ている視線を感じたから、振り返ってみた。そしたら、もう遠かったがＡ君が私の行動が不思議だったか？もしくは、彼も少しは私を意識したか？ずっとジーっと視線を投げかけていた。恐らく一緒のキャンパスにいることはない。本当に最後だ。私は彼の姿を焼き付けるように、ジーっと見つめ返して心から「もしかしたら、難しい道になるかもしれないけど、頑張ってね！本当にありがとう！」と目だけでメッセージを送った。そしたら彼も何か感じたのだろうか？コクンと頷いて（うなずいて）、沢山の受験生の中に消えていった。後に私は福大に受かったが、彼はキャンパスにいなかった。やはり落ちたか？働いただろうか？それとも２浪したのだろうか？専門学校へいっただろうか？あれがお別れになるなら、神の導きのまま話した方が良かったな！とかなり落胆した。私の判断は間違いか？福高の思い出を話しても良かった。でも、二人だけでいてくれたことに、とても感謝して、やはり初恋の人は違うな！と温かい気持ちになった。

　そして、私は国立では九州大学と福岡女子大学を受けた。どちらも難易度の高い大学だから、そこまで記憶は回復しておらずあまりいい点は取れなかった。

　私は、結果発表の前に、いつもの美容院でストレートパーマをかけた。そしたら、髪は腰まであるではないか？この長い髪が好きで、いろいろな髪飾りをしていた。

そして、受験発表日を迎えた。そしたら、九州大学と福岡女子大学は落ちていたが、本命の福大は見事受かっていた。嬉しかった。やっと好きな学校に行ける嬉しさに胸がはち切れんばかりだった。妹も結果発表があったが、見事、西南大学も全部受かり、大阪外国語大学も受かっていた。妹は本当に嬉しそうだった。お祝いに家族5人で、天神の「かに道楽」で食事をした。父も母も嬉しかったか？次々と運ばれてくる料理に舌鼓（したづつみ）を売った。かなり高かったと思うが、父と母はお構いなしだった。妹と話したら、たとえモンゴル語科であっても、大阪に行けることにワクワクすると、嬉しそうに語っていた。彼女はずっと出塩家の食事を担当していたので、ここでやっと解放されることに私も心から全力で教えて良かったなと思った。

　そして、3年6組の同窓会があることを知った。私は受かった嬉しさと、皆にお礼が言いたくて迷わず参加した。中州の水上公園で集合だったが、皆、変わった私の姿をみて驚いた。とびきりのおしゃれをして臨み、女の子は4人だけで、行くのをやめようかな？とつぶやいていたが行こうよ！と皆で居酒屋へ向かった。玄関で九州大学と東大を受けたY君と少し話せた。落ちたとのこと。「また受ければいいじゃん！」励まし返した。そして皆、席について、W君もいたからお礼が言いたかった。でも近くの1年の時、同じだった、U君やK君とばかり話してしまった。ちょっとW君は遠かった。K君が無事、九州大学の医学部を受かったことを知り、良かったと思った。そして、楽しく数学を解く子が大阪大学。皆、すごいな！と心の中で感嘆している中、Y君に「出塩ちゃんはどこ受かったと？」と聞かれた。迷わず「福大だよ」と答えた。そしたら「出塩ちゃん、それは人生の過ちよ！」と言われた。何をもってして過ちと言ったのかは分からないが、「そうかな？」と心の中でつぶやいた。そしてかなり皆で話した後、男の子たちはカラオケに行くとのことだった。私も行きたかったけどもう遅いし、私はあまり曲を聴いていない。おそらく下手だろう。迷ったけど、女の子は参加しないことになった。レディース割を提案したら皆、賛成してくれて、居酒屋を後にした。私はこれが最後とでも予知していたのか？離れて行く男の子集団に振り返って何回も「またね、バイバ〜イ！」と大きく手を振った。後に分かったが私が参加出来たのは本当にこれが最後だった。W君にお礼を言うべきだったと今も後悔している。

　その時の春休みの会社の慰安旅行は山口の萩と津和野だった。私は長い髪をなびかせながら、楽しく参加した。この時ばかりは、いままでいろいろあったけど乗り越えた嬉しさで、初めて5人で心いくまで楽しんだ慰安旅行となった。松下村塾や萩焼なども体

験した。私が慰安旅行に参加
したのは、これが最後になる
とは知らず、いい服を着て参
加した。これがその時の写真
です。

　その入学が決まって入る前
に、福岡でアジア初のアジア
太平洋博覧会のよかトピアが
開催された。

　よかトピアとは、１９８９
年３月１７日からおなじく９
月３日まで行われた、アジア
太平洋博覧会（アジアたいへ

２０歳の頃

いようはくらんかい）のことで、早良区百道浜（ももちはま）や中央区の地行浜（じぎょ
うはま）一帯の臨海埋立地区で開催された博覧会のことです。ガイドウェイバイの運行
が日本で初めて行われたイベントです。福岡タワーなども建設され、市制施行１００周
年を記念して開催されました。入場者は８２３万人に及び、その名の通りアジアおよ
び太平洋地域をテーマとした博覧会です。たくさんの国内外の企業や団体が参加して、
43館のパビリオンが設置されました。マスコットの大平君と洋子ちゃんは手塚治虫が
担当しました。だが、彼は開幕を待たずに逝去しました。

　会場一帯は現在ではシーサイドももち地区という名称で、合わせて作られた福岡タ
ワーや福岡市博物館や西部ガスミュージアムはそのまま営業を続けていて公園なども整
備されドームもあります。会場へのアクセス道路となった幹線道路はよかトピア通りだ。
国内最大級の観覧車も作られましたが、現在は三井グリーンランドにあります。JR九
州はJR化後初の新型車両811系を、西日本鉄道では新型特急車両8000形をそれぞれ
デビューさせ、それぞれ臨時列車として地下鉄かバスに乗り換える必要があったため、
現地の往路を往来させた。JR九州は蒸気機関車５８６５４（８６２０形）が牽引する
12系乗客やキハ５８系気動車（アクアエクスプレス）も作り、アクセス列車として投
入した。

　そして、それに歓び父と母と３人で見学に行き、二人は早々に帰ったが、私は長い列

が出来る中、一人で地球のバーチャル体験が出来る、パビリオンなど回って、心行くまで楽しんだ。この後の、福岡市の都市開発の礎（いしづえ）にもなった、この大会はまさに画期的だった。

第6章　福岡大学入学と彼と結婚を決めるまで

I　楽しかったLLクラスと彼との恋愛の駆け引き

福大に入学する前に、入学のしおりを読んでいたら、英語が好きな人はLL（language laboratory)「ランゲージ　ラボラトリー（外国語の学習・習得のために応答・録音装置を設置した教室。またその設備。語学実験室。ラボ。LL)」クラスに応募していいとのこと。迷わず応募要項に記入して投かんした。そしたら、見事に法学部法律学科のLLクラスに合格した。これは、この学科でも一部しか行けないクラスだ。英語で英語を学べる唯一のクラスだ。

そして、入学式。私は長い髪に赤のリボンをつけ、栄で買った赤のチェックのベストに、黒の革靴ととびきりのおしゃれをして出かけた。そしたら、男性はイケメンばかりではないか？なんというパラダイスだろうか？天が用意してくれたパラダイスとの遭遇だった。福大ジャージも買わないといけなかったから、名前を刺繍してもらって、少々高かったが購入し、それは特別なものとなったから、今でもとってある。

入学の教材を買うコーナーで幼馴染のM君がいたから「私のこと分かる？」と聞いたら、例の差別的なあだなど言って「薬学部に行っている」と言った。もう、そのあだなはとっくにふさわしくないが博多っ子には強烈だったのだろうか？福高から福大に行く人が少なかったから、少々緊張気味だった。

その入学の知らせを聞いて、垂井の長女がプレゼントに法外な値段の現金を送ってくれた。それと同時に電話で「あんたがそんだけ出来て、悔しい気持ちは分かる。でも、人間のしていることなんかちょっとなんやに。それをあんたはいいお嫁さんになって、止めてみせり！」と励ました。とても嬉しかったのと同時に、彼女は母ほど勉強には打ち込んでいなかったが、何故、こんなことが分かるのだろうか？さすがT家の長女だけある。いい人で同時に頭のいい人だ。私は「高校や大学に行けない人もいるのだ！」と持論を織り交ぜながらしばらく会話したが、この言葉は後に大きく影響した。そして、中州の玉屋で、またおしゃれな服を買った。そのチャリを乗りながら竹内まりやの「元気を出して」の「涙など見せない　強気なあなたを　そんなに悲しませた人は誰なの？

終わりを告げた恋に　すがるのはやめにして　ふりだしから　また始めればいい・・・・
あなたの小さな mistake　いつか想い出にかわる　大人への階段をひとつ上がったの」
という歌詞のごとく、福高のことも今となってはとてもいい思い出と変化していた。

　そして、入学が決まったのが嬉しくて、まだ福高の保健室のマドンナが担当している
と聞いて、福高へ会いに行った。マドンナは私の変貌ぶりとおしゃれなのと、受かった
ことに心から喜んでくれて、恩師のK先生を連れて来ると言った。本当に連れて来て、
K先生は受かったことに祝福してくれて、とても私が大切な人かの如く、何度も頷いて、
「頑張ってくださいね」と励ましてくれた。私はとても嬉しかったと同時に、これがK
先生とのお会いできる最後のチャンスだったことに、マドンナにはとても感謝すると同
時に、もっと先生と長くいろいろなことを話したかったなと、後悔した。

　　そして、クラスに入る前に、校門で歓迎遠足があることを知った。私は迷わずエン
トリーして、参加した。２０台もの貸し切りバスに乗り込んで、はるばる遠く、大牟田
市の三井グリーンランドに行くものだった。遠くて日帰りだったので現地では、同じバ
スの女性と観覧車に乗って、すごく高く上がり、風で揺れるから中で大きな声を出しな
がら、無事下に降りて、記念撮影して、少し経ってから帰りの途についた。そしたら、
男性が「この男子たちは遊びを知らんよ！」と急に言うから、遊びなんかどうでもいい
じゃないか？と疑問に思いながら、担当の医学部の女性との会話をバスの先頭で聞いて
いたら、どうやらこのバスは、そこまでカッコよくない男性と可愛い女性を敢えて選ん
であったみたいだ。ポッキーを輪ゴムでリレーしたりしたけど、カップルは誕生しなかっ
た。帰りに「あまり楽しくなかったね」という男性たちに、ちょっと普通に組めば楽し
かったのにと口惜しかった。

　　そして、いよいよ最初の授業。楽しみにして参加したら、その時の教授が「今日は天
の二人が会う日だ　皆　合格した祝いとして　今日は飲め」と言って、１０分そこらで
散会して、皆、大勢が「ワーッ」と大歓声を上げ、想い想いのグループで飲んで喜んだ。
その時、一緒になったSさんは一つ下だったが、よく一緒の授業になったから、仲良く
周ることとなった、彼女は短大に受かっていたが、福大に受かったから、泣きながら福
大に来たと言っていた。

　　そして、いよいよLLクラスの子たちとの面談。クラスは英語のテレビにヘッドフォ
ーンにマイクに何もかも完璧だった。そして、クラスの子もイケメンだらけで最高だった。
私は迷った。入学する前は、先生と、と純粋に思っていたが、こんなにイケメンがいる

なら福大生がいいかなと。そしてN君という、他の学科からも、「あの同じクラスの男性は誰ですか？」と聞かれる有名なイケメンを好きになった。初恋の人に少し似ていただろうか？最初に1浪して山口から来た男の子が話しかけてきて、私も1浪だったので意気投合した。

　そして、LLクラスだけのコンパが天神であった。私は当時には流行ってなくて、今流行っているオフショルのピンクのブラウスで参加した。N君とは近くの席だ。話しかけたい！でもどうしたらいいか？古今東西のゲームなど、どんどん進んでとうとう散会の時間になった。帰りに一緒になった振りをしようかな？と思ったけど、私の隣でN君の隣の席に座っている男性と帰ることになってしまった。しまったか？ちょっとN君に口利きをしてもらうつもりで、気軽に応じたが逆にその男性の恋愛相談にのってしまった。ああ、まだチャンスはあるかな？と気持ちが揺らいだ。

　その頃、忙しく大学の準備している、先生に大学に受かったことは告げたが、彼は大学には行っていないため、忙しさが分からなかったか？久しぶりに、そう1か月ぶりくらいにスクールに行った時は、帰りに思いっきり冷たくして背を向けた。私はこの行動が悲しくて、もうスクールには行かないでおこうか？迷った。福大の方がイケメンは沢山いる。そして次の日、ちょっと福大には今から行くには遅すぎるな！という頃、仕方ないからスクールに行くことにした。そしたら、家のすぐ前の交差点まで、スクールの指導着姿で先生が心配そうに立っているではないか？私の行動をもう家から見ていたみたいだ。私は挨拶も何も言葉を交わさずに、スクールに入った。そして、2階の窓から外を見て、福大でいい人探そう！そう思っていたら先生がゆっくりスクールに歩いてくる。もう彼の授業なんか受けるか！という気持ちで違うコースに入った。そしたら、慌ててコースを変更して、私のコースの先生となった。そこで、私はむしゃくしゃしていたから、「えい！」という気持ちで、とても強く水しぶきをあげていた。そしたら「水泳はそこまで力入れてしないでもいい競技ですよ！」と優しくエスコートしてくれた。私はそれが気に入り、先生の授業が終わっても、帰るところから彼をジーっと見つめてしまった。その姿に、女子生徒たちに先生が冷やかされていたが、彼もまんざらではないようだった。

　私は、この時、水泳漬けになる前に福高時代に出来なかったことをしておこうと、スクールには週1,2回で、彼には内緒で福大でいろいろな活動に参加した。まず、チェリーちゃんを最後まで育てられなかった、苦い経験から動物とスポーツが混ざった部活を選

ぼうと馬術部に目が留まった。そして、入部して馬の世話をしながら、馬は犬より難しいのだなと感じながら、熊本から大学に入った男性と馬刺しのことで盛り上がり、彼もよく食べていて、私も会社の人から差し入れで食べていたことを言った。その後、何かの会話のついでに「紙幣は価値がないからね！」と言ったらびっくりされた。そして、合宿があったので、大分から入っている裏で下宿している女性に泊まらせてもらうことにした。そしたら、「なんで福高なのに来たか？」と少々いじめられた。そんな大学はどこでもいいじゃないかと思っていた私はいけないことかな？と疑問に思いながら1泊した。そしたら、彼女は最後の方に「アヴェ・マリア（Ave Maria）」の歌を口ずさんでいた。聞くと、私の母のような女性を歌っているではないか！「ふ～ん、アヴェ・マリアっていう歌があるのね！」と感動した。そして、乗馬の練習を何回も繰り返したが、私はどうやら馬に遊ばれているみたいで、馬が異常に飛び跳ねた。だから、股ずれして血まで、出たから、辞めてしまった。

　それは、1か月くらいしかなかったから、もう一つは行ってみようと、ラジオに興味があったから、「DJクラブ」というサークルに入った。途中入部だから自己紹介をした時、ここでも「なんで福高なのに来たか？」といじめられて、そんなにいけないことなのか？今も理解出来ないが、いじめられて、コメントに難しい天皇論などを聞かれた。私は素直に応じて、サークル対決のバレーボール大会があったから、遅れて行ったけど、鋭いアタックを決めたら「遅れてきたのに上手いな」と先輩から言われた。もう、私には勉強と貧困というハンデはなくなっていたのだ。そして、ダンスパーティーがあるからとダンパといって参加費を集めていたから、参加を決めて、皆の中、一人ツイストしながら派手に中州のディスコで踊ったら誰もついてくる男性はいなくて、皆、大人しくしか踊らないからつまらなくて、つまらなくて早々に帰った。その後も部長やサークルの子に「なんで福高なのに」と嫌味を言われ続けたから、とうとうまた1か月で辞めてしまった。高校名と大学名は個人には関係ないし、人間の価値を決めるものではないと思っていた私には、何故そこまでいじめるのか不思議でならなかった。DJを実際に出来るまでいたかったなと思った。

　その頃、ちょっと内緒で大学ではいろいろ体験していた私はスクールには週1，2回しか行ってなかった。だからその間にだれか他の女性と盛り上がっていないかとても先生には注意を払った。他の女性と盛り上がりそうになった時には、他のコースだけどわざと先生のコースに割り込んで、慌てて授業を受けた。そしたらまんざらでもなかった

のか「私のものよという人はこういう風に泳ぎます」と得意げになって泳いでみせた。またバタフライの手の動かし方を説明しながら、「人間の手はここまでしか動かせません。それが限界です」となんか、哲学者のような発言をして、この人はスポーツではなくて、勉強をしていたらすごく有名な人になっていたかもしれないな？と思った。

そして、ある日スクールに参加したら、玄関にスイミングスクールの会員証の見本が飾られてあって、先生の写真と共に日の丸が描かれてあって、「因しゅうじ」と本当の名前かどうかは分からないが、書いてあった。私は、これを見た時、ムカッときた。先生は日の丸のために戦ったかもしれないが、それは過去のことで、それをいつまで

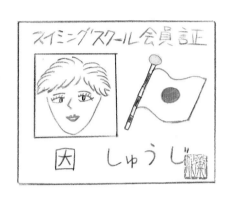

先生の会員証

も日の丸と一緒にするのに納得がいかなかった。先生は強引に水泳につき合わせたりするところがあったのだろうか？他の先生や生徒からやり過ぎの声が上がっているのか？その頃、先生を育てた店長という人も吉塚校に来ていた。その関係は「およげ！たいやきくん」の「まいにち　まいにち　ぼくらは　てっぱんのうえで　やかれて　いやになっちゃうよ　あるあさ　ぼくは　みせのおじさんと　けんかして　うみに　にげこんだのさ」のようなものだと、まわりの人たちの反応を見てすぐに分かった。本当にそのような行為を実行するとは夢にも思わずに。

その頃、授業ではLLクラスでの英語で英語のクイズ大会があった。全部英語で英語の品物を当てるものだった。最初の席の人から英語で質問していって、私は「Can it move by itself？（それはそれ自身で動きますか？）」と質問した。答えは「NO」だった。そして、一巡して何人目かのMさんのところで「カーテン」という答えが導き出され合っていた。クラス中楽しみながらクイズした。私は本当だったら1浪をして福大に入った仲間たちと一緒になりたかったが、まだまだLLクラスはあるのだからと、席順の近いMさんと仲良くなった。生物学の授業ではN君と一緒になるため、わざと近くの席に座ってみせたりした。でも、A君と一緒で、先生とは違い少しシャイで自分からは話しかけようとはしなかった。だから進展はなかった。東洋史は好きで毎回欠かさず受けて、本屋さんでクルド人の特集など買って自分で学習した。六法全書も揃えて、授業のメモを

していると、教授が「ここの箇所は出ません」と言って、ガックリときて、難しいのだなと思った。本当はロシア語を第2外国語にしたかったが、締め切られていたからドイツ語になって、ドイツ語の辞典も用意した。体育は特に張り切って参加して、「インディアカ」という競技で優勝した。水泳はプールがとにかく巨大で50mくらいあっただろうか？中央は水深2m以上で本当に泳げる人以外は立ち入り禁止だった。私はスクールに行っていたこともあり、いつもいい点をもらっていた。そして、いざ家で勉強となったら、体から熱が出る。まだ本調子ではない。これはまだ休めと言われているのだろうか？私は迷った。先生がめいっぱい水泳してきたように、私もめいっぱい勉強したのだろうか？

　福大の学食は今ではもっと多くなっているかもしれないが、第4食堂まであって安くて美味しかったから、一日に何回も食べに行った、特に第4食堂の「カツ丼」は美味しかったからそれだけのために、そこに出かけた。Mさんグループで食事をとっていると、私が「環境に配慮してゴミは分別しないといけない」と言ったら「ごみ処理に燃えろ」と言われた。ちょっとショックだった。まだ、だれも地球環境のことについては考えていない頃だった。教授たちのいるビルは特別に大きくて、7階に福岡市が一望出来るラウンジがあった。わざわざそこまで出かけて、食事をとったものだ。そこの食堂にはパフェやフローズンなどおしゃれなものが多かった。

　そして、いつもバスの定期券を買う道で先輩たちがグループで話していて、そこで、先生と同じ2mくらい背があるカッコいいイケメンと目が合うようになった。私は、よく西鉄バスを利用していたため、1年生の時によく行った。そして、その時必ずその先輩がいた。私は一気に好きになった。こんなカッコいい人と結婚出来たらきっといい人生だろうな？とか思いながら、その気持ちが先輩に伝わったか分からないままだったが、いつもグループに遭遇して、目が合った時は、グループ全体から歓声のようなものが上がっていた。

　そして、大学の夏休みが来た。私は一気に先生と盛り上がって水泳をしたかったが、「サーカス」の「Mr. サマータイム」の歌詞のように他の人に気移りしたらいけないし、皆が運転免許を取る中、私は働くということがしたかったから、本当は水泳にまい進するところだが、その前にどうしてもバイトを体験したかった。理由は先生には言わずバイトを優先してスクールは時々になって、先生は寂しかっただろう。私は彼がこの寂しさに耐え、誰とも関係を持たずにいたとは夢にも思わずバイトをした。

そして、新天町の「音羽鮨（おとわずし）」というところに募集のチラシが出ていたから、Ｍさんと受けて、私は福岡空港配属となった。私は家が近かったので、全部チャリで出勤した。強靭な体力だ。店長にはすごく気に入られたのだが、同じバイトの高校生から「なぜ福高なのにこのバイトしているか？」とまたしても、ここでもいじめられた。そんなことはよそに、楽しかったから毎日行って、「あがり一丁」などと店中声を響かせながら、頑張った。そんな中、沢田研二が店に来た。ブラウン管とは違って、女性みたいに背が小さくて女の子みたいだった。店で４人くらいで話して食べて早々に帰ったから、サイン欲しかったな！皆「勝手にしやがれ」の歌の真似を小学校の時にしていたから、すごく流行った人だった。そして、私は、ますます店長に気に入られ、最後はレジを担当するまでになって、４月には正式に雇われて福大の友達も連れてくることと約束を交わして一旦中断した。

　それと同時に母の会社も手伝った。母は私に経理をさせたかったのか、特別な人を雇い、会社の２階で、まだパソコンはなかったが、パソコンの前進のような機械で、教えられながら計算をしていた。福大からもいっぱいバイトに男性が来た。最初に来た人に、経理をしながら生い立ちを話したら、ちょっとドキッとしたみたいで、それからなんでも手伝ってくれた。私はスクールもあったし、母の会社を継ぐことまでは母に従えなかったから、時々しかいかなかったがそれからも、沢山福大からバイトに男性が来ていて、母は春になったら、その中から正式に雇うつもりだったみたいだ。父はもう立派な社長になっていて、人の５倍近い給料をもらっていて、私のお小遣いは月５万で妹も豊かな大阪時代を過ごしたそうだ。多少、実家から離れている妹の方が苦しかったかもしれないが。

　その夏に、３年６組の同窓会があった。それは、わたしが前に参加したものとは違い、大規模なもので恩師のＫ先生も首席したとのこと。私は働くのが面白すぎて、なんとパスしてしまった。Ｋ先生からは暑中お見舞いで「大器晩成を祈っています」と素敵な文と共に送られてきたが、私は大切に保管することはしたが、バイトで忙しすぎて返事を書かなかった。こんなに優しい先生なのか？と文面を見ながら思い、水泳の先生を選ぶことがそんなにも大変なこととは知らず、私が参加出来るのはこの時だけだった、というのが後で分かり、「なんで入らんと？」と優しく声をかけてくれた子も来ていた琉球大学の男の子も来ていたことを知り、何故、行かなかったか？自分で何度も責めることとなった。

Ⅱ　彼と結婚を決めた頃

　この頃、私はバイトしていたこともあって、週に2、3回からさらにスクールに行くには少なくなっていた。でも一緒に泳ぐ時は仲睦まじく映ったのか？帰り際に生徒の看護婦さんたちが「結婚するってよ」と私を指さして話していたのを聞いた。私は飛び上がるほど嬉しかった。スクールには沢山の女性がいて私が行くのは少ないから他の女性に気が移ってもおかしくなかった。それを私？なんと選んでくれた。私はまだ福大生と迷っていたが、一気に気が傾いた。そして、いつも通りに帰りにエスコートしてくれるついでに、「来る日が少ないですよ！何のために水泳しているのですか？」と話しかけた。え？何のために？普通好きなスポーツをするのに、そんな何のためとか自問自答しないはずだ！しかもSPORTS「スポーツ」の語源は「気分転換」である。そんな、疑問を持ちながらするものではない。もしかしたら、この人は水泳のことは好きではないのではないか？何らかの事情で水泳をやらざるをえなかったのではないか？ふっとそんなことが瞬時に頭をよぎり、彼にニコッと微笑んで見せた。それからの私は、彼が求めているのは水泳のオリンピック選手ではないのではないか？と自問自答する日が続いた。また、先生は知り合って何年も経つのに、松田聖子ちゃんの「赤いスイートピー」の「何故知りあった日から　半年過ぎても　あなたって手も握らない」のように、水泳の競技以外では、全く私の身体を触ることがなかったくらい紳士だった。いつも、彼について、水泳をしながら、彼がお尻を触って修正してくれた時は、手からビビッと愛情を感じた。後に歌詞の「あなたと同じ青春　走ってゆきたい」という気持ちになるとは思いもせず暮らしていた。

　それと同時に、その年の盆休みに両親と弟と私で鹿児島へ帰省することとなった。父の長男は蛸壺（たこつぼ）を持っていて、毎年冷凍ダコが贈られてきていた。まず、九州の人吉球磨の盆地の五木にロッジを借りて、自分たちでバーベキューをしながら食べることにした。盆地を登って行く際にお腹がすいたということで、ジビエ料理を提供している店に入った。実際にイノシシを解体して出来た肉でたらふく食べた。五木の子守歌があるように、その歌が似合うピッタリな場所だった。ちょっとダムの建設かなんかで、立ち退きの話がでていたせいか住んでいる人は少なかった。そこは平家の落ち武者が住みついていることで有名な場所であった。そして、いよいよダムを抜けてロッジについた。なんと木のぬくもりがして素敵なところだろうか？夕食まで時間があったから鮎釣りをしたりして、プールと滑り台が一緒になっている場所で弟と心いくまで遊んだ。

その滑り台を滑りながら「迷っていたけど難しい道になるかもしれないけど水泳の先生に決めよう」と思った。バーベキューをした後のロッジは冷え込んだから少々寒かった。

　そして、いよいよ鹿児島の実家に行く日になった。五木を出て山を越えて、大口市に入るルートで出水に行くことにしていた。大口までだいぶあったが、出水市に着いた。出水市で父が出水高校を案内してくれた。福高と同じく校門にフェニックスがあった。それから実家を目指すことになった。私は父がチャリ通学をしていたと知っていたので、よく「もう着くやろ？」とせがんだ。しかし、父は「まだだ」と言うばかりだ。私はてっきり近いと思っていたが、あれは何時間かかっただろうか？とうとうみかん発祥の長島の付近まで来て、やっと到着だった。これは、福高の校区でいうと、福高から古賀市の手前くらいまである。こんな距離を毎日チャリ通学していたかと思うと、父の強靭な体力に愕然（がくぜん）とした。

　そして、そこは祖父が作った家はなくなっていたが、長男とお嫁さんが歓迎して迎えてくれた。また、お盆でお墓をお参りしたとき、親族一同会したが、皆、１９０㎝くらいの均一の整った背で整った顔立ちでびっくりした。この家のつくりは、この種族の長であることがわかった。皆が「Ｓの長女ってよ」と私を指さした。お嫁さんに塩漬けされた桜茶を出してくださって、「お嫁に行く時は、このお茶で祝うのだよ」と教えてくれた。長男は蛸壺のほかに、池須も持っていたため、新鮮な鯛やいろいろな魚の刺身が出た。どれもとても美味しかった。次の日、阿久根まで行って、海水浴したりした。私と弟と遊んでいると「おまえんちはサザエさん一家みたいやな」と言った。そして、私に日本の歌謡曲の「ゴンドラの唄」の「いのち短し　恋せよ少女」と歌ってみせて、「２０歳かそこらで、もう結婚してしまえ！」と言った。私はその時はその発言の意味は分からなかった。何泊かしていよいよお別れの日が来た時は新鮮な魚を持たせてくれて、長い階段を下って車で発車するときは、長男の顔が一瞬、嬉しそうに映った。出塩家の苦労が報われる日が近いと感じたか？後にも先にも、私が鹿児島に帰省したのはこれが最後になるとは思わずに、また来る約束を交わして別れた。

　この頃、浜田麻里の「Return to Myself」が流行って、その歌詞の通りにテープを何回も聴いて、いろいろな男に声をかけられてもまどわされないように必死だった。

　また、この夏休みの頃、が大阪外国語大学の友達を５人くらい連れて、福岡に来た。私達は長浜ラーメンの屋台でとんこつラーメンを食べに行った、私は「替え玉（かえだま）」を何杯もして楽しんだ。麺だけをおかわりすることです。替え玉は福岡市中央区

長浜にある「元祖長浜屋」が発祥の店とされている。皆、口々に美味しいと舌鼓を打ち、豚肉の串刺しも何本も食べた。私は「博多一風堂」によく行っていたが、ロンドンにも支店がある。他に「一蘭」も有名だ。今は、「ラー麦」といって、ラーメン専用の小麦粉が開発されている。これはかなりの福岡のラーメン店が採用していて、「博多一風堂」も「一蘭」も採用しているから、福岡のとんこつラーメンは世界で一番美味しい。また福岡の居酒屋ではキャベツがおかわり自由だから一番胃の病気が無いです。

また、福岡のように屋台が発展している所が少ないかは、起源は江戸時代の享保年間（１７８１〜１７３６）に出現し、天明（１７８１〜１７８９）以後盛んになったけど、現在の屋台の起源は昭和２０年、大東亜戦争の被災で闇市などが起源となるが、GHQの占領によりGHQが食品衛生法（昭和２３年１月施行）を発布しで経営がしにくくなり、東京オリンピックが昭和３９年に開催されたとき、戦後色を残した非衛生的なものを一掃しようとして、全国一斉に排除させたからです。しかし、博多だけ残っているのは、規制を受けた時に、組合などを組織して政治的に粘り強く活動し、既得権益「きとくけんえき」（生活権）として残すことが出来たからです。他は小倉・呉・仙台くらいです。現在は年々減ってきている屋台を盛り上げようと、新規参入しやすくなり、脱サラしてでも屋台を経営する若者もいる。ただ長浜の屋台は減少傾向にあることが、惜しくてたまらない。なんとか盛り返して欲しい。

　また、現在はコロナで博多も中州も長浜も閉まっていいて、閑散としており、このまま補償無しの自粛が続けば、潰れるから、クラウドファンディングを５月末まで行った。果たして、どこまで生き残れるか？疑問だ。

　そして、いまは解除され活気が戻ったが、どれくらいの店舗が生き残れるか？少ない補償では、はなはだ疑問だ。

　この他にうどんやそばなどは福岡が発祥で、鎌倉時代の高僧である聖一国師（しょういちこくし）が、仁治２年（１２４１年）中国での修行から帰って画期的なうどんとソバの製法を持ち帰り盛んになり、この人が開山した承天寺には「甘酒饅頭」も開発したため、うどん・そば・饅頭発祥の石碑が立っている。「越しそば」を広めたのも博多の商人だ。この他、せいもん払いを始めたのも博多の商人の八尋利兵衛で、ホワイトデーも博多の石村萬盛堂が始めた。

　この他、日本で最も古い住吉三神を祀る筑前國一之宮という住吉神社があり、昔は博多湾の冷泉津に面しており航海・海上の守護神としても厚い崇敬（すうけい）があり、

日本初の神社がある。ここで、毎年九州場所の相撲の場所前の横綱による四股踏みが行われている。相撲は神事なのに白鵬の相撲はいかがか？相撲をする台も低くしないと、怪我人ばかり出る。

　そて、後期も始まる頃。私は腰まである髪をボブまで一気にカットした。これには、N君もビックリした表情だったが、先生のためにはおそらく闘いになり、彼を完全に休ませないといけないと私は休ませる作戦に出た。母が断髪式とかいってからかっていた。もうバイトもないし、福高でやり残したこともないし、福大初のオリンピック選手になる気満々の頃だった。そしたら、先生が私はもっと難しいコースでも良かったが、コースを落としだした。やはり休みたいというのが彼の本音なのか？名前もT先生からH先生に変更されていた。え？離婚したの？ちょっとその名前変更には驚いた。

　そして、その頃、まだ学校には毎日行ってはいたが、勉強すると熱が出る私に本調子ではないと両親も勘づいてくれたのか？今は、「吉野ヶ里遺跡」になっているところが、発掘されだして、弥生式住宅跡地が出たと噂になったから、見学に行こうということになった。吉野ヶ里に着いて、ちょうど高床式住宅跡が発掘されているところなど見学した。いっぱい人が来ていた。そして、ちょっと離れたところに神社があるから、といってちょっと移動して神社を見学した。そしたら、そこは、周りは田んぼなのにそこだけ、こんもり森のように木が茂っていて、神社に祀られているのは女性で、いつも口紅を塗っていて、「ここで何かに触ったり、壊したりするとたたりがおこるんですよ」と地元の人が言っていた。「ふ～ん、もしかして伝説の二人がいるってきいたけどここで眠っているの？」と思いながら、古跡群を後にした。恐らく、今起こっている現象を鑑みると、これだけ日本がタタリに当たっているのは、もうこの神社は掘り起こされ今は無いかと思われる。その神社は背振山（せぶりさん）を背に中国文明に対抗しているかの如く、配置されていて、まるで中島美嘉の「桜いろ舞う頃」の「めぐる木々たちだけが　ふたりを見ていたの　ひとところには　とどまれないと　そっとおしえながら」の歌詞のように、他は平地だが、その神社だけこんもりと木々に覆われていて、ずっと二人を守っていたようだ。

　その頃、もうスクールが私の中ではメインだったので、今まで彼を独りぼっちにさせたのを取り返すかの如く毎日通った。時にはハードな練習にも付き合った。でも、私の中でも彼の気持ちが読み切れてないのとで、平泳ぎを指導されて、足の開き方などを実際に指導してもらいながら、ボーっとプール際を見て、このまま水泳に突っ走っていい

のかな？と思っていたら、生徒さんたちの「あの先生、やたらと触ってくるよね」と悪口が聞こえてきた。そう！彼はオリンピック選手だったことはとっくに忘れ去られて、今となっては嫌われ者になっていた。松任谷由美の「ノーサード」の歌詞のように、皆から忘れ去られていたが、私はいつまでも彼に寄り添う気持ちでいた。それと同時に、あんなに国のためと働いた選手が嫌われ者になっていることが、ただただ悲しかった。所詮、世間とは利用するだけ利用してあとはポイっとするのかと感じた。東京五輪が延期になって、出られない選手が出たのも、先生と私を亡き者にした、「悪因縁（あくいんねん）」（悪い結果をもたらす因縁。悪因と悪縁。）ではないか？

　その頃、大好きな東洋史が大学で佳境に入っていたからさらに詳しくなろうと、昔、私が悪かった時に買ってもらった百科事典の日本史の最初を読むことにした。そしたら、出水は紫尾山（しびざん）が昔からあり、そこは縄文時代の通貨の代わりの黒曜石（こくようせき）が大量に採れて何万年も前から縄文文化が華開いていたとあった。そして、日本列島が出来た時、大陸から来た日本武尊（やまとたけるのみこと）「第１２代景行（けいこう）天皇皇子で、熊襲（くまそ）征伐・東国征伐を行ったとされる日本古代史上の伝説的英雄である。日本書紀と古事記に出てくる」」と戦って敗れた、熊襲「日本の記紀神話に登場する、現在の九州南部に遭った襲國（ソノクニ）に本拠地を構え、ヤマト王権に抵抗したとされる人々、または地域名事態を表す総称である。古事記には熊曾と表記され、日本書紀には熊襲と表記される」が大勢住んでいたとあった。縄文人は自然に崇敬（すうけい）の念を常にはらっていて、自然と共に共存し、自然を祀る大きな石を設置することもあったとある。また、日本の縄文土器は世界唯一、煮炊きが出来るものであった。「ふ〜ん、今も縄文人がいたら自然破壊はなかったのかな？」と思った。それと同時にえ？それじゃあ、私は熊襲の子孫で、あの家の作り方はその長で、しかもその中の、私は女王？そして、日本列島が出来た時に、まだ熱かっただろうに、皆が戦争している中、福岡まで一人で渡って、日本武尊の王子に会いに行って、寵愛を受けた本人？それで、あの神社で祀られていたのは私自身の女の子？恐らく、私自身、あまり勉強はしていなかったが、日本武尊は東北の先住民も殺して、日本を始めたが、熊襲は負けることになるけど、この種の人種は大陸にいくらでもあり、ここで日本武尊と和睦（わぼく）しなければ、恐らく新しく出来る国の未来もないし、人類は地球にしか住めないから今後の未来の為、日本武尊の王子を夫にすることを、瞬時に決めたのであろうか？そんな疑問が頭をグルグル回る中、熊襲は鯨のように海に潜らず、恐竜や猿が誕生

する前から産れていた哺乳類で、その歴史は長いと。昔、母が読んでくれた、地球誕生の絵本の中にそのモデルとなる、生き物が描かれていたのを思い出した。鯨のように海に潜れば簡単に覇権者となれたが、陸に残った私たちの先祖は、厳しい歴史を歩むことになったとも書いてあった。本当に筆舌に尽くすことが出来ないほどの、血のにじむような道だった。その哺乳類の研究は残念ながら、どの大学の教授もしていないが、その歴史は何億年という月日に上り、鹿児島という常春の島で、とても栄えたそうだ。

　また、これだけ地震が起こるのは、硫黄島もハワイ島も大きくなっているから、私の先祖が住んでいた、ムー大陸が出来るのだと思う。

　そして、日本武尊が元から住んでいた、縄文人の私の先祖の熊襲を虐殺して始めたこの日本は、それからというもの私達を「野蛮」と蔑み貶めて呼んできたが、元からいる住民を虐殺する日本武尊の方が「野蛮」だと思う。その原点に立ち返らず、いつまでも目で覆っているから、日本武尊の子孫は大規模な自然災害や新型コロナウィルスでの大打撃という天罰を与えられているということに目覚めないといけないと思う。私達の民族は今も差別を受け続けている。

　ちなみに、熱田神宮の側にある日本武尊のお墓の「白鳥山（はくちょうざん）」は粗末に扱われていて、整備されておらず、これでは子孫がコロナで苦しむのも当たり前だ。そして、カラスの巣になっているのは、これでは永遠に日本人は滅ぶ。

　私は日本武尊の子孫にとっては外人に当たるため、日本人では産まれないような、綺麗な顔をしているのである。父は母が連れて行くたび、「カッコいいお父さんをお持ちですね！」と言われ、母はそれがとても自慢だった。

「この箇所の記事が出来たのは、一粒万倍日と天赦日が重なる１月２２日という最上日であったが、この日、オーストラリアの大規模な山火事に雨が降り、ある程度鎮火出来、兵庫県や滋賀県で太陽柱（サンピラー）という空気中に浮かぶ六角形の板状の氷の結晶に、太陽の光が反射して見える現象が起き、富士山に笠雲がかかり、沖縄ではアークなどの虹色現象が登場した。地球現象に特別な思いがある私は特筆しておく」

　それと同時に、ＬＬクラスではとてもハイレベルな英語が求められていたので、毎日の英語のラジオ講座を聞いていた。その時、英語の歌のコーナーで「Amazing Grace（アメイジング・グレイス）」と「The Rose（ローズ（デット・ミドラー））」が流れた。私は急いでいつも用意していたテープに母が買ってくれたカセットデッキで録音した。アメイジング・グレイスは後に「白い巨塔」のエンディングテーマにもなったから、聞き

なじみが皆にもあるか？何度もテープが擦り切れるくらい聞いて、全部訳して、自分なりに解釈して、とてもいい歌だと実感した。ドイツ語は辞典を開くと熱が出るから、あまりはかどらなかった。その他、法律や生物学も何回もメモした。でも英語と東洋史と体育以外はあまりはかどってないのが現状だった。LLクラスのグループの彼女の彼氏が福大は出席したら、自分の番号を提出しないといけなかったから、スクールで休んだ時は、代わりに番号を書いてくれたりした。またスクールはまじめに通っていたが、やはり身の回りのことが芳しくない私に、また、母が会社は辞めずに父の妹にお金を出して、世話させていた。そんな時、彼女「え？」と真顔で聞いた時「ありゃ美人やね、いいお婿さんでも、もらったら？」と冗談めいて話した。

　その頃、冷泉であまり遊べなかったから、悲しかったから皆どうしているか？わかる範囲で遊びに行った。よく一緒に遊んだパーマ屋はまだあって、会って、小学生の時に仲良くしてくれてありがとうと言えた。そして、近所で縫物をしているHさんのお母さんのところに遊びにいったら、旦那さんは亡くなっていて、「あんたのお母さんは勉強しかできない人だよ！あんなに勉強させていいか問題だったんだよ！あんたのとこはお父さんでもっているのだよ！鹿児島の人はよく知っているよ！あんたは優しいよ！」といろいろ話す中で振り返った。母は近所からこう思われていたのだと知って、私は「それも運命よ」というようなことを言って、一緒に母を批判することはなかった。確かに、勉強させ過ぎたかもしれない。でも、それはもう私の中でとても貴重な体験と化していたのである。

　そして、福大の最大のイベントの七隈祭（ななくまさい）が来た。沢山有名なバンドが来て、それはそれは楽しい学祭で、私は同じLLクラスの女性と二人で周り、以前所属していたDJクラブの催し物はたこ焼きで、壁には「ＮＯ　ＭＯＲＥ　ＷＡＲ」というポスターが掛けられていた。

　そして、楽しいLLクラスでどんどん英語は上達していき、本当は浪人グループと仲良くなりたかったが、席が離れて出来なくて、まだ、来年もあるからね！と先生を選ぶことが大変なこととは分からず、いつも授業が終わって皆が退席して、その集団が次の授業に向かう背を眺めながら、「ずっといたかったけど、お別れになるかもしれない」とただただ、ひたすら彼らの背を見送った。ある時、またクイズが出て、私は皆ペアで座るが、一人で座っていたため、前の子が「一緒にクイズ解こうか？」とペアになってくれた時は嬉しすぎて、一人で大声を出しながら楽しく解いていたら、皆ビックリして

静まり返った。そして、次に集まって授業を受ける時は私が仲良くしてくれる人が出来るようになったことに感動して、一人考え込んでいたら、またクラス中静まり返った。そう！私は勉強で頑張ることよりも、ただひたすら皆が仲良くする方法を見出すために頑張っていたのであって、それが出来るのなら私のミッションは成功なのだ。

　そして、体育の授業で、皆で大学の裏の油山（あぶらやま）に登った。皆で頂上に着いた時は、先生がいろいろな登山の知識を教えてくれた。そこでは、福岡市が一望でき、それはキレイな博多湾と福岡市を観られた。

　そして、二学期ももうそろそろ終わる頃に、どこでも皆、仲良くしてくれることに感動して、中森明菜ちゃんの「飾りじゃないのよ涙は」のように泣いたことがなかったが、松任谷由美の「やさしさに包まれたなら」の歌詞のように、彼を選んだら、孤独を分け合って、もう一人になることもなくなるか！と一気に気持ちがはち切れて、福大の裏に泣きに行くことにした。同じ LL の男性が引き留めようとしたから、少しこけたが、裏の「金屑川（かなくずがわ）」のほとりにたどり着いた。そこで一気に泣いた。「アメイジング・グレイス」と「ローズ」を何回も繰り返して、もう人影はなかったから思いっきり泣いた。そしたら、父方の祖父と祖母と母方の祖母が私の目の前に集まって、ニコニコとしているのを感じた。ああ、先祖も頑張って耐えたことを祝福してくれているとますます嬉しくなって、今度はうれし泣きに変わって、あれは何時間泣いただろうか？4 時間くらいあったか？もう夕暮れになっていたから、私は気持ちがはち切れてバスに乗る気がなくなったから歩いて帰ることにした。福大から吉塚までだいぶある。帰ったときは夜になっていた。

　それは、松任谷由美の「ダンデライオン〜遅咲きのたんぽぽ」のように、傷ついた日々が先生に会うために特別に素敵なレディになった瞬間だった。

　まだ、福大の頃の話は続くが、先生とのことが主になるため、ここで区切ります。普通、高校で問題を起こしたら、受からせてはくれないが、唯一受からせてくれて、女子大生という貴重な体験をさせてくれた福大に心からお礼と感謝を言いたい。ありがとう！福大！何か貢献したいから、可能であれば九州代表にはなるが、全国制覇したことのない、福大を全国制覇させたい。

福岡大学　校歌　狩野　満作詞　飯田信夫作曲　平井哲三郎編曲
　　筑紫野は
　　　　　玄海の汐さいはるか
　　　　　背振ねを指すところ
　　　　　うつくしきわれらが母校　われらが理想
　　　　　道こそはけわしかれ
　　　　　人らしき人にあるべく
　　　　　輝ける明日を望みて
　　　　　若き日の今日を学ばん

　　とうときは
　　　　　もゆる火の熱きいのちか
　　　　　経世の旗かざしつつ
　　　　　たくましきわれらが母校　われらが抱負
　　　　　夢こそは大いなれ
　　　　　あたらしき土ふみしめて
　　　　　花散ろう春には酔わじ
　　　　　ゆたかなる秋折らん

　　ゆかしきは
　　　　　自由なる学のほこりが
　　　　　友情の若草もえて
　　　　　讃うべきわれらが母校　われらが使命
　　　　　時こそはやがて逝け
　　　　　うつろわぬ誠を胸に
　　　　　つどいあう今日を歌わん
　　　　　ひらけゆく明日を歌わん

第7章　彼と結婚を決めてから壮絶な闘い

1　センセーショナルな成人式

　その頃、福大の皆で私が泣いているのに気づいて、一緒の LL クラスの M さんが話を聞きたいと言い出した。女性だけが集まるラウンジで、DJ クラブの人も聞き耳を立てていたが、私は博多での体験を「日本人にずっと差別されてきた！それは祖父も祖母もで、ずっと代々続くもので、うちの家系はすごく苦労を、特にうちの祖母は苦労して死んでいった！」と少々声を荒げて激しく一方的に話した。すぐに同和地区出身と分かり、一緒に聞いていた M さんはいつまでも泣いていた。

　そしたら、福大の皆が私を指さすようになって、DJ クラブでいじめていた部長がそばを通った時はヒヤッとした感じだった。中学の時同じだった子が優しく微笑んでいた。

　その頃、もう福大初のオリンピック選手になる気満々で、準備もすっかり整ったが、先生がコースを落としだした。そして、他の生徒さんの看護師に「看護師さんも病気にならないのですか？」と私にきこえるように話しかけていた。スクールの人が私の過去を調査して、どうしてこのような行動ばかりとっているかを解析したようだ。何人かの大人たちと大勢椅子に座って先生は茫然と今までの自分の歴史を振り返っていた。「じゃりん子チエ」が好きでいつもその話をする、他の女の先生は私が帰るのを、優しく微笑んだ。私はもう複雑な泳ぎもこなすようになっていたが、先生が水泳は好きじゃないは当たったか？がむしゃらに青春も水泳に捧げて、本当は後悔しているのか？であれば、私は完全に彼を休ませることに専念しなければならないではないか？ずっと彼がどんどんと優しいランクに落としていく姿にそう誓った。だから、私も大学もあったから、そこまでスクールに行くのを控えた。

　そしてその頃、スクールでは、クリスマスパーティーを開くことになっていた。先生が何回も誘って、イブの日だったから、山下達郎のクリスマス・イブみたいに先生は私との約束を交わして決めたかったみたいだった。でも、ここで参加して公になっても破談するだけと分かっていた私は、最後まで参加するかどうか悩んだ。先生はもうお腹も出ていて、ろくなものを食べていないのか、やや、やつれて、早く傍で世話をしたかった。そして、前日。何回も「参加してください！」という先生に、私は不参加を選んだ。そのイブの日は雪が降って、山下達郎のクリスマス・イブの歌みたいに「きっと君は来ない　ひとりきりのクリスマス・イブ　Silent night, Holy night 心深く秘めた思い　叶え

られそうもない」のように、どんなに寂しい想いをしただろうか？私はこの不参加の意味を彼が理解してくれなかったら、福大の人を選ぶつもりだった。そして、翌日、電話が彼からかかってきて弟が取った。弟があっちで電話して、と言う中すぐに話して、「お休みしたりすることが多くて長いですよ！今度はいつ来ますか？」と優しく声をかけてくれた。私が彼を完全に休ませることができるのは２月だろうと思ったから、「今度は２月くらいに行きます」普通そんなに長かったらお断りだ。しかし彼は「はっ〜」と深いため息をついてから「お待ちしています！じゃあね」と愛しい人に呼び掛けるように「じゃあね」と言って電話を切った。私の思いが通じたのか？私は彼が本当は私にオリンピック選手になることは望んでないとはっきり分かった。そして、レミオロメンの「粉雪」の歌詞のように、あれだけ女性が沢山いるなかで、本当に好きだったのは私一人だとも分かった。この後、私は、福大を続けたかったが先生を選ぶことを決めたため、おそらく福大生活はここまでとも予感していた。そして、スクールにはそこまで行かず、いかにして彼をいろいろなしがらみから解き放して休ませる作戦を延々といろいろな文献を見ながら、一人で作戦を練った

　そして、後期最後の授業の日。私が福大の人を選ばないのが分かったか？いつも定期券で会う男性が私の授業室前まで来ていて、私はこの人を選べば普通の人生が待っているのは分かったが、話しかけず授業に入り、終わって出ていく時に、その男性がまだいて、私に似た、ボブカットの可愛い女性と座って話していた。彼を見かけたのはこれが最後となったが、先生と同じくらいカッコよかったため、惜しいことをしたなと自分でも思った。

　そして冬休みが始まった。妹が大阪から帰省していた。そんなある日、寝ていたら、私が泣いている時に励ましてくれた先祖たちが、寝ている私に「起きろ！起きろ！」と枕元で呼んだ。私はすぐに何かのお告げだと気づき、家中を確認して回った。そしたら、魚焼きグリルのところが、ずっと弱で火がついていて、もうそれはグリル中火が回っていて、今にも外に飛び出しそうだった。私は慌ててスイッチを切りにして、グリルの中に水と氷を入れて鎮火させた。危なかった。この消火がなければ、とっくに出塩家は存在しておらず、妹や弟の子供も誕生しなかったのである。私は恐らく魚が好きな母が焼いて、忙しさにスイッチを切るのを忘れたのではないか？と推測した。しかし、彼女の忙しさを責めることは出来ないから、今でも、この出来事は家族の誰にも言ってない。先祖は頑張った私をどこまでも守ってくれるのだなと、ただただ一人で感謝した。

そして、妹も揃ったところだから、私が百科事典を見て、読んだ話を家族全員にした。そしたら妹がちょっとひるんだ。すかさず「白人は？」と言う母に妹が「白人なんかちょっとよ！」と言った。そしてまだ私に「勉強よ！」と言っている母に「もういいでしょ？」と妹が投げかけた。父が母のおならを「世界一の屁じゃ」とか言い出し、弟に「あんたは何に感動しているの？」と言ってこの家が素晴らしい血族の子孫であることが認識された。でも、それはその時だけのことで、この後の私の入院などで、もう誰一人私のこの時の発言は記憶されていない。それからは、昔あった、「ゴレンジャー」のようになって、赤レンジャーが父で、自称ちょっと太っていた妹が黄レンジャーで、私が桃レンジャーで闘うことになるとは夢にも思わず家族一同一夜を明かした。

　お正月が来て妹が編み物をしながら夜なべして、おせち料理を作ってくれた。寿屋にも家族で買い出しに行った。そのときチャゲ＆飛鳥の「LOVE SONG」がかかっていて、「君からの　君からの　君からのI love you call・・君が想うよりも　僕は君が好き　抱き合う度にほらまた君　増えて行く」という歌詞がとても胸にしみた。

　そして後期試験の日が来た。若干、今の福大のスケジュールと違うから、おかしいと思う人もいるかと思うが、この時は確かこのタイミングだった。私はどんな問題が来ても持論で論破し、彼を休ませる呪文をかけるつもりだった。

　まず、大好きな東洋史。問題が「元寇はなぜ起きたか？自由に述べよ」だったので、一人カリカリと鉛筆を激しく進ませて、「それは日本史がまた出発点に戻るために起こったのであって、日本の明日は明るいのである。A　Tomorrow　So　Bright」と筆記体の英語でＡ４の紙を裏も使って長く書いてまとめた。今、思うと私自身が台風という神風を起こして日本を守ったのではないか？そんな気がする。そして、その様子に、試験の日しか来ない男性たちが驚いて、私の表情を確認しあっていた。まだ、次のテストまで時間があったから、裏の運動場で草に寝そべって深呼吸した。次のテストが今日の最後だから何か決定的なことを書かないといけない。「ヨシッ、どんな問題でも答えるぞ！」と向かった。そしたら、東洋史の内容が教授たちに伝わったか。教授たちが、ニコニコしながら次の試験会場で迎えてくれた。そして、大好きな体育。まず「なぜ肥満は起こるか？自由に述べよ」だったのでぐちゃぐちゃに興奮しながら、「誰かが太るほど食糧はない。人類が食糧を独り占めする限り生命体は絶滅するだろう。そんなに肥満現象が出来るのは神が人類へ警告している」らしきことを書いた。そして「なぜ煙草の害は出るか？自由に述べよ」だったから「それは神が人類たちに早く死ぬように与えた

毒である。このまま煙草を吸い続ければ本当に絶滅する」らしきことを書いた。その様子に一緒のLLクラスの子は、ドキドキしていて、試験の帰りにN君とすれ違って見つめられたが「あなたを選べなくてごめんね！ありがとう！」と目だけでメッセージを送った。彼はちょっと納得がいかず、不可思議そうだった。同じグループのMさんはずっと緊張して、私のテストが終わるのを見守っていた。

　そのテストが終わったら胸がいっぱいだったから、帰りの西鉄バスには乗らないで、歩いて帰ることにした。何台も福大生でいっぱいなバスが、皆、ヒヤッと飛び上がるように浮いて、通り過ぎた。これで呪文はかけられただろうか？まだ結果は分かってなかった。そして歩いて吉塚の家に帰ったら妹に「お姉ちゃん？」と聞かれた。
次の日も後期の進級のかかったテストはあったが、まだ胸がいっぱいで校門までバスで行ったけど、福大生が振り返って微笑んでくれるのを見ながら、ややうなだれて、福大の下宿付近の川沿いをつたって博多湾を目指した。何人も付近の福大生が私をみて微笑んで、嬉しかったが、やはり松任谷由美の「やさしさに包まれたなら」の歌詞の小さな頃に神様に願っていたことが叶った状態なのか？分からないまま、近くの3歳児が鳴き出すのを横目に見ながら、なんとか歩いて博多湾へ出た。そこで、海を見ながら、「私の故郷よ、海よ、どうか私を待っていてほしい」と願いをかけて、家へ帰ることにした。まだ出来たての福岡都市高速道路を横にして、吉塚を目指した。もう、暗闇に包まれていた。歩道橋で一緒になった男性が「なぜ女の子がこんな時間歩いているの？」と不可思議に顔を向けながら、バーで飲んでいる人たちはシーンとしてただただ歩いている私の様子を固唾をのんで見守っているようだった。もう、寒い夜だった。家に着いたらもうだれも起きてなかった。
「この箇所の記事が出来たのは1月24日であるが、この日、東海から近畿地方にかけて、夕焼けに照らされてオレンジ色の飛行機雲が報告された。気候に特別な思い入れがある私は特筆しておく」

　その頃、先生も会いたがっていたし、大学はもう気が向かないから、とスクールへ行ってみた。そしたら、玄関が2枚の長い木で✖と言う感じで釘がうってあって、中には入れないようになっていた。ん？先生に何かあったかな？嫌な胸騒ぎがした。

　それから、成人式の前から、母は着物を私に着付けしてくれて、いろいろなところへ行った、中でも、福岡において厄除けで一番有名な「若宮八幡宮（わかみやはちまんぐう）」へ家族全員で参拝した時は皆、私の姿に振り返った。

そして、成人式の前日。Ｍさんから電話がかかってきた。「Ｍです。明日、中学の同窓会があるけど、来んよね？」とあった。私はＬＬの浪人組のＭさんがやっと電話かけてきてくれたと一瞬喜んだが、Ｍさん違いだった「行かん！」と答えた私に「この電話番号どこ？」と聞いたから「吉塚」と答えた。「そっちへ引っ越したっちゃね！元気？」と尋ねるから「元気」と答えた。「だったらいいと！」と彼女は電話を切った。続いて幼馴染のＨ君から電話があった。かなり興奮して、差別的なあだなを連呼して「楽しみにしとったい！こっちは東京から来とったい！来い！今度こそSEXするって！」ともう何を言っているのか？この子は正気なのかも分からないくらい、興奮して訳の分からないことを連発しまくった。収拾がつかないからＮさんに代わって「ミー、覚えている？」と言ってきた。私はそんなあだなで呼びあって遊んだことはないが、すぐにＮさんと分かった。「ずっと高校まで一緒だったＮさんもいるよ！同窓会へおいでよ！」と誘ったが、そのＮさんは、福高で３年間同じクラスで席も近かったが、特にこれといった思い出もなく、あるとすれば３年生の時「出塩ちゃんは大丈夫よ！私は毎日テスト前でも８時間眠るのを守っているよ！」と励まされたことくらいだ。彼女は熊本大学の医学部に行っているから今頃、素敵な女医になっているだろう！しつこく電話際で誘うミーというＭさんに「いろいろなことを乗り越えてそれでも会いたいと思うのが同窓会よ！」と言った私に「分かった！いつか一緒に参加してね！」と電話を切った。この会話が彼女との最後となるとは思わずに、こんなに興奮するＨ君がいるのであれば、皆はどうか？明日の成人式を前にいろいろ考えさせられた。

　そして、いよいよ１月１５日の成人式の日。昔は成人式は小正月の１５日と決まっていた。それを連休になるように月曜に変更した。私は見事に論破出来たことに晴れやかな気持ちで、朝４時から美容院で着付けから母と準備した。母は私に晴れ着を大丸で選ばせてくれていて、それは１００万円する黄色い花がついたスカイブルーの綺麗な着物を買ってくれていた。母は私を無事育てあげたことに嬉しかったのだなと、こんな大金を使ってくれたことに感動して、やはり、母に反抗せずに離婚させずに、家を守って正解だったと身に染みる成人式となった。着付けが終わり、髪飾りをどうするか？ということになり、母が「キビって下さい」と言う中、私は反対して、前もって母がダイエーで買ってくれていたリボンを、ボブのてっぺんに髪を上だけまとめてつけることにした。可愛い髪飾りだった。

　そして、いざ会場へ。会場は福岡国際センターと決まっていたため、途中まで母が送っ

てくれて、帰りの待ち合わせをして別れた。私の世代は団塊ジュニアだからかなりの人数の成人者が集っていた。私は会場に向かいながら、もらったちらしを「知るか！猿！知るか！雑魚（ざこ）！」といった気持ちでバンっとゴミ箱へ捨てた。そしたら、「迷惑？」とチラシの人に声をかけられた。私は福大の論文の興奮が冷めてなかったから、一人になろうと誰も座っていない、右前のブロックの端に座った。そしたら一人になるつもりが、バカ殿のメイクをしてその格好をした男性や袴をはいた男性がどんどん前に集まってくるではないか？そして女性と男性のペアも真ん前へ座った。これは、直接、話せないまでも何かメッセージを発しないといけない！と思った私は「アメイジング・グレイス」を歌うことにした。皆、英語だったから何を歌っているかは分からなかったはずだが、あれは１００回くらい繰り返したころだろうか？皆、前の席の子が振り返って微笑み出したから安心して、休むことにした。市長がベルリンの崩壊した壁の一部を持って「冷戦が終わりました」と言い、かなりいろいろ話していたが、全く頭に入って来なかった。そして徳永英明が福岡出身代表として「心のボール」を歌っていたが、それも頭に入ってこなかった。やがて、歌も終わり散会の頃となった。私は散会の挨拶が終わったら、急いでセンターを出て、広場の中央に立った。堂々と意思表示出来たと晴れ晴れした気持ちでいっぱいだった。そしたら。帰りの車がブザーを押しながら、歓迎してくれて、福大で顔だけ知っている女性などが微笑みながら私にエールを送ってくれた。私は成功したのか？そんな気持ちがよぎり、この時、薩摩と福高と垂井が日本を制した瞬間で、先生にただ一人、アリスの「チャンピオン」の歌詞のようにボクシングでいうセコンドでタオルを彼に投げた瞬間だった。また、来生たかおの薬師丸ひろ子の「セーラー服と機関銃」の主題歌の「夢の途中」の「スーツケースいっぱいに　つめこんだ　希望と言う名の　重い荷物を君は軽々と　きっと持ち上げて　笑顔見せるだろう」の歌詞のように、私が日本国民に笑顔を見せた瞬間だった。

青いバラ

奇跡の愛
青いバラ

　その後、待ち合わせ場所にいなかった私を探してやっと見つけた母は、激しく怒った。理由は分からなかったのだろう？いつまでも怒り、同級生

の名前を挙げてどうだったか？聞くから適当に聞き流し、記念撮影をする予定になっていた大名へ急いだ。その写真館は古くからあり、デジカメではなく明治時代からの撮り方で、何枚も撮ってくれた。「きれいですね」と言葉を交わしながら、あれはいくらしたのだろうか？すごく高かったはずだ！そんなに母は私が無事２０歳になったことが喜ばしかったのだと、改めて感動した。８枚くらい、アップや全身やいろいろな角度から撮っていただいた。その写真は彼女の誇りとなった。

　そして、写真館を後にして、吉塚に帰る時、母はすごく強暴になって興奮していって、大名と親不孝通りが交差する天神に差し掛かった時、「なんか、この獣みたいな眉は！」といきなり私の眉をつついて言った。恐らく、私が態度を表明したことによって、アヴェ・マリアの母を使って嫌がらせしているのだな！と分かった。私は彼女にそこまでよ！という意味で大きく両手を広げて彼女を制している時、タクシーが止まって、あれは福大生か？まだ、乗るつもりだったみたいだが私達のためにタクシーを譲ってくれた。私達は急いで乗り込んで、母は訳が分からず、ただひたすら私を育て上げた喜びに、大事そうに大金が入った皮の黒いバックを抱えて、寝てしまった。そしたら、天神の歩道橋を「ハンメルンの笛吹き」のネズミたちのように、弥生人たちがいろいろな人たちが集団になって流れ出し、固まって行進していた。

　そして、家について、父の妹も歓迎に来るとのことだったので待った。母が「遅いね」ともらしながら、２時間くらい待ってから妹が来た。「まあ、なんちゅうべっぴんさんがいるかね？」と開口一番に言って、その時、私をドレッサー室に誘って、ティシュの中から「これずっと守って来たものだから」と珊瑚礁のペンダントを渡された。それは大きな半球のピンク色のキレイな珊瑚礁に銀で縁取られていてかなり貴重だったと思われる。ああ！私は熊襲の子孫に「必ず帰ってくる」とメッセージを残して旅立ったのだな！と改めて実感した。おそらくこれを準備するのに時間がかかった模様と思われる。それから会食へと天神の日本料理店へ皆で立ち寄った。もう、他の人たちはソワソワしていてこれから何が起こるのだろうか？ジーっと私達一族の会食を見守った。父を真ん中にして、私は母と父の妹に挟まれた。父が「日本も食糧がなかったらみじめなものだっただろうな！」と言い。父の妹が「うちは食べるものがなくて苦労したんだよ！そして鳥が飛んでくるところだったんだよ！」と力強く言ったら、母が私を指さして「耳が痛いね」と言った。また父の妹は「自然と鳥たちが飛んでくるところだったんだよ」と強調し、母の席めがけて、「全部やりなさい」と私をせかして、私は彼女の食べ物を全部、

母に渡した。私達、熊襲は背も皆高く揃っていて、豊かな縄文時代を生き抜いて、おまけに、うちは苦しい中、私を再び産むために、２０００年も、豊かな薩摩半島で貧しかったかもしれないが、いい魚ばかり食べてきた。おそらく、そんな会食の料理など不味かった（まずかった）と思われる。そして、従妹姉妹と妹が並んでいる中、妹が「これからはお姉ちゃんが中心やね！」と言った。その真意は分からないが、従妹たちはヒヤヒヤしながら皆の発言を聞いていた。店には他にも客はいたが、仲居さんたちもずっと注目していて、あがりなどを率先して持ってきてくれた。

　そして、会食も終わり、父と母と妹は先に帰ることになった。そして、父の妹と従妹たちと一緒に天神からタクシーで帰ることにした。そしたら、いっこうにタクシーが止まってくれない。私は、珊瑚礁のペンダントに祈りをかけて早くとまってくれますように！とつぶやいた。そしたら、ようやく一台止まってくれて無事、吉塚へ帰れた。そしたら父たちはまだ帰ってなかった。ウルトラマンセブンカットのようにカットしてきた弟を妹が見て「お父さんに似てきたね！」と喜んで声かけて、私が皆で話している時に「何を女の子たちは、え〜食べられませんとか、ぶりっ子するか！」とドンドン自分の発言を続けていたら妹が「はっはっは、好きなこといっているね。皆どどめ色着とったね！私はこの子がどこの大学に行くかは気にしてなかったと。これから起こることは運命よ！」といったら私が「そうっ」と力強く頷いたから従妹たちがヒヤッとして、もう父たちを待たずに帰ることにしたからと別れ際に、従妹たちに「さっあ」と声かけたら茫然とこれから何が起こるのだろうか？と不安げにびっくりしながらタクシーに乗り込んだ。この時が彼女たちと会うのが最後になるとは夢にも思わず温かく見送った。

　その日の、「笑ってイイとも！」はタモリとサンマがしゃべりあうコーナーがあったが、新宿アルタがざわつき、皆、固唾（かたず）を飲んで、サンマが「あ〜、ああいう女がいるのだな」と言った。「サザエさん一家がブームですよ」とも言った。そして、違う番組でビートたけしが「２月になったら大変だろうな」と言った。そして、島田紳助が漫才するいつもの舞台が、真っ黒な人たちに囲まれて、暗い中、ただ一人、白く光を当てられていた。紳助が「なんですか？これ？僕、京都出身だから分かるんですよ！二度と来ませんよ！こんなところ！」と言っていた。そして、オロナミンＣの宣伝をする中畑清さんだけ、明るく太陽が照らしているＣＭになって、政治家たちは真っ黒に映し出されていた。いつも「紅（くれない）」という歌を歌うＸ LAPANが髪を染めて立てて、派手なメイクをして、激しくドラムを叩いて当時の歌詞のように、赤に染まった彼を慰

めるひとはいないのではなく、ここに、ちゃんと一人慰める存在がいることが分かって、髪を下ろして、派手なメイクもやめて、「ENDLESS RIAN」を歌うようになった。犬も眉毛をつけたのが出現した。翌日の福岡市は全員休暇した。

　翌日の新聞の漫画欄に二つの小鳥が、小さな穴に二人だけで入って、愛を育む漫画が載っていた。やっと日本人全体から祝福される日が来るかな？と淡い期待を持って、その漫画をしげしげといつまでも、喜ばしく読んでいた。

Ⅱ　不思議な霊体験

その日に、母がウンチを口から吐いて、便に血が混じった。急いで隣のＯ医院に行ったが「痔でしょ」といわれ本人も納得して寝た。ただ一人、納得してなかった私は、何か重病にかかっている！ここで助けなければ、いくら親戚や近所が嫌いな母でも、私にはたった一人の血のつながった母ではないか！後に続く二人も母に何かあったら悲しむだろうし、母自身も「仕事、仕事」だけの人生だけで終わってしまったらきっと後悔するはずである。「ヨシッ、助けよう！」と決めた私は寝ている母の横に寝た。おそらく大腸付近が悪いはずである。大腸を丁寧に掌で触っていったら、中央付近に掌くらいの大きなシコリがある。これが悪いんだな！と思った私は、自分の掌でゆっくりと溶かし始めた。かなり大きかったからあれは何時間だっただろうか？９時間くらいゆっくりと溶かして見事、最後のシコリが解けた時だった。母の口から死霊が白く塊になって沢山出ていくではないか？それは何個あっただろうか？ちょうど日本の人口の１億２千万個くらいだっただろうか？かなり全部出ていくのに時間がかかった。１時間から１時間半くらい経って、全部出た。こんなに死霊に取りつかれていたら、そりゃ母はしんどいはずだ！とずっと沢山出て行くのをジッと見守った。そしたら、母の意識が戻って、「あら、康代ちゃん？」と聞いてきたので、「ちょっと体起こせるか？」と聞いた。そしたら「うん」と上体だけ起こした。私は長年の経理のし過ぎで頭も歪んでいることが分かっていたため、母の後ろで白い死霊たちが大勢集まってきて、白く照らし、おいで！おいで！と母のことを誘う。そして母が「おばあちゃん？」と祖母が迎えに来ていると言うから、「絶対振り向くな！」と制して、私が盾となって、やはり左脳だけ大きくなっているから、掌で両方平等にした。これもかなり歪んでいたから時間がかかったが、歪みが治る頃には、白く照らす死霊もいなくなったから、「お母さん、もう寝ていいよ！」と言って、彼女はぐっすり眠った。その後、私の顔をちょうど朝日が昇ってだいぶ経つ頃に見たが、

真っ黒くなって１週間くらいとれなかった。この処置が良かったのか、彼女は開腹手術を４回もして、大腸もほとんどなくなった状態ではあったが、３０年も長く生きた。その説明は彼女にはきっと分からないだろうから死ぬまで言わなかったから分からないまま天国へ行ったが、母は自分の力で、資格は持ってないかもしれないが、立派な私と言う医者を育てたのだ。

　それは、父も母も病気とか言ってないで分かってほしかった。結局、二人は井上陽水の「人生が二度あれば」の歌詞のように、手と手を取り合って、仲睦まじく老後を生きることになる。ここで、井上陽水に聞きたいが、どうして私の父が二月産れで、母が九月産れと分かったか？まだうちの家族も公になってない昔の歌である。彼のベスト盤を買ってこの歌を見つけた時は、井上陽水の偉大さに、ただただ、二人が貧しく不憫な時代が長くて「子供だけの為に年とった」の歌詞通りの人生だったが、最後はゆっくり歌のように二人だけの為に老後を迎えられたことに、歌を聴きながら、涙する私であった。「この箇所の記事が出来たのは、１月２５日で、大阪や近畿などで、冬らしからぬウロコ雲が発生し、秋の空の代名詞の現象が起きたので特筆しておく」

　その頃、先生に変化があったのか？彼の魂だけが私の体の周りに飛んできて、私はいつも会えないから、ただただじゃれあっていた。その姿は、彼は見えないから、気違いに見えただろう。弟がふすまをちょっと開けて私の様子を不可思議に確認していた。

　その次の日だろうか？弥生人たちがどうして一人で興奮しているか、聞きたいみたいで、父と母を介して「どうしてそんなに興奮していると？」と父に聞かれた。私は珊瑚礁のペンダントをギュッと握って、「数々の種族が地球上で絶滅してきたが、人類はそれを防ぐことが出来る。それが、生態系のトップにいる霊長類たい！」とかなり声を荒げて、持論をまたしても展開した。

　そして、両親はいなくて、ウルトラマンセブンカットしている弟とテレビを観ていた。そしたら、ソ連のゴルバチョフが皆から記者会見で責められていた。だから、これはいけないと思う、端から見ると奇妙だが、「自然波」と言って、大きな声を出して、ゴルバチョフに向けて、解決するための波を送った。普通、「おかしいよ」と言うところだが、弟は分かっていたのか「解決波？」と聞いてきた。そして、今度はもう死んでいるはずの松田優作が映った。私は彼の映画をまともに観たことはないが、日本を憂いて早くに亡くなったことは知っていた。そして、映画が始まった。その映画が存在するのかは分からないが、それは、ある男女カップルが明日、結婚するということで、女性が松田優作

に嬉しそうに報告して、会食をした。そして、結婚当日、お婿さんの古尾谷雅人と列車に乗り込む時に、お嫁さんだけ、遠くから黒い服を着た集団に銃で撃たれて死んだ。これに、古尾谷雅人は悲しんで、あくる日、友達だった男性と腹部を銃で撃ち合って死んだ。そして、もう松田優作はいないのに、画面いっぱいに全面に銃を持って出て来て、「これ、持って行けよ」と私に差し出した。え？私は王子と一緒に死んだのではなくて、先に暗殺されたの？とますます謎めいてきて、あの映画の意味は何かな？とソワソワしながら床についた。やはり私は松任谷由美の「ひこうき雲」の「空に憧れて　空をかけてゆく　あの子の命はひこうき雲・・あまりにも若すぎたと　ただ思うだけ　けれど　しあわせ」の歌詞のように幸せに散っていったのだろうか？当時は大河ドラマで西郷隆盛の「翔ぶが如く」であった。

　その日の夜だった。私がソワソワしながら寝ている時に、母の時のように死霊が「一緒に沈もう」と私を白く照らし、後ろから引っ張った。その瞬間だった。先生が私の体全体に乗って、父方の祖父と祖母と母方の祖母が私の頭を支えて、両親が両肩を支えて、私に振り返らないよう、ジーっと強く支えに来た。それは、はっきり分かった。私は死霊の光に影が出来ていなかったが、とにかく、ギリシャ神話や古事記で、ちぎりを結んだ夫婦が黄泉（よみ）の国で確認のため振り返ったら、二度と会えない運命になった、とあったので、先生を信じて、引っ張る力に耐えながら、ずっと振り返らないでいた。テストでも試合でもドキドキしたことのない、私がこの時ばかりは、これが私の運命の分かれ道と分かっていたので、最初で、最後のドキドキをズッとしまくった。バクバク心臓の音がしていたのが分かった。先生も先祖も必死だった。死霊の力はドンドンと強くなり、太陽が昇る前に、引き込んでしまえ！とばかりに強力に引っ張り出した。朝日が昇るまで耐えるんだ！と自分に言い聞かせて、あれは何時間あっただろうか？８時間くらい耐えただろうか？とうとう朝日が昇る時間になって、死霊の光たちは退散して、私は昇ってくる朝日に迎えられ、やっと私の影が映し出された。ヤッタ！防げた！ヨシッ！っと布団にもぐった。そしたら、先生も先祖も安心したのか、もう私のことは支えなくなって、去っていった。成功かな？自分で振り向かなかったことに、古事記のようではなく、また先生と会う日が来ますようにと祈りながら寝ることにした。でも、朝になっていたため、起きて下に行ったら、両親もずっと起きていたみたいで、父に「寝たの？」と聞かれた。衝撃的な体験は霊体験であるため理解できないだろうと先回りして、「寝たよ」と答えた。この夜の疲労はなかなか取れなかった。それからというもの、

自宅での弥生人との闘いが本格的に始まった。でも、もう決着はついているのである。その自負を持って臨んだ。父はその様を先生の存在は話すことなかったから、今でも「暴れた」という表現を使うが、その闘いがどんなに熾烈だったかは想像が出来なかったのだろう。でも、その表現はいい加減やめてほしい。たった一人で福高にて学んだ全知識を使って臨んだ私の気持ちは恐らく先生しか、分からないことだった。

「この箇所の記事が出来たのは、１月２６日だが、この日、福井や北陸で空が青空と雲で真っ二つに分かれる現象が起きたので特筆しておく」

Ⅲ　壮絶な弥生人との闘い

　そして、それから、吉塚の家で、私の地球が一分一秒も狂わず、太陽の周りを回るように呪文をかけ、弥生人という妖怪の鬼を人間に変える壮絶な闘いが始まった。弥生人たちは自分たちが敗北したのは認めたくなかったのだろう。弥生人たちの霊がこれでもかと私に襲い掛かり続けた。それは、宮崎駿監督の「風の谷のナウシカ」が妖怪たちと傷だらけになって、闘う様と似ていた。

　私は縄文人の父と弥生人の母の間で、妖怪たちが次から次へと質問を投げかけるのに、正確に答えた。まず、弥生人の大元である母を制しようと、母に正座をさせて、垂井の長女に電話して「日本の中でもずっと最初から戦争も何も関係なく仲良く暮らしていた地域があるよ」と言った。そしたら、長女が「それはどこやね？」と聞いたから「垂井」と答えた。そしたら、母の正座していたのが解けて、母は正確に歩いたり寝たり出来た。全て、また地球の自然がまたこの吉塚の帰ってくるように、お風呂の水を抜くのも、自分で数字を割り出してカウントして、また水が出てくるように流した。その様は、分からない人は気違いと思っただろうか？私はもう沢山あり過ぎて覚えていないが、母が私にこうしてくれたら、地球は回るだろうと、母を眠らせずに、「抱きかかえて一回転してくれ」など、次から次へと難題を母に押し付けた。寝ていないのが２週間くらいつづいただろうか？あと１か月くらい母が私の看病に付き合ってくれたら、完成するのは分かっていた。薬も水泳で眠れるようになってから、病院には行っていない。なのに、母が「入院して」と言い出した。嫌だった。自宅で先生は私の家は知っていたから来てくれるのは分かっていた。でも、ここで「入院」を言い出した母は、最も弱い人類の子孫であることが判明した。

　それから、嫌だったが母に言われたら母に従うしかないかな？先生と二度と会えなく

なるか？もうそれは運命でしかない！ ZM 先生と面談し「私は成績や点数で人間の価値は決まるものではないから、福大でディスコで派手に踊ったり、お寿司屋のバイトをしたりした」とこの受診していない期間の、生活を話していた。そしたら、後ろで母が「違うやろ！」と茶々を入れた。すかさず振り返って「何を言うか！テストでは決まらないんだ！」とすごく興奮して制した。その様に ZM 先生は顔を真っ赤にして、「ぜひ興奮しているから入院を」と言った。母は本人の許可がいるから、私に許可をとったというが、本当に私は許可しただろうか？覚えていない！すぐにその場で、脳波と血液検査が行われた。脳波はかなり特別で、普通盛り上がらないところでギザギザになっていたから ZM 先生がすぐに特筆した。また血液検査も RH −だったか？ ZM 先生が特筆した。

　私はこの時処方された薬が効いたのか覚えていないが、珊瑚礁のペンダントだけはしっかりと握りしめて、気づいた時には、病院の個室だった。コンクリートのタイルにむき出しとにポッタン便所がむき出しになっている個室で気づいた。母は私のことを興奮させるから、出入り禁止となった。う〜ん！もう先生とはあの電話が最後だったのかな？とガッカリしながら、むき出しのコンクリートを見上げた。

　そして、一人で興奮して、THE　ALFEE の「メリーアン」を繰り返し個室の鉄格子に向かって夜歌っていた。そしたら、一緒に口ずさみ「僕もその歌好きですよ！」と話しかけてくる男性がいた。その人は、先生とは似ても似つかず背も小さいし、顔ももうぺしゃんとどこかで殴られたかの如くの顔をしていた。そして、私は個室の一番皆の集うフロア側だったので、その男性がカセットデッキで懐かしい私がよく聞いていた歌をかけだした。その中に「GO‐BANG'S（ゴーバンズ）」の「あいにきて I・N E E D・Y O U！」の「あいにきて　I　NEED　YOU あいにきて　I　NEED　YOU これくらいのわがまま適当に魅力だわ」という歌詞があった。私はふっとその男性と何回も話す間に、フランツ・カフカの「変身」のように、「不条理が個人を襲った」の如く、先生を襲って、変身して会いに来てくれたのではないか？と思うようになった。

　そんなある夜、個室で寝ていたら、鉄格子の窓を開けて、その男性が「起きてきて話そう！」と誘った。私は言われるがまま、起きて鉄格子越えに話し出した。彼が、「僕は幼い時に両親が離婚して、お姉さんに育てられた」と話した。すぐに、浜田省吾の「MONEY」の「姉貴は消えちまった親父の代わりに油にまみれて俺を育てた」が浮かんだ。そして同時に機動戦士ガンダムのエンディングテーマの「永遠のアムロ」の「おぼえているかい　少年の日のことを　あたたかい　ぬくもりの中で　めざめた朝を　アム

ロ　ふりむくな　アムロ　男は涙を　見せぬもの　見せぬもの　ただあしたへと　あし
たへと　永遠に・・・」という歌詞が思い出された。でも、彼が話したがっていたから、
歌うのはやめた。そして、先生の分身だと思うようになった私は「水泳をずっと一緒に
しよう！」と声かけた。そしたら「僕泳げない。泳いだら沈んでいく」と答えた。やは
り水泳は愛を浴びるための義務で好きではなかったのか！と思った。すかさず「そした
ら、あなたの子供が産めたらそれだけでいいと」と答えた。それには彼は嬉しかったの
か「本当？」と言って、鉄格子越えに唇を出してきた。私はすかさずキスした。「ファー
ストキスだよ」というと「嘘っ」と驚いたのと同時に嬉しかったのか、胸を触りだした。
普通、２０歳でファーストキスは珍しい。私は大切な人にあげたくて、とっておいた。
そして、彼が「何も悪いことしてないのにどうしてこの個室にいるのかな？」と不思議
そうだった。私はその人は、先生とは違う名前で呼ばれていたし、もしかしたら全くの
別人だったかもしれないが、ここに傷だらけにになって、何もかも失って、姿形も変わっ
て立っている彼を愛さずにはいられなかった。それからは、「タイムボカン」の歌詞の
ように彼と協力して、弥生人という妖怪の鬼を人間に変える闘いを行うことになる。私
は「うる星やつら」の「ラムちゃん」のように、彼にべったりとくっついて離さなくなった。
　彼は、私が先生だと思って、「先生、先生」を連発するのに、「その先生ではなくて、
今のこの僕でいいか？」と聞いた。私はすかさず「いいよ」と言った。それは彼は嬉し
かったのか、よく個室に遊びに来てくれるようになった。
　「この箇所の記事が出来たのは、１月２８日だが、この日、名古屋では各地で雨が上
がり虹が観測され、あくる日、富士山が白化粧して出現した」
　個室には鍵のかかるところがなかったから、珊瑚礁のペンダントを最初は握りしめて、
難題に立ち向かっていたが、ちぎれたので、用意されていた、箱に入れていたら、気が
付いた時にはとられていた。ここは病院か？監獄と言う名の病院ではないか？寝る場所
が床ずれすれだったため、お風呂でいつも埃でつまった鼻を出すのが大変だった。
　その中でも、一緒に薬を飲みながら看病してくれるＭ看護師と出会った。彼女は医
療の従事のし過ぎで婚期を逃したという。いろいろな看護師が毎日交代で、看病に来た。
また医者も日替わりだった。その中に、ＺＳ先生と言うＺ大学医学部卒業の、院長には
子供はいなかったが、養子縁組をして、次期院長という先生と出会った。私は、彼が嫌々、
先生になっていたのが分かったから、「その白衣を脱いで」と言った。そしたら彼は「嫌だ」
と言った。医者をやり遂げる覚悟はできたのだろうか？そして、いつも心理テストで好

きな木を書くテストに、大きく黒い枠を書かれていた紙に、「木を書いて」と言われた。私はすぐにこれは「困」という漢字になるため拒否した。絵だけでもと言われたが、私が絵でも困ることになるから拒否した。

そして個室の人は、個室の人だけで個室の前で食事を摂るのだが、ある日、ある女性の足に私の足が当たった。すかさず「何するか！」とその女性が箸を私の顔めがけて投げてきた。私は当たるかな？とよけはしなかったが、先祖が守ったのか、箸が私の顔をよけた。

私は興奮して全く食事を摂っていなかったため。ジャネフというすごくまずい栄養ドリンクを毎日飲まされた。なかなか飲まない私に看護師たちがせかすから、制して「今飲む」と宣言して毎日飲んだ。それだけでは栄養が足りないため、点滴も行われた。よく針が上手く通ってなくて青いしみが皮膚に出来た。

そして、個室はほんとうに嫌だったから抜け出そうと、看護師たちの隙を見計らって、ダッシュで個室を抜け出そうとした。そしたら、あまり看護にこないＡ看護師に胸ごと、手で抱きかかえられて体ごと止められて、大勢の看護師に「スーパーマン」と言われて、宙ぶらりんにされて、揺らされながら、個室にまた戻って鍵がかけられた。私は悲しかった。病院に来てまでいじめられるとは思わなかった。明らかないじめだ。なんとうい病院だろうか？ここは正気の看護師はいないのか？まず、個室が「護衛」とはなっているが、不潔で不衛生なところなので、護衛とは程遠い場所だった。

私は個室に入ってすぐに大量服薬になっていたため、喉が渇いた。個室の扉の穴が開いているところから、よく「お茶ちょうだい」と言っていた。よくキスをした、Ｈ君がついでくれた。そして、一緒に声もかけてくれた。私が重篤であると分かったか？看護師に要求しすぎて止められたこともあった。

ある日、夜の個室で「アメイジング・グレイス」を歌っていて。そしたら、看護師見習いのＫさんが「それ聖歌ですよ」と声をかけてきた。彼女は周りの看護師からいつまでも看護試験を受けないから、怒られていたが、とうとうとらないで、一緒に勤務していたＫさんという看護師と結婚して、子供はいないけど、今も分かれずに暮らしているそうだ。彼女はよく、シーツ交換を毎朝しないといけなかったけど、大量服薬でキツイからと言ったら、よく手伝ってくれる優しい看護師見習いだった。また同時に美人だったから、きっといい奥さんになっているだろう。大量服薬で、すぐに生理が止まった。二度目だった。それは１年という長い間続くこととなる。同時に真っ黒な顔になる。

116　　　　　　　　　　第7章

また、S看護師という私と同じ年の看護師も仲良くしてくれて、私が個室にお菓子を持ち込みたいと言ったのを、何度か、個室の鍵を開けて、「それはいけないよ」と言って、個室から出したりしていた。ある夜、寂しそうに布団にくるまっていたら、個室の鍵を開けて中に入ってきて、私と話そうとしてくれた。だから、私は今までされて悲しかったことが同じか確かめたかったから「看護師さんが、一番寂しいと感じる時はいつですか？」と聞いた。そしたら、彼女は素直に「3人女グループがいるのに、私に内緒で2人が出かけた時」と答えた。「あぁ〜、私のように女の子同士で悲しい想いをする人も、看護師でもいるのだな」と、何か勇気をもらったような感じがして、「看護師さんもそんな時あるの？」と聞いて、「いっぱいあるよ」と彼女が答えて、「もう、寝た方がいいよ」と言って、優しく布団をかけてくれた。

　私の興奮は相変わらず止まらず、妖怪たちから迫られている感じがして、よく、個室の見守りが終わってからも、「看護師さん、看護師さん」と激しく一人ぼっちにされた個室のドアを叫んで叩いていた。誰も看護には来なかった。

　そして、どうしたら、地球が1分1秒違わず回るか考えて、よく、トイロットペーパーで、地球のような小さな球ばかり作るようになった。毎日、何個作ったら回ってくれるかを、考えて気が狂いそうなくらい球を作り続けた。よく、その翌朝、K看護師が来て「出塩さんともあろうお方がそんなことはしたらいけないよ」と声をかけて片付けてくれた。

　個室は全部で5室用意されていたが、紳士的なおじいさんが入ってきた。奥さんがいて、よく奥さんの名前を叫んで、皆から「そんなに奥さん好きなの？」と聞かれていて、よく弟さんが看護に来ていた。私はなんとなく、キリストの産れ変わりで、２０００年最後の時に、普通の生活が送りたくて日本に産れたのではないかなと勝手に想像した。また、もうすごく年取ったおばあちゃんが入っていたけど、よく個室から、「彼女は看護師さんです」という言葉を発していた。ん？もしかして私のこと？と勝手に想像しながら、この個室の住人と2か月過ごした。

　ある日、興奮している私に、看護長と名乗る女性が入ってきた。その人は母方の祖母にそっくりだった為に、生れ変って応援にきてきれたのかと「おばあちゃん？」と聞いた。看護長は「おばあちゃんくらいの歳かね？」と言いながら、私の枕を高くして寝やすいようにしてくれた。

　ある夜、光GENJIの諸星和己というかっちゃんが部屋に石油をまいて引火するドラマを放映するかもと噂が流れた。私は個室の看護が終わって去っていく看護師たちに、

「絶対にさせないように、そのドラマを見守ってほしい」と懇願した。そしてその夜の放映はもっと穏やかなものとなったから、安堵した。ビートたけしが「俺がそれを聞きたいのだ」というボードを掲げて、とんねるずたちは、皆のリクエストに必死に答えていた。

　私は、まだ妖怪たちが私をせかすのを感じたから、ヨガのポーズをしたり、個室でなんとか感じなくなるように工夫した。その様子を見たら、やはり父は暴れたと言っただろうか？

　そして、いつも週2回のお風呂がきつかったから、入ろうとせず、特別な人を呼んで来て、入るように看護師に言われてようやく入ったりした。最初は珊瑚礁のペンダントをつけて入っていたが今はない。こんな盗まれるような病院でなかったら、出塩家の家宝は今も健在だったと思うと口惜しい。そして、中学の同級生とそっくりな看護師が補助してくれた。また、応援に来てくれたと勘違いした。よく、他の入院患者さんに「可愛いね」と言われていたが、ある日、私のもう止まっている子宮ごと体外へ飛び出そうとした。これはいけないと思い、お風呂の脱着場で慌てて手で、体内に押し戻した。妖怪たちは私に子供も産ませないようにしたかったか？

　そして、ある日、何を思ったか、M看護師に「宮沢りえより可愛い」と言われた。そんなに皆から可愛いを連発されるほど可愛かったか？

　そして、いつも個室口で音楽をかけるH君の歌が松田聖子になっていていた。私は嬉しくて、個室を出ていい時間帯に個室から出て、フロアで仲のいいA君と話しているH君に近づいた。そして「僕のこと好き？」と聞く彼に「うん、好きだよ！」とほっぺにチュッとキスした。そしたら、狂うほど嬉しかったのか？A君と盛んに頭を叩きあって、「おまえ、また元に戻っただけだろ」といいながら、盛んに叩き合って、A君は私のキスに照れて、「ああ、僕照れて見れないな！」と言いながら、H君がまた私の胸を触りだすのを、照れていた。やはり、こんな重症の男性が選ばれるのは珍しいのか？二人とも私がキスした瞬間は歓喜の渦だった。そして、私は「この胸はH君のもの」と言うと、さらに二人は盛り上がって、頭を何回もお互いに叩き合っていた。それは、UVERworldの「THE OVER」の歌詞のように、どこに行くかなんて関係なくて、ただ彼が欲しかったのは、私一人という気持ちそのものだった。

　ある日、歯磨きをしている私にH君が「名前と住所教えてね！」と言ったので、あれ？先生だったら知っているはずなのにな？やはり、先生ではないのかな？と改めて自己紹

介をした。

「この箇所の記事が出来たのは、2月1日だが、東京で夕日が西の空に風に向かって発生した雲を鮮やかに染めて、美しい夕焼け空が広がった」

そして、個室では、イランやアフガニスタンが正午を迎える時間になったら、その方向を向いて、イスラム教徒みたいに、深くおじぎして、「無事正午を迎えられますように」と祈ったりもした。

ある日、男の看護長が「うちの息子たちはスポーツばかりしているよ。あなたのことが心配です。どっちが勝つか負けるかね！」と手を出してきたから、慌てて避けて窓を閉めたりもした。こんな最低な看護師もいるのだと、改めて資格は人格に関係ないと実感した瞬間だった。

相変わらず興奮して、ジャネフばかり飲んで体重も減ってしまったが、一か月くらい経った頃だろうか？母が個室に来ることを許された。おそらく、母はうれしかったのだろう！お重のお弁当を作って来てくれた。それは、小さな頃よく慣れ親しんだ味で、小さな頃から作ってくれなくなっていたので、何十年かぶりの母の弁当だった。私は嬉しくて、父と母と私とで仲良く食べた。そして、母が大量に作って来てくれたので、少し余ってしまった。面会が終わって、お弁当を冷蔵庫に直して、「また、明日食べる」と告げた。そして、あくる日。明らかに冷蔵庫では保管してなかった。母の美味しいきんぴらごぼうがちょっと腐っていた。私は文句をいいたかったが、大量服薬で言葉が出ず、せっかくお母さんが何年かぶりに作ってくれたから！と思って、腐っていると思われるものも全部食べてしまった。それくらい嬉しかった。そしたら、その夜、激しい腹痛に襲われた。正直にZS先生に話して、先生が痛いところの腹部を触って「食あたりですね」と言って、1錠薬を処方してくれた。そしたら、その1錠でスッキリと痛みがなくなった。危なかった。Z大学の威厳も何も感じさせられない場所だったが、この時ばかりは、ZS先生の偉大さに感服した。先生は私の痛みがなくなるまで、ずっと個室にいてくれた。でも、そもそも冷蔵しなかった看護師がいけないわけで、私を殺したかったか？殺意をも感じた。

そして、一か月過ぎたら、私はサザンオールスターズの「勝手にシンドバット」のように何時かをとよく聞くようになった。もう定刻通り地球は回っているのかを確認したかったのだ。その妖怪たちの、私を襲う力は、何キロとかではなく、何万トンもの力で、私は強靭な精神と身体で跳ね返す毎日だった。

そして、だいぶ興奮もおさまり、食事も摂れるようになって、だいぶ個室から出ていい時間も徐々に多くなった。そんな時、H君が来ないかな？と個室のフロア側でボーッとしていたら、H君が来てくれた。手には壊れた時計があって、「これは壊れたけど大事な時計だ」と言った。「ああ、暴れたか何かした時に壊れたかな？」と思った。そして私が「どうしてそんなに背が曲がっているの？」と聞いたら「２階から飛び降りた」と言った。「ああ、あのスクールの２階から飛び降りて、姿形も変わってしまったのかな？苦しかったのだな！」と思った。だから、いつも背が伸びるようにさすることが多かった。そして、彼が「宇宙の形知っている？」と聞いた。「え！そんなこと分かるの？」とびっくりしながら、「う～ん、分からない」と答えたら、「流線形膨張型」とか、ちょっと正確には覚えていないが、彼は正解を答えた。この人は泳ぎなんかしなければ哲学者になれたのではないか？ととても驚いた。そして、「僕の好きな歌を歌うね」と言って、「われら青春！」の「帰らざる日のために」の「生まれてきたのは　なぜさ　教えてぼくらは　誰さ　遠い雲に聞いてみても何も言わない　だからさがすんだ　君と　でかい青い空の下で　この若さをすべて賭けていい何かを・・・涙は心の汗さ　たっぷり流してみようよ　二度と戻らない　今日のために」と主題歌をフルで歌った。「ああ、産れてきたことさえ悩んでいたのだな。そして、泣きたいぐらいいつも悲しかったのだな」と改めて、この男性を休ませることに成功した私が誇らしかった。

　そして、ずっと妖怪の霊と闘っていた私が、ある日、宮崎駿監督の「風の谷のナウシカ」が最後に妖怪たちの触覚で浮かび上がって、闘いの中、妖怪たちの怒りが収まったシーンのように、自分の体が浮かび上がるのを感じた。

　その次の日、私が個室を出ていい時間帯に、H君とA看護師とH看護師と話す機会があって、H君がAやHに「昨日の夜何した？」と聞いた。A看護師は「「愛しあってるかい」を観た」と言った。続けてH君が「いつまでこんなことしていると？」と二人に聞いた。Aが「あなたが治るまでよ！」と言った。そして、H看護師が「私は女房になれればそれでいい」と言ったから、H君が「竹を割ったような性格やね」と言って、H君が「お姉さんが有限会社の社長の奥さんになった」と言った。そしたらA看護師が「あんたも玉の輿のらんね」と言って、H君が「二つ合わせてタマタマ」と言ったから、Aが「そんなこと言っていいと」と責めたが自分も十分その程度の人間である。続けてH君が「ここの入所者さん心配ですか？」と聞いて、Aが「あなたのことは心配してない」となんとも横着で傷つける発言をした。H君は絶対心配されたかったはずである。H君

は「そうやろうね」とかなりショックを隠せない返事をした。Aはいつも H 君と夜中まで遊んで一緒にピースサインで写真も撮っていたのに、私がかばったことが面白くなかったか？私はすぐに反論したかったが、もう大量服薬で彼の為に用意した何十億個の言葉も飛んでしまい、この会話を聞きながら、ただただ、彼の背中をさするのが精一杯だった。A は私が個室を出た時に母の会社まで電話して「個室出ましたよ」と会社中知れ渡るようにした本人である。この後、医者と結婚したが子供を産んで離婚して、一人で育ててまたこの Z 病院に戻ってきた本人である。

　そして、2 か月の彼と一緒の戦いの末、無事、彼が私と結ばれることを確認出来た時、彼は涙した。皆から「H 君、泣いているの？」と聞かれても、彼は「泣いていませんよ！」と強がった。でも、体も小さくなって変わり果てた自分の気力の無さに「ルンペンみたい」と周りに漏らして嘆いていた。

　そして、立春も過ぎ、だいぶ私の興奮も収まり、そろそろ桜が咲く季節になった。その病院は沢山、桜の木があることで有名だったので、「見に行きたい」と看護師に懇願した。そしたら、H 看護師の付き添いで、初めて病院の外に出ることが出来た。私が「H さん」と呼ぶのに「私の名前なんか覚えとったと？新人類誕生ですか？」とややちゃかされながら外に出て、あれはもう満開だっただろうか？沢山の桜に誇らしく思い、舞い散る桜の花びらを浴びながら、こうやって毎年、春が永遠に来て、無事、地球を回転させるのに成功させることが出来たことに、安堵と同時に喜びが沸き上がった。その年の花見は例年になく多かったそうだ。舞い散る花びらを浴びながら、いつまでも太陽のぬくもりを感じていた。

　そして、もう闘いも終盤だったのだろうか？巡回で来る H 医師と Y 看護師と、K 看護師とで、「なんか出塩さんがおった時は大変やったね」と H 医師が言って、Y 看護師に「これからしなきゃいけないこといっぱいあるね」と話しながら個室の看護をしていた。そして、いつも私と同じように服薬しながら看護してくれた M 看護師さんが私の個室の前にただ一人いた時に、遠い詰め所からベルが鳴って、「M 看護師さん」と呼びかけられた。M 看護師は「考えるこっちゃいらんと！なすがままでいいと！」

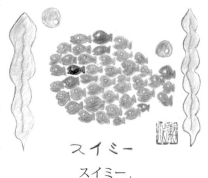

スイミー

スイミー．

と力強く言った。本当に日本国民たちが私が願ったことを理解して、レオ・レオミの「スイミー」のように、それまで岩陰の隠れていた日本国民たちが、私が黒い小魚となって、大きな魚のふりをして、自由に海をスイスイと泳げるようになった瞬間だった。

　それから、両親に面会許可が出て、私は父と母と久しぶりに対面した。母は得意げに私の顔を持ち上げて「べっぴんしゃん」と言った。そして、母方の祖父が入院はしているが、1年で福大退学はかわいそうだから、1年延ばしてもらうようにしないかと助言したらしい。私に福大に1年延期してもらうよう書類に記入して、後で提出してもらった。私は本当では病気でも8年でもかけていいから福大を卒業したかった。それは大量服薬で言えなかった。福大の精神科だったら可能だっただろうか？そんな気持ちが今頃よぎる。その頃、妹も大変で、大阪で留年しそうになって、福岡に帰って来るというから、両親が強く大阪で進級しろと盛んに電話していたらしくて、妹はテストの参考ノートを貸してくれる生徒を見つけて、無事進級した。私は父が腰を痛いと言うから、父の腰を、ない力を振り絞って、コンコンと叩いた。そしたら、両親揃って「康代ちゃんの初仕事やね」と言った。その風景をH医師は温かく見守ってくれていた。

　そして、個室から外泊許可が出た。父の愛車で帰って、家を見て、びっくりしたことは、父が私の大切に愛読書を並べていた本棚をひっくり返して、全部本を山積みに倒して出してしまい、山のようになって、これから本棚に直すところだと言った。「え？もしかして、闘っていたのは私だけじゃなくて家族全員かな？」と思いながらやはり、壮絶な闘いであったことを確認した。帰りに父と母と弟と私で病院に帰る時に、母が病院からアンケートを渡されていて、「家事手伝いをするには○はしないでおこう」と言って、父が母に「しっかりしろよ」と声をかけて皆で帰った。

　もうそろそろ個室を出る頃、H君が女性と長く話している。「やはり私が世話できなかった時に近づいた女性がいたのかな？」と思って、話の途中に、H君を振り向かせて「過去にどんな女性と付き合ったかは関係ない！」とかなり大きな声で力強く言った。そしたら、それが嬉しかったのか、それからは、H君は私とばかり話すようになり、その女性は現れることはなかった。本当にどの恋愛でも言えるが、過去はどうでもいいのである。たった今現在、誰を愛しているのかが重要なのである。私がH君に岩崎宏美の「マドンナたちのララバイ」の「さあ　眠りなさい　疲れきった　体を投げ出して」を歌い始めたら、彼は「それを聞いたらいつも涙がでてくるんだよ！」と言った。そんなに悲しい気持ちを抱えていたのかと、この人をいろいろなものから解放させて休ませること

が出来たことに改めて、自分で自分の力を「こんなことやってのけた」と感動した。また、徳永英明の「夢を信じて」の「夢を信じて　生きてゆけばいいさと　君は叫んだだろう　明日へ走れ　破れた翼を　胸に抱きしめて」と彼に語りかけるように歌ったりもした。彼は「ウン」と頷いて照れたように、その歌を聴いていた。

　そして、私の歌を聞きながら「康代ちゃんは僕の事なんか忘れちゃうよね？」と寂しそうに言ったから、「そんなこのないよ」とギュッと肩を寄せた。

　そして、もう私の興奮も収まり、妖怪が襲ってくるのも感じなくなり、晴れて大部屋へ個室から出る日がもうそろそろ来る。その前に祖母に似ていた看護婦長が来た。なんと解任されるとのこと。彼女は寂しそうに私の個室に来て「元気ですか？」と聞いてきた。私は「はい」と答えたが、このことは病院中衝撃が走り、彼女は献身的にZ病院を支えてきた人物だから、M看護師は手紙を書くと言っていた。

　ここまでは、安室奈美恵さんの「Body Feel EXIT」の歌詞のような激しくつらい道だったと、今、振り返ってみるとそう思う。

　ここまでの個室体験を皆さんが知っていただくと、コロナ自粛で家に閉じこもっている状態は、私の個室体験よりましだと、思っていただけると幸いです。

第8章　彼と死別するまで

1　彼と過ごす幻の毎日

　そしてついに大部屋に出る日。私は嬉しくて、いつもH君を「一緒に食事しよう」と誘ったが断わられて、彼が今度は太陽からどこからでも見られていることが分かり、病院中を隠れるようになった。いつも看護師さんに「H君、食事の時間です。隠れてないで、出て来て下さい」と何回もアナウンスされていた。そして、ショックからか？食事を全く摂らなくなって、いつもミートボール2個しか食べなかった。男の看護長が彼の体重を測って、「H君、これじゃいかんよ！もっと太らな！」といつも怒られていた。そして、その体重計を測る様子を、身近で観ていた私に、誰かささやいたような気がして、病棟の奥の廊下を見渡してみた。そしたらいつものスイミングスクールの指導着姿で、大きな背中を、私に背を向けながら沢山の霊たちと消えながら去っていく姿を観た。「ああ、

先生は二度と泳ぐことはないのだ！妖怪たちがそうさせていただけだ！」と思い、その遠ざかる慣れ親しんだ姿を目に焼き付けて、彼がうかばれたのをただただ嬉しく喜んだ。

　「この箇所の記事が出来たのは、２月２日だが、１０年ぶりにオーストラリアに雪が降り、関東や東海で長く伸びる飛行機雲が観測され、長い時間、空に残っている間に、強い風に流されて横に流され、魚のような形になる七変化出現」

　そして、大部屋に出たのを、二人とも喜んで、加山雄三の「君といつまでも」の歌詞のように、それは夕陽ではなかったが、真昼の太陽の下、二人だけでベンチに座り、長く深いキスを交わした。彼は煙草ばかり吸っていたので、これが最後のキスになるとは二人とも思わずに、煙草の味がしたが、「誰がそんなに長くキスをするカップルがいるか？」と聞かれるくらい長く長く甘いキスを「いつまでも離れたくない」というお互いの気持ちを具現化するかのようにした。嬉しかった。ずっと早く彼とこうなりたかった。続いて、彼は私の頬を寄せて肩をギュッと抱き寄せながら、二人で頬を温めあった。それは尾崎豊の「Ｉ　ＬＯＶＥ　ＹＯＵ」の歌詞のように、許されなていない恋をしている二人が、二人だけでで歓喜の渦の中に酔いしれた。そのうち、入所していた女性たちが集まってきたから、「もうやめようか？」といって、彼は恥ずかしがって、今度は私の手を持って「可愛い手をしているね」と言ってくれた。そして、何を思ったか「持ってこようか？」と言い出すから、何を持ってくるかは分からなかったが、「いいよ」と言ったら、分厚い幼少期の写真集を持ってきた。学校の様子などが映っていたが、中でも目を惹いたのが、松田聖子ちゃんとのツーショットだった。松田聖子に肩に手を当てられて、嬉しそうに映っていた。「そんなに松田聖子好きだったの？」私は聞くことはしなかったが「これが一番大事な写真だ」と言った時、「ああ、松田聖子の歌に励まされていたのだな」と深く感動した。それからは、皆が集まらない、夜に会うようになった。これが、彼との最後のキスになるとは分からないままで。

　この時、「退院してら一緒にスカイラウンジで食事しようね」と言った言葉が今も心に残っている。スカイラウンジと言えば、私たち家族が記念の度に食事した所だ。先生もこの場所が気に入っていたのだなと共通点があり嬉しかった。しかし、その約束は果たせないままだった。

　彼が夜、中庭に誘うから、消灯前まで、二人でベンチに座り彼は、胸を触ったりしていた。本当は子供がほしかったから、その程度は私では悲しかった。しかし、入院だ。彼も悲しかったのか、お互い久保田利伸の「Ｍissing」の歌詞のように、もどかしい夜

ばかりが過ぎていった。私は頭がストップしていたので、誘ってくれる喜びや、もっとしてほしいことなど全く一言も言えなかった。ただただ悲しかった。入院という手段を選んだ母を恨んだ。

　そして、彼は私が物足りなかったか？今度は私を誘わず、病棟の皆で夜の広場に集まって、「ゴレンジャー、赤レンジャー」とか言って、盛り上がるようになり、私は悲しくその様子をすっと遠くから見て、よく他の患者さんが「H君はやめて僕にしたら？」と誘った。大量服薬さえなければ、彼の為に何十億語も勉強して用意した言葉も言えたのにと、ただただ、この状況を悲しむばかりだった。

　ほどなく、私は地球を無事回転させた力と、大量服薬で重症になった。それは言いようのない、しんどさで心臓も頭も重く止まり、生理もなく顔は真っ黒になり、同時に服薬でニキビだらけになり、福高の自殺したかったときよりも、きついしんどさとなった。二度目の生死との彷徨い（さまよい）となった。劇薬でも飲んで死にたかったが、あいにくの入院でそういうものは与えられなかったから、自殺することも出来なかった。重症化していく中、H君は悲しかったのか、私が重いから、いつもお化粧をばっちりしているHさんとよく話すようになった。悲しかった。こんな大量服薬をしていなければなぁと、ただただ悲しくて仕方なかった。その身体の重さはどう表現したらいいだろうか？何万トンもの妖怪を跳ね除けた力の代償は大きかった。きっと誰も想像出来ないと思う。身体中が50kgしかないのに、まるで、１０００万トンもあるような、身体の重さで、歩くのも困難だった。

　毎朝、重いベッドをずらして掃除するのも、やめてほしかった。とにかく死にたいくらいきつかった。ボーっとする頭を抱えて、でも、ここで死んだら先祖たちは悲しむだろうか？そんなことがよぎった。

　H君も同時に病気が悪化し、夜になると泣くようになった。皆、「なぜ泣いているの？」と不思議がっていたが、ただ一人私だけ泣く意味を分かっていた。

　そして、H君が「自殺したい」ということを周囲に漏らすようになって、それを聞いた看護師たちが、詰め所で「H君が、自殺したいってよ！アハハハハハ」と全員で大爆笑していた。なんということだろう？彼の自殺した気持ちは痛いほど分かり、本気なのも私は知っていた。それを大爆笑するとは、この人たちは看護師の資格はあるかもしれないが、看護師の気持ちは全くもって皆無であることが判明した。薄情な人間ばかりで構成されたＺ大学の威厳もない病院だ。

その頃、母は開腹手術を浜町病院で４回受けて、母もまた点滴の針で囲まれるキツイ時期を過ごしていた。点滴が４０個ある中、全部外して死にたかったそうだ。でも、彼女は私同様想いとどまった。垂井から祖父や兄弟が見舞いに来ていたらしいが、その度に、私の成人式の写真を見せて、皆に「綺麗ね」と言われるのが唯一の誇りだった。彼女は入院する前に、皆から「ただ一人分かってない」と責められて、私の晴れ晴れとした気持ちとは逆に、「入院」という現象だけを切り取って、訳も分からず、よく泣いていた。そして、元気になり父の妹の家族とピクニックがあったが、父の妹が母の作ったお弁当を全部捨てたため、「なんであんなことされたのだろう？」とただ一人、私を入院させたことの意味を解釈せず、ただたた親戚中が嫌うのを、いつまでも悲しんだという。
　「この箇所の記事が出来たのは、２月３日だが、富士山に笠雲や吊るし雲が出現し、まるでマンボウのような雲が出現した」
　私が重症化していくなかで、それでも私が良かったのか、卓球に誘ってくれた。その卓球は、私が卓球部に所属していたころのものとは全く違い、めちゃくちゃ下手くそなものだった。何も言えない私をリードして、何回もラリーを二人で繰り返した。そして私が「休憩を取りたい」と言い、ちょっと席を外した。戻ってきたら、他の女性とラリーをしていた。そして何を思ったのか、私を指して、「僕の友達です」と紹介した。そうだろう！五輪真弓の「心の友」の歌詞のように、私は世界でたった一人彼の悲しみや虚無感や孤独を理解していた、友達だろう！私はそう認めてくれた彼のことがただただ嬉しかった。何か言葉をと思ったが、一言でもと思ったが、もはや頭がストップしていたので言えなかった。口惜しい時間だけが過ぎていった。
　そして、レクレーションでカラオケの会があった時、彼はよく近藤真彦の「ハイティーン・ブギ」の「ハイティーン・ブギ　未来を俺にくれ　ハイティーン・ブギ　明日こそお前を　倖せにしてやる　これで決まりさ」という歌をよく歌っていた。また近藤真彦「ギンギラギンにさりげなく」もよく歌って、「ギンギラギンにさりげなく　そいつが俺のやり方　ギンギラギンにさりげなく　さりげなく　生きるだけさ」を何度も熱唱していた。まるで自らの魂の叫びのようだった。ある日、私が体調は少しよくて、参加した時、「一緒に歌おうか？」と誘ってくれた。私は飛び上がるほど嬉しかった。彼が郷ひろみの「お嫁サンバ」がいいということで、皆の前で、二人揃って、一緒に歌った。私は歌は全く聞かないで勉強ばかりしていたため、全く歌えなかったが、彼が終わった後に、「また、歌おうね！」と言ってくれた。周りからは「良かったよ！」といってくれた。

でも、この後、彼はさらに重症化するため実現することはなかった。

　そして、恐らく重症化している私はもどかしかったと思うが、それが逆に心配だったのか、夜の消灯前の誰もいない食堂室に二人きりになって、横に並んで、手と手を重ねて、彼が「一緒に退院したら初夜（新婚夫婦として初めて迎える夜のこと）を迎えようね！それまで死んだらいかんよ！僕が悲しむから！」となんと飛び上がるほど嬉しいことを私に言ってくれた。彼はあれだけ女性がいたのに私と同様、誰とも関係を持っていなかったのだ。これは、今にも死んでいきそうなくらい重い私を勇気づける一言となった。絶対、苦しくても彼の為、生きようと誓った。私は何十億語も用意してあるのだから、その中から、なにか飛び切り気のきいたことを言いたかった。でも、大量服薬というのは、全く私の思考回路を遮断していたため、ただただ、嬉しく、彼の言葉に、ウンウンと頷いてばかりだった。ちょっとこの時何か言えたら、この後、重症化していく彼のことを励ますことが出来たかと思うと、大量服薬させていた病院を呪った。食堂室のテレビには「メゾン一刻」が流れていた。

　そして、私が重症化していく中、今度は一緒に音楽を聴こうと誘ってくれた。二人っきりのラウンジで、彼のお気に入りのラジカセからは松田聖子が流れていた。それは、「Rock'n Rouge」という歌で「１ダースもいる　GIRL FRIED　話ほどはもてないのよ　１００万＄賭けていい　アドレスには私きりね」とあり、「ああ、彼はあれだけ女性がいたのに私きりで、その私にフラれるのが怖くてラブラブな松田聖子ちゃんばかり聞いて、自分を励ましていたんだな！」と痛感した。松田聖子ちゃんの曲を彼は膨大に持っていて、何曲も一緒に聞いて何も言葉を発せない私は、彼が楽しんでいるのをただただ喜んでいた。その後、私は外泊の許可が出て松田聖子ちゃんのテープを彼に披露したが、それは彼が持っている量からすればちょっとだったので「いいね」と言われてすぐに返された。彼の松田聖子ちゃんに対する情熱はひしひしと感じた。それくらい、松田聖子ちゃんの歌には、彼を勇気づけるだけの力があった。

　また、私は調子がいいと「ラムちゃん」のように彼にべったりだったから、少々嫌がられたこともあったが、彼がお姉さんに連れられて、外泊するときは、いつまでも玄関で、「また無事に帰ってきてね、バイ、バ〜イ！」と手を振ったら、彼が「明後日には戻ってくるからね」と言ったのを、看護助士さんが聞いて、「好きな人にしか返事せんと！」と少々やっかまれた。彼が帰って来てまたラウンジで曲を聴いていた時に、私の手の振り様にお姉さんの旦那さんがびっくりして「あんた、そんなに好かれとっちゃね！」と

びっくりされたよ！」といつもびっくりされていた。彼は何十万個も曲は頭に入っているといった。それは、ちょうど、私の好きな徳永英明の「壊れかけの Radio」の歌詞の如く、私があまり会いに行かないから、私にフラれるのではないかという気持ちを大量の曲を聴いて自分で自分を励ましていたようだ。数々の JPOP が彼を励ましたのだろう。水泳ばかりで勉強は出来なったかもしれないが、JPOP だけでも、彼を希望へと運ぶ力があったのだろう。

　そして、私はただただベッドで寝るだけの生活がずっと続いたが、「なぜ、あの子は寝てばかりいるか」と患者さんたちが不思議がっていた。そして、父が面会に来てくれる時は、いつも患者さんに「あなたのお父さん、とてもかっこいいね！」と皆、口々に揃えて言った。

　彼は、いつもラジオ体操をする時間に、一人バンダナを頭に巻いて、私の病棟まで来て、よく看護師さんに「かっこいいと思っているのは H 君だけよ」と言われていた。

　そして、何か月かしてある程度良くなった時、私はリハビリの一環で、病棟のチェックを任された。そして、いつものように詰め所にカルテを取りに行ったら、A が「関東大震災はいつあったのかな？出塩さんに聞いたらわかるから、出塩さん教えて！」と言われた。私は十分 A は嫌いであったが、まあ個室で助けてもらったこともあったかな？と思い「９月１日か９月１５日」と二択で答えた。後で、もう勉強の記憶なんかとっくに飛んでいただろうに、二択で当てていたことに我ながら、「そんなに日本史を勉強したのか！」と感服した。

　そして、いつも日本昔話のアニメ主題歌の曲が流れてきたら、今日も１日乗り越えられたと自分で自分を励まし深い眠りについた。今までの睡眠不足を取り戻すかのように。

　そして、ある日、弟が修学旅行のお土産を渡したいから見舞いに来ると言った。私は正直、普通、血の通った兄弟でも病院は嫌だろう？と思ったが、その言葉に飛び上がるほど嬉しかった。そして、鹿児島を旅行してきたことを彼は告げ、西郷隆盛の下駄のお土産を渡しながら、「いつかお姉ちゃんは、僕から、お姉ちゃんと言われる日が来るのだよ」と私を励ました。私はその言葉に涙がこぼれた。こんな優しい弟を持って誇らしかった。でも現在、その後の教育が悪かったか、彼は別人と化し、長女を剣道の推薦で修悠館に行かせようとした。私は推薦の面接の前、熱田神宮の合格守りと一緒に、「受験当日の自分を励ます手紙を書いて、受験当日に読むといいよ」とアドバイスを手紙に書いて送ったが、彼女が本当にそうしたかは分からないが、勉強は十分足りてなかった

が見事、推薦枠を勝ち取った。そんなに福岡三大校に憧れがあるのなら、病気とか言い訳せずに直接教えてあげたかったと、やはり大量服薬と長期入院を強いた病院を呪った。

　その頃、彼はコーヒーと煙草ばかり飲むようになって、体に悪いのにと思いながら、きっと気が紛れるのはそれしかないのだな！と思った。よく看護師が「H君が他の人のコーヒーとった」と責めていたが、それくらい、いいじゃないか？

　そして、外泊から帰って来ても、すごくお母さんを嫌がっていた。私の母のように彼の気持ちをくむ母親ではなかったか？私が母に彼の存在を打ち明けなかったように、彼も私の存在を自分の母に打ち明けることはなかった。それくらい、お互い母には悲しい想いをしてきたのか？このことが後に二人を引き裂くとは思いもしないで、二人とも打ち明けることはなかった。わたしに「ただいま」といつも声をかけてくれていた。

　入院して、最初のお正月がきた。大量の薬をもらい、家へ外泊した。その時のNHK紅白歌合戦には、あまり有名でない人が多かった印象だが、楽しかった。

　私はベッドで寝たきりの生活が続いた中でも、彼の励ましや、今までの睡眠不足の解消とともに、徐々に体調が良くなってくるのを、大部屋に出てから１年後くらいに感じてきた。無事、生理も１年ぶりに始まった。それとは反比例するかのように、彼は重症化し、ミートボール２個しか食べないから痩せこけて、よく個室に入るようになった。時々出る時もあったが、ほとんど寝るようになった。ああ、大量服薬がなければ、飛び切りの励ましの言葉がかけられたのにと口惜しい日々が続いた。

　よく患者さんの男の子に「H君のこと知っている？」と聞かれて「彼と結婚する」と言ったら、照れられて「H君がありがとうって言っていたよ」と言われた。やはり重症患者と結婚するケースは珍しいかな？と思った。

　いつも、詰め所には女の子が本を持って、男の子の肩を抱いて励ましている絵が飾られていたので、皆、「普通男が肩を抱くよね？」と不思議がっていたが、私はその絵を勝手に、私が分厚い本の勉強をして、彼を励ましているのを表しているのかな？とずっと思っていた。

　また、秋の文化祭で私の病棟が「アンパンマン」の劇をすることになって、私がドキンちゃんの役で、真っ赤な衣装に身を包んでいたら、彼が「どうしたの？」と聞いた。ドリーミングの「アンパンマンのマーチ」は東日本大震災の時によく流れていて、「そうだ　うれしいんだ　生きる　よろこび　たとえ　胸の傷がいたんでも　なんのために　生まれて　なにをして　生きるのか　こたえられないなんて　いやだ！　今を生き

ることで　熱い　こころ　燃える　だから　君は　いくんだ　ほほえんで」の歌詞は
もっと引用したいが割愛して、これは先生のことで、彼はアンパンマンそのものの生き
方をした。作者のやなせたかしさんは遅咲きの漫画家であったが、奥さんの内助の功で
成功し、彼は最期に「なんでこれからという時に病気で死なないといけないか」と若干
違うかもしれないがそういう言葉を残し、惜しまれながら、９４歳で亡くなった。彼は
「手のひらを太陽に」など手掛け、勇気をいっぱいくれる人だ。

　そして、その冬のクリスマス会で演劇を何チームかに分かれて披露することになった。
私は彼とは病棟は違うが、一緒のチームになった。脚本は全てＨ君が描き、それは電
車内で起こる乗客と乗客との喜劇だった。その中で、私は彼が用意した、電車の車掌さ
んのベルを鳴らすだけの役ではあったが、その電車は福岡市営地下鉄の発車と同じベル
で、同じセリフだった。彼はこの市営地下鉄に乗りながら吉塚へ来ていたのだな！とか
なり感慨深かった。そのギャグはあまり受けず、優勝とはならなかったが、彼のほっこ
りする喜劇には励まされた。打ち合わせで顔を合わせる時くらい、ちょっとでも声かけ
たかったけど、私の頭は遮断されていて、彼に寄り添うだけだった。もどかしい日々ば
かり続いた。

　そして、また春が巡る頃、Ｚ病院にホテルのような新しい病棟が出来た。そこで、古
い病棟に残る人と、新しい病棟に行く人の発表があった。私は絶対Ｈ君と一緒が良かっ
た。発表された紙を見てみると、彼は古い病棟で、私は新しい病棟だった。私は泣き崩
れるほど悲しかった。彼の寝ている様子など見られなくなるのだ。後で聞いた話だが母
がＺＴ院長に聞かれて、私に聞かず勝手に判断したそうだ。私はこのことをいつまでも
彼女に責めることとなる。私は嫌な予感がした。

　なぜ、私のことだから私に聞かなかったかと、何度も口にすることとなる。私はすぐ
さま、病院に申し出て古い病棟に変えてほしかったが、息をするだけで精一杯の私は何
も言えなかった。

　そして、引っ越し当日。私は前の日に荷物をまとめていたのをそのまま新しい２階の
病棟に持って行った。その時まで、弟からもらった西郷隆盛の下駄のお土産はあったが、
またしても新しい病棟でとられることとなる。

　そして、分かったことは、消灯の９時になったら、古い病棟と新しい病棟との間の廊
下に施錠されることだった。これは決定的だった。もう、以前みたいに二人だけで話す
ことも困難となる。そして、彼はよく個室にはいることとなる。なおさら一緒の病棟で、

彼が私を励ましてくれたように今度は私が彼を励ます番なのに、ちっとも出来なかった。私と彼は仲がいいのを病院は看護師はじめ知っているのだから、何故、別々の病棟にしたか、病院を呪った。

　その頃、KAN が「愛は勝つ」と言う曲を作って、言葉は違うかもしれないが、心配ないから最後に愛が勝つんだよという曲を作った。それはとても流行った。一緒の病室になった K ちゃんがいつもその歌を歌って「今、何も起こってないよね? 今日も夕暮れが来たということは地球の上にのっているね」と言っていた。彼女はさほど勉強してはいなかったが地球が自転していることは知っていた。今は、ゆとりで、若い子は地球が自転していることも知らないらしい。

　そして、１９９１年に THE　JAYWALK の「何も言えなくて・・夏」が流行ってその歌詞が、まるで私と先生のことかのように、胸に聴くたびに胸に刺さった。

　そして「東京ラブストーリー」というドラマが出来て、小田和正が「ラブストーリーは突然に」という曲を作って、君を守り続けるというような歌詞が流行った。この歌は、私達２人自身を舞台にした歌だな! 勝手に解釈して何度も聞いた。

　新しい病棟のラウンジにテレビがあったからいつも皆で、消灯までテレビを観ていた。時々、H 君が個室を出た時は、痛々しい体で、新しい病棟まで遊びに来てくれた。でも、以前のように二人だけで濃密な会話は不可能だった。浜田省吾の「J．BOY」の歌詞のように、悲しみを乗り越えられるか、どうかの瀬戸際に、こんな別々で、もう悲しくて仕方なかった。私は彼が重症化していくのとは反対に、十分な睡眠で介抱に向かっていたから、気の効いたことも言えたはずだ。いつも古い病棟へ行って、彼が枕を顔にくっつけて寝ている姿を確認する毎日だった。

　新しい病棟はホテルみたに真ん中が空洞で出来ていた。なにも精神科にそんな設備はいらないだろうに、どこからこの金は出ているのか?いささか疑問に思った。

　一緒の病室は４人で、私の隣には、流産がきっかけで離婚してそれがショックで床ずれがするくらい、いつも寝ていて、老舗の酒屋さんで金持ちだったが、そんなきっかけで病気になる人もいるのだと、いろいろな人生を考えさせられた。

　前のベッドには、いつも竹内まりやの曲をかける女性がいた。あまり竹内まりやの曲を「リンダ」などの知らない歌詞も、こんなに私のような恋を励ましてくれる曲があるのだなと、いつも関心しながら聞いていた。

　その頃、「１０１回目のプロポーズ」というドラマが出来て、CHAGE & ASKA の「SAY

YES」が流行り、病院中の患者さんが、何回も繰り返して聞いて、口ずさんでいた。そのセールス記録は平成最高でミリオンセラーになった。それは、素晴らしい歌で、素敵な二人が永遠に愛を誓うというような内容だった。母もテープで何回も聞いた。

また、米米ＣＬＵＢの「愛はふしぎさ」が流行りよく皆でラウンジに集まって聞いた。

また、母が術後まだ悪かったが、病院の文化祭で出し物を出さないといけなかったから、外泊して、彼女は重い身体を引きずりながら、一緒に吉塚書店街まで、刺繍キットを買いに行って一晩で、犬と猫が寄り添って仲良くしている刺繍の額を作った。感動的だった。それはまるで、私と先生が寄り添っているみたいで、今でも部屋で飾っている。

そして、妹がそろそろ就職をする頃になった。妹は福岡で就職がしたかったらしく、福岡に帰って来て、九州英数学館のＴさんと会って「あなた面白い名前しているけど、お姉さん康代さんでしょ？」と聞かれたらしい。「そうだ」と答え、かなり仲良くなったらしいが、その彼女は役所に受かり、妹は落ちたので仲はそれっきりとなったらしい。妹はなかなか決まらない自分の就職に悲しみ、よく入院している母や私を訪れた。運転免許を持ったから父を助手席に乗せて、私の病院までドライブすることもあった。妹の成人式には母は健全ではなかったため、着物も着られないで、悲しい想いをしていた。後に母は私の晴れ着を袖を短くして、妹に贈ったそうだが、果たしてそれは妹は喜んだか？きっとそんなのが欲しかったはずではないと思う。私の病棟でチョコブッセを持ってきてくれて、一緒の病棟の人が「もう一個もらっていいですか？」というのに対して、「あなた元気ですね」と妹が話しかけた。しかし彼女は何を思ったか「地球が私のことを許さないかもしれない」と言って、妹は笑っていた。妹は忙しかっただろうに私を志賀島海岸へ泳ぎに連れていってくれたりして、帰りに妹はアイスーヒーしか頼まないのに、チョコパフェを頼んだ私は後で悪かったなと思った。結局、彼女は福岡での就職は決まらないで、大阪に帰って同級生の男性の奥さんになった。

また、大部屋に出てからは、私は縄文人であるため、お尻がピッと上がっている。だから皆にからかわれて、真似されたりしたが、中にＫ君という暴れたから入院させられたような人が、私のお尻を背後からベットリと片手で触って「いいお尻ヤッタ」と言ったが、その時は大量服薬で元気なく何も言い返せなかったが、この行為は痴漢と一緒で犯罪である。それは、今からでも十分訴えたい。

そして、運動会の日が来た。それは、もう母が退院していたくらいだいぶ経つ頃だったが、また母がお弁当を作って来てくれた。父と母と私とで食べて、私はチアガールを

することになっていたから、「こんなに元気になったのか！」と二人は驚いて喜んで帰っていった。その時のお弁当はとびきり美味しかった。

「この箇所の記事が出来たのは、2月4日だが、この日オホーツク海で流氷初日を観測し、静岡で「だるま朝日」が観測された」

母がよく見舞いにこられるようになって、赤毛のアンのオルゴールやいろいろなものをプレゼントするようになった。その中で、けっこう優しくていいシャンプーで、けっこう高いシャンプーだが、それで洗うようになって、髪の毛が抜けるようになった。困った。母には言えなかったが、すぐに妹にティモテのシャンプーをもらって3か月後くらいにもらってやっと止まった。

その抜けて困っている間、いつも朝9時に音楽が鳴って、ラジオ体操をするのだが、その時に退院者の発表もあった。その日は、私の大好きなASKAの「はじまりはいつも雨」が流れて、ラジオ体操して、抜けた毛を拾って悲しんでいる間に、H君の隊員が流れたそうだ。それは、後で、古い病棟に確認しに行った時に気づいたから、その退院の現場には立ち会えなかった。かなりショックだった。私は女だから、子供を産むように出来ているから、どんなにきつくても耐えられたが、果たして、自殺したいと常に言っていた彼は耐えられるだろうか？またよく個室ばかり入っている人がなぜ退院出来たか不思議だった。きっと私が何十億語も用意した励ましの言葉が必要だったはずだ。

II　彼と最期に会った頃

そしてある日、H君が私を見舞いに来た。愛しい人を呼ぶように「康代ちゃん」と言って「ここに入院していると？今度はお土産持ってくるね」と言った。私は大切な彼を目の前にして、ショックすぎて何も言葉を発することが出来なかった。入院が必要なのは私ではなくて、彼だ。それを、もうここで別れたら、私は彼の住所も知らないし、電話番号も知らないから、永遠のお別れだ。そして、多分これからの私がいない道は彼には耐えられないだろう！そんなことが頭をグルグルよぎり、本当は「いかないで」とか言うべきだが、彼がその必要性を感じていないと思って一言も言えなかった。悲しかった。彼の家族はまた元気に彼がなるとでも思っていたのか？彼は重症なのである。2度と普通の人のような人生は歩めないほど、悲しみや苦しみに打ちのめされているのである。私はただボーっと彼の姿を見送って、皆が「まだH君いるよ」と言っているのに、行きもしないで、悲しいお別れとなった。これが、彼と会った最期の瞬間だった。あっけ

なく面会が終わったことに、ただただひたすら悲しくて、もう涙も枯れて出てこなかった。また、松任谷由美の「時をかける少女」の歌詞の「あなた　私のもとから　突然消えたりしないでね　ひとりで行かないと誓って　私は　私は　さまよう人になる」ようにさまよう人になることが決定した日だった。彼は分かっていただろうか？

　その頃、私はもう入院の必要性を感じていなくて、なのに、ベッドの上ばかりいるから、だんだんと眠れなくなって、薬が重くなっていった。そして、とうとう下剤がないと便が出ないようになった。悲しかった。彼とは別れるは、下剤はいるはで、なんという病院だろうか？

　そして、福大の中退届を出してから２年後くらいに、お風呂もなかなか入れずに髪がべっとりとなっている私を父と母がみかねて、もう彼もいないことだし、私は同意して、ZT院長に退院の願いの面談を申し込んだ。周りの看護師さんが、「この方はもうどうもないですよ」と言っているのに、Ｚ大学医学部の威厳はなく、金の亡者（もうじゃ）と化して、私達家族からまだ、入院代を踏んだくれると思ったか「まだまだ」を連発した。そして、２回目、３回目と父がトライしたが「まだまだ」を連発して、やっと６回目くらいに父が院長に半ば恫喝のように怒って「もういいでしょ」と言った時にやっと退院が決まった。後で聞いたが、その入院代は１か月何十万もするところだった。ZT院長は自殺したい貧しい患者は退院させて、自殺願望のない金持ちはいつまでも入院させて、大量の自殺者を出した。また、Ｚ病院はホームページで最近まで「電気ショック」という治療を宣伝していたため、私も受けて、大量の記憶が飛んだかもしれないと思うと、ゾッとする。この治療は、この病院で受けている人がいるだろう。この治療は精神科で最もいけない行為として、学術論文にもなっている。

　そして、SEKAI NO OWARI の「マーメイドラプソディー」の歌詞ように、もしかしたらまだ入院していたら、また彼が見舞いに来たかもしれないが、彼に二度と会うことのない、自由な外の世界へ引き裂かれるように出た瞬間だった。

　この頃、Class の「夏の日の１９９３」のフレーズを聞くたびに、まるで私と先生のことのようだと思い、まさに先生は普通ではない女性と恋した。

Ⅱ　彼が死んだことを知った時の私

　無事退院出来たのは、１９９３年８月３１日で、その日はケンタッキー・フライド・チキンを食べて皆で祝った。その年の夏は、異常なほどの冷夏で雨ばかり降った。だから、夏野菜は高騰し、お米は採れないから輸入に頼るほどだった。よく七夕に雨が降ったら、天の二人が喜んでいるとされているから、天の二人が喜んでいた夏だったのかな？と今思う。その年の米騒動は後にも語り継がれるほど悲惨なもので、梅雨までは順調だったが、８月過ぎてから雨ばかりになり、政府が備蓄米を投入しても追いつかず、減反政策が裏目に出て、輸入したことのない米を当時の細川内閣は法律を変えて、輸入できるようにし、犠牲を払って備蓄米を輸出してくれたタイの人には無礼であると、後にずっと言われるほど、粗末に扱い、タイ人は餓死者が出るほどで、米の買い占め、次の米を育てる種子の根絶、そして世界で２０％の米を調達していた日本の不作により、世界中の米の高騰を招き、初めて日本の自給率は４０％を下回り、米の国際取引を混乱させたと世界的な批判を浴び、貿易自由化を飲まざるを得ず、食糧管理法を廃止し、米の関税化を拒否し、ミニマム・アクセス米を国家貿易から徐々に海外から輸入を開始し、今はCPTPP（環太平洋パートナーシップ協定）によって、関税を支払えば誰でも米の輸入が可能になるほど、農業規制緩和で、日本人はもはや自国で自国民を養えないほど落ちぶれてしまった。

　また、先生と私が喜ばしい時は雨が降るから、今年は猛暑の予想をよそに、冷夏かもしれないから、今から災害のこともあるから、ある程度、何かあっても食べていけるよう、缶詰など備蓄しておくことをお勧めします。このローリングストックを実行しているのは日本の２割に止まる。

　また、今年は凶事の前触れの１２０年に一度の「淡竹（はちく）」というタケノコの一種の花が開花した。大喜多町の平沢地区で淡竹の開花はその花崎さんが「大変なことになった。特産の一つの淡竹が咲くと幼いころからその年は飢饉になって枯れてしまうと聞いている」と苦労して先人たちが育ててきたタケノコがダメになるのと、飢饉になるとの知らせに頭を抱えていた。このことからもわかるように、今、報道されていないが、大陸は大量のバッタが食べ物を食べ尽くしているため、飢饉になっている。特に中国はひどい。天罰だと思うが。１９９３年はタイ米が輸入出来たからしのげたが、もうタイ米も無い。だから、米の価格はこれから上がるし、昔からの言い伝えを侮ってはいけない。今年はこれで、日本で作物が採れなくなったら、本当の飢饉である。だから、今の

うちに、備蓄、すなわちローリングストックを全世帯がすることをお勧めする。

　退院して、ほどなく幼馴染のH君から小学校の同窓会の誘いがあって、最初はOKしたが、私は皆とは違うからと思い断ったら、「皆来るのにね？」と不思議がられた。彼は私が全く違う道を辿っていたのは分からなかったか？その後も何回か電話があったが、相変わらず差別的なあだなを連呼してから誘うH君に頭に来て「今、食事中やん、後にしてくれんか？」と激しく怒ってガッチャンと電話を切ったら、それから、H君が複雑骨折をして、「皆でお見舞いに行きましょう！」と誰かは忘れたが同窓生から手紙が写真付きできたが、その写真は母が捨てなさいと言ったので、すぐに捨て本当に見舞いに九州まで行った人がいたのかは知らないが、それから同窓会の案内は来なくなった。H君はもしかして私が気になっていたかもしれないが私の心情を分かる人ではなかったなと思った。

　そして、私はどこにいても何ら変わりないから、普段通りの生活を送った。彼とはもう会えないかもしれないが、同じ病院のデイケアに通えば、またひょっと戻ってくるかもしれないと淡い期待をして、Z病院は十分嫌だったが、同じ病院に通うことにした。

　その頃、家に私が帰って来たことが、妹も弟も嬉しかったのか3人でカラオケに行くことになった。父に車で堅粕まで送ってもらって、カラオケボックスに夕方遅くに入った。私は渡辺美里の「My Revolution」の歌詞が気に入っていたため、早速入れて歌ったが、そこまで聴き込んでなかったため、あまり上手く歌えなかった。そして、立て続けに何曲も自分で入れたため、弟が激しく怒り、それを妹はケラケラと笑っていた。妹と弟はどこで覚えたのというくらい上手かった。そして、2時間みっちり3人で歌った後、父に車で迎えに来てもらったが、妹がやや、けなし気味に「お父さんがドアをチンと鳴らして迎えに来るよ」と言っていた。家に帰った時は、もう遅かった。

　また、この頃、母はまだ術後、良くなかったが、父と母は「遅い新婚旅行」といって、二人で中国の桂林を2泊3日で旅行した。お母さんはすごく防護して、二人で仲良く川下りをした時の写真は、今も大切にサイドボードの中に飾ってある。母は生きて還れたことの喜びを顔に満面の笑みで表して仲良く写っている。本当に助けて良かった。

　デイケアでは水泳の選手になれなかったから、精神保健福祉士さんに「出塩さんは、スポーツの日は張り切って来ますね！」と言われて、仕方なくデイケアで運動神経の良さを発揮していた。

　また料理の日も毎月1回あり、親が他界して一人になって料理が出来なかったらいけ

ないと、ケースワーカーや精神保健福祉士が献立から、買い出し、切り方、料理の手順を丁寧に真剣に教えて頂いた。それはとても好きで、楽しみにして、自分で料理して、今は料理ブログや料理ホームページを持つまでになる。

　その当時、母は術後が良くなかったのと、更年期が重なり、寝たきりで泣いてばかりいた。よく妹が励ましに CHAGE & ASKA のテープをプレゼントした。そのテープは擦り切れるまで聞いて今はない。そして、励ましの意味で弟がいろいろな映画をみせていたりした。母は喜んでいつも観ていた。

　また、術後が良くない中、母は一緒に天神地下街へ誘ってくれて、私が大好きだった徳永英明のベストテープを退院祝いと言って、買ってくれた。今はもう CD の「徳永英明　ALL　TIME　BEST　〜 Presence」を持っているからそちらを聴いているが、そのテープはまだ、デイケアに行くのがやっとだった私を励ましてくれたので、大切にとっていて、今も家にある。

　また、もつ鍋が流行った時は、家族でいっぱい食べた。私は今も食べることがある。福岡は他に水炊きも有名だ。福岡は美味しいものでいっぱいだ。

　この頃、妹は弟の教育係を家族がいるのに、大阪から夜行バスを使ってよく帰省していた。妹は中島みゆきばかり聴き、中でも「ファイト」という歌詞が聴いていて、印象的で闘っている私のことは、今頃みんな笑っているのかな？などと共感した。

　また、大黒摩季の「夏が来る」が好きでよく歌詞を口ずさんでいて、それを聴きながら、「ああ、私と先生のことを歌って、先生の為に何も出来なくなっている私のことを歌っているのかな？」と彼女の歌に聞き惚れた。

　そんなある日、垂井の長女の娘が家族全員で九州旅行するから、「私の家に泊まりたい」と申し出た。母は自分が出来ないのだから断ればいいのに、妹に出来るか聞いて引き受けた。それは大家族で何泊もあったから、ひたすら大量の料理を作り続けた妹は大変な疲労であろうに、どうしてそんな大仕事を引き受けたか不思議だった、今、振り返ると妹の中に「出来るだけ母に強力したい」という強い気持ちがあったのだろう。そして妹が教えたからかなり効いたか？彼は無事福岡中央高校に受かり好きなバスケ部に入り、副キャプテンを務めるまでになり、背が高かったから、ただ一人大量にシュートを決めていて、大会も家族全員で応援に行ったが、公立の弱小校で弟一人では、スポーツ強豪校に勝てず、いつも早く負けていた。

　彼は、本当にバスケが好きだったのか、自分のシュート姿を拡大して額に飾ってい

た。博多中学校で大濠高校のバスケ推薦で受かった主将との全員写真は、今は私の部屋に飾ってある。彼は博多祇園山笠も心から好きだったみたいで、西流のハッピ姿の集合写真も額に入れて飾っていた。まさに博多っ子の申し子だ。

そして、妹がたまたま福岡に帰って来ていた１９９５年（平成７年）１月１７日に、阪神淡路大震災が起こった。マグネチュード７.３で兵庫県の淡路島北部沖の明石海峡を震源に、初めて戦後に日本人が体験する大規模な大地震となった。高速道路はそれごと壊れ、インフラも切断され甚大な被害となった。妹の旦那さんは「死ぬか？」と思ったらしい。それまで「明るい日本」と言っていた妹の言葉が変わり、「日本は大丈夫か？」になっていた。

そして、よく父と喧嘩して、「お姉ちゃんはお父さんのせいで入院したのだよ」と首を絞めあっていたが、仲裁に入る私は、とうとう最後まで弥生人という妖怪の鬼を人間にする闘いのせいということは言えなかった。これがショックで妹は２階でよくこっそりと泣くようになって、それからも母が出来ないことの無理強いがよく続いたため、だんだんと母から気持ちが離れて、旦那さんと子供が出来るようになる頃には、家には全く寄り付かなくなった。

妹が弟の教育をするのをやめて、大阪に帰って料理を作ってくれなくなってから、私は元気になっていたので、毎日、スピッツの「ロビンソン」の「誰も触れない　二人だけの国　君の手を離さぬように　大きな力で終わらない　空に浮かべたら　ルララ　宇宙の風に乗る」を何度も聞きながら、彼の「初夜」と言った言葉を信じて、花嫁修業のような気持ちで、毎日、妹はいないから４人分の食事を作った。またスピッツの「渚」という歌詞を聞いて、二人の幻の世界が消えないよう祈り続けた。また、今年８０回目を迎えた「白線流し」のドラマの主題歌の「空も飛べるはず」の「君と出会った奇跡がこの胸にあふれてる　きっと今は自由に空も飛べるはず　夢を濡らした涙が　海原へ流れたら　ずっとそばで笑ってほしい」の歌詞や、ミーシャの「Everything」の歌詞を何度も聞いて、その気になりずっと料理を作った。

吉塚商店街の方たちはよくしてくれて、大原商店にいったら、いつも粋のいい魚をいただき、半片（はんぺん）屋さんでは、いつもおまけしてもらった。果物屋では、いつも「母は元気か？」と聞かれ、常に心配してくれた。

最初の方に、買い方が分からずに、食パンを一番下にしいて、大量に買ってきた時はたまたま、まだ妹がいたから、記念にといって、まだ時々帰ってきていた妹がぺしゃん

こになったパンと私を面白がって写真に撮っていた。

　デイケアはあまり、具体的な
活動はなく、ほぼ遊びで、私の
勉強ばかりで遊べなかった悲し
い気持ちを和ませてくれた。

　ギター教室などあったから、
ギターも練習するようになっ
た。スピッツの「チェリー」は
今も弾ける。ギターがもともと
得意なK君にマンツーマンで
習って、習い始めたのが遅かっ
たが、早くからFコードが弾け
るようになった。彼はギターラ

ギター練習の私

イブのホームページを持っていて、私もライブの生配信を楽しんだ。福岡ソラリアプラ
ザでコーヒーを飲んだ後に雨が降っていて、サンダルで階段を滑り落ちそうなところを
手を引いてくれて未然に防いでくれたのは、今もお礼が言いたい。最近までメールをし
ていたが、ホームページも閉じてしまい、音信不通になったのは、かなり後悔している。
熊本地震で何かあったのだろうか？

　そして、毎年、ギターコンサートがあったので、私はKinki Kidsの「フラワー」の「僕
らは愛の花咲かそうよ　苦しいことばっかりじゃないから　こんなにがんばってる君が
いる　かなわない夢はないんだ」の歌詞が特に好きで、全体の歌詞も全部好きだったた
め、「皆で一緒に弾かないか？」と提案したが、山下達郎の「ヘロン」や中島みゆきの「時
代」や井上陽水の「夢の中へ」は決定したが、どうしても賛同してもらえなかった。そ
んな中、A君が「僕は一緒に弾いていいよ！」と言ってくれて、それからA君との猛特
訓が始まった。カッティングが難しいため私は苦労したが、A君はもともとギターを弾
いており、優しく教えてくれた。そして発表当日は二人で歌いながら披露した。これは
後にも作業所で七隈公民館で私がギターの伴奏をして、皆で近所に披露することとなる。

　そして、毎年、クリスマス会があったから、楽しみに参加した。ある会で、司会を担当し、
マライア・キャリーの「恋人たちのクリスマス」を直前に買いかけながら踊ったりもし
た。ちょっと発音がまだ出鱈目だったのは後悔している。また、ＳＰＥＥＤの「White

Love」を４人で振り付けしながら踊ったりもした。

　また、毎年、太宰府天満宮を初詣で参拝した。太宰府天満宮に行く通りで買う「梅が枝餅」は格別に美味しかった。菅原道真が「遣唐使」の廃止を提案し左遷されたことに想いを馳せ、赴任と共に、京都から飛んで咲いたという「飛梅」は囲いがしてあって、大切に今も育てられている。

　また、福岡市動植物園なども皆で訪れた。筥崎宮を訪れることもあった。皆で東公園や西公園にも行った。そして、毎年、場所を変えて、花見をした。楽しい思い出だ。その中に、私をデートに誘ったり、コンサートにいったりする男性がいて、結婚を申し込まれたが、妹を介して断った。まだ彼の存在が心の中にしっかりと居続けていたからだ。その後も交際があったため、引っ越しで音信不通はガッカリ。

　デイケアの友達と、彼が好きだった松田聖子のコンサートにも行った。神田沙也加が一緒に出ていて。私は福岡サンパレスの２階席だったから、彼女たちは小さくしか見えなかった。早くから暑い夏に並んだけど、楽しい思い出だ。彼女は５０００ccも肺活量があり、まだ音楽機械が整備されてない中、ただ一人、誰よりも上手く、とても響く歌を歌う人だ。その歴史は覆されないだろう。

　また、ZARDの「負けないで」が流行り、その歌詞に励まされて、勇気が出た。ボーカルの坂井泉水さんは若くして不遇な最期を遂げたが、今は、ZARDだけに特化したコピーバンドがあるくらいだ。

　また、１９９５年３月20日に友達と、九十九島とハウステンボスへ旅行に出かけた。その朝、東京で地下鉄サリン事件が起こり、大勢の犠牲者を出したが、旅行中で分からず、帰って記事を読んだら、大変な被害で、「ああ、こういう風に私と先生だけでなく、日本国民の皆がいつ被害に遭ってもおかしくないのか？と思った。その旅行は、九十九島を船で回遊したりして、ハウステンボスで動くハウスの体験や、運河を船で回遊して楽しい思い出だ。

　また、その年に流行った岡本真夜の「TOMORROW」が流行って、その歌詞に何度もくじけそうになっても励まされた。

　妹が作ってくれた浴衣を着て、大濠花火大会も見学に行った。お尻の形がと良かったのか、「きれいね」と通りすがりの男性に言われた。今では長年続いていた大濠花火大会はないらしい。

　この頃、母は更年期や術後の調子も良くなって、私を入院させ、自分も入院した苦い

体験を吹き飛ばすかのように、派手なおしゃれ服を大量に買って出かけるようになった。そして１９９６年１月２７日公開の映画「Shall We ダンス？」を一人で観に行った。帰って来て、「一人で行った」ということを聞き、「え？なんで？もう夫婦仲もいいから父を誘えばいいのに」と内心思った。

　その映画の物語の内容はちょっと言葉が違うかもしれないが草刈民代ふんする社交ダンスの先生に、役所広司ふんする冴えないサラリーマンがダンスを習い、どんどんとカッコよくなっていく旦那に不倫を疑って妻は探偵を頼んだが、大切なダンスの発表会で全員勢ぞろいで見守る中、豊子という役の人と踊ったが、そこで妻と娘が観に来ていたことに動揺しぶつかり転倒し役所広司が豊子のスカートを全部落としてしまい、大会は静まり返り台無しとなった。それで役所広司はダンスを辞めようか悩んだが、一緒に観ていた娘に「ダンスを踊るパパカッコよかったよ」と励まされ、不倫という誤解も解け、妻は娘のサポートもあり夫と初めて家の庭で二人仲良く踊った。そして草刈民代が日本を離れるお別れ会の誘いが来たが、役所広司は行かないつもりで、パチンコ店を出て電車で帰宅していると車内から社交ダンスの教室を見上げると窓に「Shall We ダンス？杉山さん（役所広司の役名）」とメッセージが貼られていたのを見て、草刈民代のラストダンスは草刈民代が決めることになっていたから、サラリーマンスーツ姿の役所広司が現れ草刈民代は役所広司に「Shall We dance ？」と尋ねる。

　これはまさに夫婦愛を描いたホッコリとした映画です。この映画で草刈民代と周防監督は結婚し一大ブームを巻き起こし翌年の日本アカデミー賞を総なめした。アメリカでもリメイクされるほどの人気ぶりだった。

　この内容を、「こんなホッコリした夫婦映画は二人で観に行ったらいいのに！」と思ったが、いくら夫婦仲が以前より良くなったとはいえ、永年にわたる不和と、まだ時々暴力を振るわれていたから、彼女が抱く、「誰からも分かってもらえない」という悲しみと孤独が伝わってきて、かける言葉がなかった。

　でも、今から思うと敢えて一人で観に行って「このような夫婦仲になればいいな」と一人で祈りながら観に行ったのではないか？今は後者が正しいと思う。実際にそのような老後を二人で生きた。彼女の周囲から分かってもらえずに、最後まで、悲しみと悔しさのどん底にいた気持ちをこの本で晴らしたい。そんな気持ちでいっぱいだ。少々理解に苦しむ母だったので、その誤解を解くのは大変か？

　また、このデイケアに通っていた間、いつも彼の大きな指導着姿をプールの遠くで追

いながら「待って！待って！」と叫びながら夢に見て起きた。デイケアのあくる日は午前11時まで寝て、まるで成長期の睡眠不足を取り返すかのようだった。だから、その日は薬を飲んでも眠れなくて、「眠れんちゃん」と言われながら、一晩中起きて、あくる日のデイケアに行く始末だった。

その頃、弟の大学受験があり、弟はサザエさん一家のカツオ君のような、勉強は「あとで君」であったが、本当に行きたかった福大に受かって楽しそうだ。

そして、その頃、母方の祖父が、私を新幹線でよく垂井に連れていってくれた人が、もう病気で足は棒のようになりほとんど動かなかったが、最後に九州が心配であったか？母の妹と一緒に私の家に来てくれた。その日は、デイケアを早退して、博多駅まで母と迎えに行き、2泊くらいしてくれて、私は全員の食事を一生懸命に作った。特に祖父には美味しいいものを食べさせてあげたかったから、ちょっと高い食材を買った。そして、私が心配だったか？炊事場で懸命に料理をしている中、視線を感じたから振り返ったら、祖父が遠くから私をジッと見つめて、私は視線が合ったので礼をした。母は反対こそされたかもしれないが、計り知れず垂井の恩恵を受けている。それは他の姉妹よりも少ないかもしれないが。母はよく弟を連れて、兼六園の病院に入院している祖父を見舞いにも行った。それが、この時の写真

兼六園の病院での母と祖父

です。この九州に彼が帰った時が最期となるとは思わず、博多駅の新幹線口まで送って、いつまでも手を振った。

そんな祖父も平成10年8月24日に離れで冷たくなって息を引き取ったのが確認された。享年88歳。奥さんのことを考えたら大往生と思うが、彼は日露戦争で「近衛兵（このえへい）」（君主を警護する君主直属の軍人または軍団）として戦争に行くほど、位の高い人だった。お葬式に私も参列したかったが、父と母とだけで行くことになって、母は術後めちゃくちゃやせていたので、親戚中から、「あれは誰か？」と言われる始末だった。名古屋のお葬式なのでとても盛大に行われたそうだ。私はいつも気を使ってくれて、優しかった祖父に心からありがとうと言いたい。

丁度、この年、ダイエーの中内功（なかうちいさお）オーナーが1989年に福岡に野球を創設して、南海ホークスから福岡ダイエーホークスになり、福岡ドームを作った

が、皆、「なんで大量リードしているのに最終回で逆転されるか？」と激怒するほど、弱体チームだったが、王貞治さんが、１９９４年に監督に就任して以来、最初は試合後に、生卵を頭に観客からぶつけられたりしていたが、工藤投手が城島捕手を教育するように、丁寧に配球を投げながら教えたりして、徐々に強くなり、とうとうリーグ制覇して、日本一にもなった。

　私達は、家族全員でドームに応援に行っていたこともあり、皆で大喜びし、いや、喜んだのは私達家族だけでなく、福岡全体、いや九州全体だっただろうか？王貞治監督の背番号の「８９」に合わせて、８９円均一で大量に優勝セールした、天神のダイエーショッパーズへ母と二人で行き、いっぱいの抱えきれない荷物をショッピングして、また優勝の歓喜を味わった。それからもホークスは２００３年にも日本一になった。福岡いや九州中が歓喜の渦だった。

　それからは日本一の常連チームになり、王貞治監督は、「８９」は永久欠番となり、選手時代の「１」も有名だが、今はホークスの球団会長に就任している。今となっては、小久保選手の無償トレードに中内功の息子が涙し、オーナーが代わり、ドームの名前も代わり、壁も真黒く塗られてしまったのは惜しい気持ちでいっぱいである。必ず、試合前に国歌斉唱があり、皆で日の丸の掲揚をしてからの試合開始だった。

　また、母はよく福岡県特産の明太子を垂井にお中元やお歳暮で贈り、その度に、長女の孫から「赤ご飯」といって好んで食べられたそうだ。私は今も食べている。

　また、よく３人で筥崎宮のあじさいまつりの「参道花めぐり」にもよく訪れた。母は紫陽花がすごく好きで、引っ越してからも８個以上育て、私も母の日に青色の額紫陽花を送って、母はそれを大切に育てた。

　そして、何度目の春が巡ってきた頃だろうか？Ｈ君と仲が良かったＡ君から「Ｈ君が自殺した！」と聞いた。私はにわかに信じがたく、かたっぱしから、Ｈ君を知っている患者さんたちに確認した。そしたら、ずっと仲が良かったＹおじいちゃんから「院長から１５００万円出したら退院させてあげるよ」と言われて、家族が出して、またＯ病院に入院したが自殺したのは事実だと聞いた。そのお金はおそらく、姉の旦那のお金であろう！私はずっと認めたくなかったが、その事実が真実だと知った時、ベッドで大声が漏れないよう、枕を顔に押し付けて、１週間泣きはらした。サザエさん一家のタラちゃんは誕生しないことが決定した瞬間だった。母が何故泣いているか分からず、私に「たまには外に出ようよ」といって、吉塚周辺を散歩した時は、ふさぎ込んでいる私に、

母が励まそうと一人で私に声をかけているから、通りすがりの女性たちがその様子を見て微笑んだ。デイケアに行く意味も何もかも失った瞬間だった。彼はどんな顔をして、他界したのだろうか？きっと苦しい顔に違いない。彼の最期を看取れなかったのは、いつまでも私の中で後悔してもし切れないほどの悔しさとなった。

　母が弟の教育に悩み、お百度参りをしていた時に私も一緒に先生のことをひたすら祈った。でもそれは無駄だった。

　私はただただ、スターダストレビューの「木蓮の涙」を聞きながら、本当に嘘つきで、待ってる私を一人にしたことを悲しく想って泣いてばかりだった。

　それからは、小柳ゆきの「あなたのキスを数えましょう」の「こんな日が来るなら抱き合えばよかったもっと　Missin' you・・何をして紛らわす？　孤独とか不安とか」のように、先生を思い出しては、数少ないキスを思い出し、夜になると泣いてばかりの日々が続くことになる。

　また、TOKIO の「宙船（そらふね）」の歌詞のようではなく、彼が消えて喜ぶ先生や看護師に囲まれた、Z 病院に、彼の人生を任せたことに、今でも、悔いても悔いきれない、悲しい気持ちでいっぱいだ。

　また、一青窈の「ハナミズキ」の歌詞のように、私と先生は百年は続かなかったことに、今も涙が出る。でも彼は私を守っていると思う。

　また、彼の人生を振り返ると村田英雄の「無法松の一生（むほうまつのいしょう）」の「小倉生れで　玄海育ち　口も荒いが　気も荒い　無法一代　涙を捨てて　度胸千両で　生きる身の　男一代　無法松」のように、泣いてばかりいたところは違うが、玄海育ちの立派な無法松一代だったと思う。

Ⅳ　それからの私

　この後、もういくら病院で彼を待っても、もう会えないことが分かり、気を紛らわすために、デイケアを出て、作業所や就労支援センターに通って、働くことにした。
でも、私が直接、先生の自殺を確認した訳ではないから、Z 病院は十分嫌いであったが、また H 君のような人が「康代ちゃん」といって訪れてくれるような気がして、デイケアを離れた後も、病院は変わらなかった。丁度、その頃主治医が変わって、すごく若いイケメンの Y 先生と出会った。私は「月間ぜんかれん」を定期購読していて、その中で、いかに年をとっても大量服薬していたら、命にかかわる短命になるから薬の減量の勧め

の記事に目が留まった。また、精神科は主治医との相性が大切で、その相性のいい先生の裁量によって薬も決まるとあった。そして、そのシリーズのコーナーを記憶して、Y先生に「減量して欲しい」と申し出た。たいてい Z 病院ではお断りであったが、Y 先生はすごく若いため、賛同してくれた。そして、まず粉薬から 1 回ずつ減らして、その減らした影響を細かくメモして、先生に月 1 回報告して、1 回ずつ 1 個ずつ減らしていき、順調に進み、とうとう朝昼晩・寝る前と何回も飲んでいたのが、寝る前だけになった。奇跡だった。さすがに、寝る前のベゲタミン（今は処方されていない）を外すと眠れないから、寝る前は今も残っている。これで奇跡的に活躍の場が広がり、行動的になった。

　最初の作業所では、皆で能古島（のこのしま）に行くハイキングがあり、地下鉄で船乗り場の辺りまで行き、連絡船に乗って能古島を訪れた。能古島と博多湾の中央にある島で、福岡市の観光名所で、季節によっていろいろな菜の花や桜やコスモスや水仙が一面に咲くところで有名だ。「筑前国風土記」には神宮皇后がここを立ち寄った時に、住吉の神霊を込めて、敵国降伏を祈ったから残の島と名付けら

コスモスの能古島

れたとあり「平安遺文」という文献に初めて登場するが、昔から有名な島だ。私が訪れたのは、コスモスが一面に咲いている頃で、これがその時に撮った写真です。有名な観光名所の広大さに皆で驚きながら心ゆくまで、散策した。

　当時、私は、水泳が誰かに見られたいとか、誰かと泳ぎたいとかではなく、純粋に好きであったため、デイケアに通いだした当時から、暇がある時は、福岡市民体育館のプールで延々と 2 時間くらい泳いでいた。今もフィンをつけたら、1 キロくらいは平気で泳げる。いろいろな種類の泳ぎを組み合わせながら、最初はターンをしながら、後半は斜めのターンで泳ぎ続けた。そんなある日、新聞の福岡市が募集している、夜の水泳の集中コースに目が留まった。早速、応募して参加することとなった。ちょっと夜だったが、いろいろな人が 5 0 名ほど集まって、私はどこまでも長い潜水の泳ぎを見せて、皆から

驚かれた。福岡市民体育館での講座だったので、チャリで通った。およそ２週間あって、私は全部、参加して、最後の日に、特別に皆勤賞の賞を頂いた。その時に、鈴木大地選手と小谷実可子選手の講演があることを聞いて、応募した。なんと当選した。

　その講演の日は、夜で遅かったが、福岡市のホールに５００名ほど集まって、二人以外にも、水泳の有名な選手が参加していた。私は鈴木大地選手がソウルオリンピックで背泳ぎのバサロで金メダルを取ったのをみていたので、わくわくしながら、ずっと集中して、水泳の講演を聴いていた。バサロは日本人が得意なため今は禁止されているが、IOCはなんでも日本選手が活躍したのは禁止かルール変更をする。特にひどいのが、水泳とスキージャンプとフィギアスケートだ。水泳の講演は、司会者がいて「水泳は水との付き合いでそれが上手い人が伸びる」と間接的ではあったが、すごく学ぶべき深い講演となった。そこで、さらに抽選があり、座席番号で応募して、いろいろな企画が数名にくじで当たった。私はその時、なんと最高の１名しか当たらない、第９回世界水泳選手権大会福岡２００１の開会式の入場券が当たった。飛び上がるほど嬉しかった。この大会は福岡マリンメッセで行われ、本当はコンサート会場や体育館だが、ヤマハ発動機が世界初のFRP製競泳用プールという特別なブロックでプールを再現した、日本初のアジア初の世界水泳選手権だった。

　私はワクワクして、ペアの券だったので、作業所の友達を誘って、当日には早くから並んで参加した。そこで、開会式はB'zの「ultra soul」が大会テーマ曲でそれを披露された。そこで名ギターリストの松本孝弘さんに合わせて、ボーカリストの稲葉浩志さんが「夢じゃないあれもこれも　今こそ胸をはりましょう　祝福が欲しいのなら　歓びを知り　パーっとばらまけ　ほんとだらけあれもこれも　その真っただ中　暴れてやりましょう　そして羽ばたくウルトラソウル　ウルトラソウル」ととても上手に叫びながら歌っていたのが印象的だった。そして開会式が終わり、水泳の初戦が始まり、当時の主流だったイアン・ソープの泳ぎが遠くに見えた。この大会から、オリンピックの正式種目になったのが多く誕生した。私は観終えて帰りながら、この千載一遇（せんざいいちぐう）のチャンスに恵まれたことに、まるで天の先生が「まだ水泳とご縁のある人生が送れるかもしれないよ！」と囁いて（ささやいて）いるみたいで、とても興奮して本当にこの大会を観られて良かったと感動の渦が心の中でと止まらなかった。あの開会式の入場券は一般に応募していたら、相当な競争率で高いチケットだったと思う。それを当選という形の無料で観たことに、自分は本当にはラッキーで先生のご加護がどこまでも

あると、告げているような経験となった。この後も、私は一人で、もくもくと泳ぐのを止めなかった。

　また、最初にいた作業所では問題が発生したため、違う七隈の作業所を打診した。そこは、所長が自らてんかんで苦しんでいた人だが、最初に母とお会いした時にコーヒーを出してくれて、とても感じが良い方だった。

　そして、そこに通うことにして、その所長がとてもパソコンに詳しい方で、人気があるコースだからあまり受けられなかったが、パソコンも丁寧に教えてもらった。いろいろバザーや売店や旅行などあり、楽しい作業所だった。

　そこで、あるリクリエーションで志賀島の海水浴に行くことになった。

　志賀島（しかのしま）とは、福岡市の東区で博多湾の北部に位置していて、志賀海神社は綿津見三神を祀り、全国の綿津見神社の総本宮で、４月と１１月の例祭において「君が代（きみがよ）」の神楽が奉納される。日本書紀や古事記に綿津見神の祭主の阿雲氏の記述があり、「筑前国風土記」には神功皇后の三韓征伐の際に立ち寄ったとされ、万葉集にも載るくらい、海の要であった。そこには今は海の中道ともつながっていて、海浜公園や海の中道マリンワールドやいろいろなアトラクションがある。福岡は全部、２０分くらいで海や山に行けるので、本当に住みやすい場所である。

　この時、バーベキューを海の家でして、皆でビーチバレーをすることになったので、私はＴシャツとジーンズ姿で参加した。それがこの時の写真です。

　この頃から、パソコン教室に通いだし、作業所の所長やいろいろな人に、教えてもらって、ずっと場所を変えながら、今も続けている。

　また、この作業所では年に１回、旅行があり城島高原パークや別府温泉や萩に訪れて２泊３日の旅行を楽しんだ。毎年、七隈公民館の協力を得て大規模なバザーを運営した。

志賀島でのビーチバレー

　作業所も楽しかったが、薬が軽くなり、ずっと働くのが楽しかったから、働きたいなという気持ちが強くなり、就労支援センターというところを知って、そこのＴさんと

出会って、いろいろミーティングを重ねて話し合った結果、病気であることを公表して、オープンで働く計画が加速した。

　いっぱいハローワークに通ったが、やはりブランクがあるからどれも厳しいものとなった。本当はパソコンの仕事がしたかったが無理で、それで、Tさんから清掃はどうか？とアドバイスがあった。私は高収入かどうかにかかわらず、どの仕事にも、それぞれの価値があって、決して優劣はつけられないと思っていたから、快く引き受けた。そして、いろいろな清掃のバイトを探す中、週三日で天神の清掃という好条件を見つけた。さっそくTさんに受けたいことを申し出て無事面接へとなった。

　そして、面接の日。妹から予め買ってもらっていた、リクルート姿に身を包み面接へTさんと行った。そこでK課長と出会って、「私の娘が西南学院受けた時、精神科かかったから、あなたは福大受けたときかかったのだね！」と言われた。本当は福高時代だった。でも、当時では福大は福岡で2番目に入るのに難しい大学になっていたから、福大と思われてもいいと思い、訂正はしなかった。福高から清掃のバイトする人はいなかったか？福高の存在は分かってもらえなかった。そして、いろいろな場所を案内していただいた。優しい課長だった。

　そして、合否の発表の日。私は受かっていた。飛び上がるほど嬉しかった。普通精神科の通所者は嫌だ。それなのに私を選んでくれたとは、なんと優しい課長だろうか？一生懸命働いた。大名の清掃場所ではお尻の形が気に入ったからと、そこの美容院の見習いの人にデートに誘われたが、精神科に通っていることを告げると、偏見があっただろうか？実現はしなかった。天神のビルでは、いつも人がしないところまでピカピカに磨き上げて、トイレもキレイにしているから、ビルのオーナーにコーヒーをよくおごってもらった。

　「仕事」という感じは「仕える事」という意味があり、日本古来以来から働くことは、神様に仕える事として尊ばれてきた。それを、戦後、有名学校や高収入や一流企業に勤めることだけが仕事かのように教育され、現在５００万人もの引きこもりが出来ているのは由々しき事だ。これは、教育根本が間違っており、どの仕事も優劣はつけられないほど、尊い仕事なのだと教えるべきである。現在、毎年、１０万人もの人が農業を離職していて、この仕事も国家を支える重要な仕事である。それを教えるべきだ。

　それが、2年くらい続いた２００４年、精神科の当事者のロサンゼルスのビレッジ研修の応募があり、それは論文を提出して、受かった数人しか行けないものであったが、

見事、論文が受かり、晴れて全国から５人しか選ばれないロサンゼルス旅行に参加することになった。これは、父も母も喜び、素直に清掃の課長に「２週間務められないがいいですか？」と聞いたが、課長は病気の娘を持っているため、すごく喜んで賛同してくれた。くしくも、先生がオリンピックで旅行した所を、私も旅行することになった。

　１０月２９日。LAX空港に到着。ビルとホセと旅行を支援してくれる秋吉さんに出迎えられた。ロスはなんて澄み切った青空なのだろうか！でも、おそらく２０年くらい経った今は、環境汚染で汚れているだろうか？道路も大きかった。ビルはプロジェクトリターンのリーダーの当事者で、ホセもまた統合失調症でピア飼う運セリングをするリーダーでピアスタッフだと言った。統合失調症とは英語で「スキゾフレニア」らしい。そして私達が常に泊まる、ペンションへ案内してくれた。アメリカ合衆国ではベッド・アンド・ブレックファスト（B＆B）のことを指す。そこは、中央にプールがあり、コーヒーと水がおかわり自由だった。

　１０月３０日。サンディエゴまでロスからラホヤショウを観に行った。フリーウェイがどこまでも気持ちよく真っすぐで、大きい車線で気持ち良かった。海と空がどこまでも続いていた。かなりロスから遠かったが、ミュージカルは歌が中心で面白かった。車の中でデニスと話したが、カリフォルニアには当事者が理解を求めて、講演をしていて、プロジェクトリターンは２千人のメンバーがいて、３千個もセルフグループセンターがあると言っていた。この

サンディエゴの夕陽

時、サンディエゴの海岸に皆で訪れていて、記念撮影をして、私はデニスから一人だけ、「PROJECT　RETURN：THE　NEXT　STEP」のロゴの入った、特注の記念品の腕時計をプレゼントしていただいた。帰りには、夕陽が地平線に沈む姿は、大陸ならではで、一生目に焼き付けておこうと思った。

　夕食はフレッドと共にして、私が「I'd　like to eat sushi（寿司）（アイド　ライク　テュー　イート　スシ）」とよく言って、お寿司が食べたいとリクエストしたから、日系のお寿司屋さんに連れて行ってくれた。楽しく会話しながら、あれはいくらしたのだろうか沢山食べ、彼が当事者でプロジェクトの下のグループで働いていることを知った。

それから、ハロウィンの前夜祭があるということで、ロングビーチの夜景を観ながら、アルコール依存症の人をケアするHARBOR　VIEW　HOUSEのとなりで行われているところまで行った。沢山、人が集まっていた。フレッドに「お化け屋敷に入らないか？」と誘われて、女性は乗り気ではなかったが、他の３人の男性が入りたいと言ったので、皆で入ることにした。日本のお化け屋敷と違って、仕掛けが大胆で、皆がつけている血のりもべっとりとして本格的で本当に怖かった。ここではいろいろな葉書とか、ハロウィンにまつわるものが売っていたので、私はてっぺんにハロウィンのカボチャのついたカチューシャを買った。そこで観たのは、１００万ドルの夜景だった。

　１０月３１日。私の誕生日のハロウィンだ。ハロウィンパーティーをPRTNS本部で行った。私達は思い思いのコスチュームを身にまとい、私は昨日の前夜祭で買った、パンプキンを身にまとい、ヒゲも口につけて、皆でリンゴ食い競争などして楽しんだ。ここは当事者グループが大きなところだと、日系人の真理子と話して分かった。盛大に行われたパーティの後、ペンションに戻って、リーダーのＵさんが、私の誕生日ということで、どこからか大きなチョコレートアイスケーキを買ってきてくれた。ろうそくを立て、火を私が消すと、私が一番大きなケーキをもらえた。皆、口々に「美味しいね」と言いながら、ゆっくり談笑した。

　１１月１日。病院の中にある当事者運営の部屋WELLNESS CENTERを訪れた。病院の中に当事者の活動する部屋が！なんと画期的なんだろう！すべて当事者が講師で、地域のＴ出て権利擁護の法律をどうするか話し合う活動があったり、医者が来て討論する薬の管理相談があったり、社会に出る時、ピアサポートに何が必要か話し合ったり、パソコンのクラブやスペイン語のクラスがあったり、仕事に就くためのトレーニングがあったりした。入院しながらも外の活動と触れることは日本では考えられないが、これからは必要なことかもしれないかなとも思った。最も、こんな活動が私の入院時代にあったら、私の社会復帰はもっと早かったかもしれないと思うと惜しい。

　中には精神保健局で働く人もいる。私は直接、英語で当事者に聞き病気の問題を話し合って、いかによくするかというプロカバリィを学んだり、病気になりやすい人をサポートするプロケアを学び、障害者差別禁止法があることを学んだりしていた。しかしアメリカには資金不足があるため明日の大統領選挙では年収１００万ドル以上ある人の１％を精神保健システムの資金にするPROPOSITTION63に投票しようということだった。午後には再びPRTNS本部に行き、プレゼンテーションで日本の５人が話し、３人のロ

スの当事者が話した。そこで、任意入院であれば退院できる説明はなかったのかと聞かれ、今の日本では残念だが無いと答えた。これにはロスの人は不思議がった。普通、任意入院は任意で退院できるので、私はロスだったらいつでも退院して良かったのだそうだ。もしかしたら、私の病院だけが説明を怠り、私はいつでも退院出来たのかもしれない。それが普通だ。今のロスの活動を日本で広げていけば可能かもしれないと答え、実際そうなるといいなと思った。

その日はホセと夕食を共にした。またしても、私が寿司を食べたいと言ったので、カルフォルニア巻きがあるレストランを紹介してくれた。そこで「水着を持って来なかったから、一人だけペンションで泳げないのだ」と英語で言ったら、近所の安いスポーツ品店へ連れて行ってくれた。私は「試着していいか？」と定員に英語で聞き、試着している間に、皆は思い思いにスポーツ用品を試着して買う物を見定めていた。私は青のビキニを選んで、皆まだ試着しているから、私も有名なメーカーの靴を試着してみた。かわいいピンクで縁取られた靴にビビッときて私も靴を買うことにした。

帰って、皆でペンションの中央にあるプールで泳ぎ出したら、なんとホセも参加して一緒に泳いでくれた。なんとフレンドリーなのだろう。そして、皆で競争して誰が一番速く泳げるかなど、存分に楽しみ私はバタフライも泳いだ。プールにはジャグジーがあり、温泉につかりながら今日の楽しさを皆で振り返った。

１１月２日。大統領選挙の日。ANTELOPE　VALLER　DISCOVERY　CENTERに訪問する。ロスから遠く砂漠の中であったが、地平線がどこまでも続いていた。２０００年にプロジェクトリターンが開いたグループで、ここは当事者運営でスタッフがすべてコンシューマーと呼ばれる当事者だ。アメリカと日本の当事者がそれぞれ予め持ってきた論文を披露し、秋吉さんが訳して、アメリカの人たちは経験を分かち合うことが出来、何もかも当事者がするから楽しく、いろいろなレクレーションの活動があるが、楽しくエンパワメントが一番良いから、行けなくなることはないと言っていた。その後、昼食をはさんで、BIG　CATの動物園を観に行った。すごく大きな動物園で、いろいろな動物が檻の中で怖そうにたたずんでいた。その後、皆と夕食会を開き、そこの２５歳の当事者の所長がギターを弾いて歌った。

そこで、F君が「酒と泪と男と女」を歌ったけど、日本語だったので、場がシラけたようになってしまい、私はすかさず、ベット・ミドラーの「The Rose（ローズ）」を歌うことを提案した。そしたら、受け入れられて、私は自らを慰めながら歌ったように、

感情移入して見事に暗唱していたので、諳んじて（そらんじて）歌った。その歌の内容は、ちょっと違うかもしれないが、要約すると愛とはいろいろなものに例えられ、それは川や刃物や飢えやたくさんあって、それは犠牲を伴ったりして厳しいものだが、それは私が思うにはあなた自身かもしれない。心は失敗を恐れて行動を起こすことを拒むと結局何もならないし、夢はつかみ取ろうとしないと、結局なにもならないし、人からの行為を受け取れないと人に支えることが出来ず、死ぬのが怖かったら生ききることは分からないままである。苦しいことが多くて、一人ぼっちで長くて、それが過ぎて、絶望に満ちてしまったら、愛は幸せな人にしか訪れないと思うかもしれないが、愛を受け取って、冬に耐えて春になって雪の下から咲くバラになるのはあなただよ、という感じのもので感動的だ。歌い終わったら、前の方で聴いていた黒人が泣き出して、そのうち、全会場が涙と感動の渦と化した。これは日本から

ローズを歌うところ

来た全員が気に入って、お別れ会に歌うことになった。そして、皆、思い思いに「AMAZING GRACE」など歌いだして散会となった。その時の宿は地方の簡素な宿で、日本からの女の子と寝ていて私はぐっすり寝てしまっていたが、真夜中にドアを何回もドンドンと叩く者がいて、もし私たちのどちらかが開けていれば私たちの命は無かった。

　１１月３日。ペンションで荷造りして、またロスへ戻るため車に乗った。私はフレッドの助手席に乗り込んでずっとロスの当事者活動を英語で聴き出してメモした。フレッドは BOARD　CARE という年に 800 ドルしかかからない病院じゃないけど、家を経営しているそうだ。

　そして、CASRA 参加。この日、カリフォルニア州は PROPOSITTION63 という法律を勝ち取ったので嬉しそうだった。でもカリフォルニアではケリーではなくブッシュが勝ったのはいただけなかったそうだ。それは精神科関係の医療従事者や当事者が入り混じってディスカッションする大会で、素晴らしいホテルだった。私達は持ってきた論文を発表して、何人かのアメリカ人に質問された。

そして、昼食会で、それはビュッフェ形式で好きなものを取ってよく、私は大量にある料理からスパゲッティなどとって、MFT という離婚や家庭問題の解決のライセンスを持った人のグループに座った。そこで、メンタルヘルスアソシエイションという組織があり DISABILITY BENEFITS という政府が障害者に資金を提供する法律があることを知った。1987 年に権利擁護の法律が出来た。

　その日は、近くのホテルに泊まり、ホテルの部屋の写真を S さんに撮ってもらって、一緒に同行した、現地のサービス提供者と夕食を共にした。私は英語で「どんな料理がお勧めですか？」と聞き、彼女は「フリッジ」と言って、スパゲッティの麺が小さくてクルクルとなったのが美味しいよ！」と行ったので、日本の彼女と

CASA ホテル

一緒に頼んだ。しかし、F 君は幻聴が聞こえたと言って、食べずに帰り、部屋で危険なお風呂の入り方をしていて、同伴の男性が一緒に早く帰って、止めた。私は日本の彼女と同行した彼女とリッチな食事を楽しんだ。

　１１月４日。CASRA ２日目参加。朝はバイキングで、料理長が「卵料理はどんなのがいいか？」と聞いてきて、皆、英語で分からないから私が訳して「皆聞いているよ！」といって、ゆで卵や、目玉焼きやいろいろなものを、目の前で料理してくれるものだったが、皆スクランブルエッグを選んだ。

　この大会は精神福祉協会が主催しており主に健常者である人々によって開催されていて、自由に聞きたいブースに入って、話を聞いていいということだったが、もう英語だらけで面白くなかったので、途中で抜け出して、サクラメントのベニスビーチへ行って、フレッドが働いていた、店を見たが、そこは FRESH START CAFE といい自立生活維持プログラムがあり薬物ケアがあり、住宅を提供するシステムがある。

　１１月５日。午前にカロリーナアイランドを訪れた後、Village を訪問。ここは、当事者や医療従事者が同じサラリーで働くところだ。日本では全く考えられないが、ある意味、理想的かなとも思った。病院解体政策によって、ホームレスになった精神障碍者を連れて来て、お風呂に入ったり、服を貸して洗濯したり、メールや電話を貸して一

般人と変わりなく過ごせるシステム、DROPPING　CENTER があった。安く食事が出来、１ドルで当事者が作る食堂があった。また、地域へ行って仕事が出来るようにするプログラムもあり、実際に卒業した人の写真が飾ってあった。当事者の方が優しく案内してくれて、とてもいい雰囲気で、これらのことは、代表者のＵさんが疲れたので、全部、私が通訳となって聞き出したことです。その人に何時間働いているのか聞いたら必要であれば駆けつけないといけないから決まっておらず、実際にケースワーカーは現場に出て留守だった。皆で記念撮影をして、お別れの挨拶をした。

　それから、ホームステイに入り、私はコンドミニアムに住んでいる女性の家に泊まることになった。猫が飼ってあった。コンドミニアムとは賃貸でなく所有権のある共同住宅でアメリカの呼称だ。彼女は病気ということで安く入れるところに暮らしていた。私は日本の女性はあまり英語が出来ないということで、皆の勧めでその子のホームステイ先の女性とずっとホームステイ中は同行することとなった。Signal Hill Park に夜に行き、素敵なロングビーチの夜景を観て感動した。大きな貨物船や橋や港がライトアップされていてそれはキレイだった。

　１１月６日。ホームステイ先の彼氏の黒人が Naples Island（ネイプルアイランド）で Kayak（カヤック）で一周することを提案した。そのネイプルアイランドはロスでも有名な観光名所で、島を囲んだ運河に、綺麗な街並みがたたずむとっても素敵なところだ。私は英語が話せないため、私のホームステイ先と同行していた日本から来た女の子と一緒に参加した。スタートする前に、係員に「Can you swim ？（泳げますか）」と聞かれたが、すぐに「I can swim.（泳げます）」と答えた。それでセーフティジャケットに身を包み、胸の中央にはデジカメを乗せて、出発した。

　ところが、教えてくれるはずの黒人が、恋人の「足が痛いから帰る」の一言に、「僕も帰る」と言って、出発してから５分もしないで帰ったから、私と日本からの彼女と二人っきりになった。私は幼いころから、全てのスポーツに興味があり、全て知識を身に着けているから、もちろんカヤックも論外ではなく、全くの初心者だったが周りきる自信があった。ただ、小さな頃は、サッカーとハンドボールは盛んではなくて、テレビで放映されてなかったため出来ないままだ。それで、彼女に「せっかくロスに来て、カヤックすることないから、二人で漕ぎ続けないか？」と提案した。彼女はその知識は持ち合わせてはおらず、私の自信は知らなかったと思うが、素直に賛同した。それからズブのド素人のカヤックが始まった。私達はネイプルアイランドがどれくらいの大きさかは知

らなかった。私は素人が速く漕ぐと溺れることを知っていたので、ゆっくり漕ぐことを提案した。でも彼女が初めてだったから、基礎から漕ぎ方を教えて、彼女がバランスを崩して倒れそうになった時は、すかさず「こうやって漕げば大丈夫よ！」と二人で声を掛け合いながら励まし合い漕いでいた。そしたら、彼女は余裕が出来てきたのか、いつしか二人の会話は談笑へと変わっていた。「ネイプルアイランドは大きくてキレイだね！」と二人で周りの景色を見る余裕も出来てきた。彼女は何回か危ない場面があったが、すかさず、私の助言で一度も溺れることは無かった。もちろん私はゆっくりと両手でオールを交互に交差させながら、水面を押し、ゆっくりと漕いで危ない場面は一度もなかった。全く島の大きさは知らないままだったが、１時間漕いでも、スタート地点と同じゴール地点に辿り着かないことに、少々、彼女が不安がり出した。でも私はその度に勇気づけ「大丈夫だよ！このまま安全に漕いでいったら、ゴールに辿り着くよ！」と何回も元気づけた。後で地図を見て分かったが、この島は相当、大きいものであった。そりゃ、辿り着かないよ！と後で思った。そして彼女はその勇気づけに元気をもらったのか、どこにそんな余裕があったのか、なんと私の漕いでいる写真を撮ったのを、その年の年賀状代わりのメールに添付してきた。彼女はそんなにも感動したのだろうか？

　そして、景色を眺めながらゆっくりと漕ぐこと２時間。ようやく、ゴール地点の黒人が待っている姿が見えだした。私は、彼女に「あともうちょっとだよ！」とまたしても念を押して、ゴール地点へと辿り着いた。その時ばかりは、カヤックを提案した、黒人が泣いて喜んだ。それは、そうだ！普通、私でなければ、ド素人はこの島をカヤックで周る間にとっくに溺れていた。黒人は最後まで無事に帰って来るかどうか？不安でたまらなかったそうだ。何かあったら黒人のせいである。私達二人は、かえって現地の人がいなかったことで、楽しくカヤックが出来たから、途中で帰った黒人を責めることはなかった。そのあとの会食は特別に盛り上がった。島の近くにはいっぱいレストランがあり、ホームステイ先のお勧めのスパゲッティを何杯もおかわりして食べた。今も楽しい思い出だ。

　１１月７日。ホームステイが終わるので、ホームステイ先のコンドミニアムの中央の温泉になっているプールに皆でつかることを、私の彼女が提案した。それで、私たちはもう一人の女性や皆でつかることにした。私はロスで買ったビキニを着て、楽しく談笑しながら、このホームステイの間のことを皆で振り返った。それは、ジャグジーみたいになっていて、心地よい露天風呂だった。

それから、お別れ会をVillageで行った。どうしても一緒だった日本人の女の子が「ローズ」を歌いたいと言うので、私は始まる前に、一緒のホテルで寝ていたので、一生懸命にアルファベットで一語一句間違えずに、紙に書いて、意味も丁寧に教えた。そして、「AMAZING GRACE」も同様にした。そして臨んだお別れ会は、とても素敵で、それぞれのホームステイ先の人と一緒に座って、いっぱい地元の料理を振舞ってくれて、終りに、日本人全員とビルとで「ローズ」や「AMAZING GRACE」や「上を向いて歩こう」などを歌った。またそれぞれ英語でスピーチして、２週間お世話になったことの感謝を伝えた。そして、記念にCDを２枚ずつ頂いた。今も聴いている。いよいよ明日はロスを離れる日だ。私達が泊まっていたペンションでは最終的な荷物確認の作業に追われた。

　１１月８日。いよいよロスを発つ日だ。ビルとホセが空港まで来てくれたので挨拶とハグをして丁寧にお別れを言い、記念写真を撮った。空港では長くフライトまで手続きがかかり、ドルを日本円に交換して、免税品店で大量にショッピングして、またフライトまで長時間待たされた。その間、私たちは「本当にアポロ１１号が月に行ったなら、今頃、月旅行は何回も行われているのでは？」といろいろ議論を楽しみながら待ち、いよいよフライトだ。

　機内に入ったら、なんと私だけ通路を挟んで別だった。これには完全に日本人のグループとは疎遠となってしまった。そして、昼のフライトだったため、全く眠くなく、ちょうど夕食の時間になったら、飛行機の窓が全部シャットダウンさせられて、機内食が配られた。なんとも豪華な夕食だったが、その中で、プリンかアイスを選べた。通路を挟んだ隣の男の子が分からなかったから、英語を訳して聞いてみた。そしたらアイスがいいとのことで、私もアイスを選んだ。

　そして、アメリカ時間では夜だが私は眠れなかったため、映画を観ることにした。何本か宣伝を観て、「天国の本屋～恋火」を選んだ。これはこの年の６月公開の映画で、元となる本があって、それは独自の宣伝方法でロングセラーになっていて、それの待望の実写化だった。それは竹内結子が一人二役を演じ、舞台は天国で、竹内結子は生前、花火の事故で片耳が聴覚を失ったピアニスト翔子で、玉山鉄二扮する、翔子に憧れる本屋のアルバイトのピアニストに助けられながら、本業のピアニストである仕事に目覚めピアノ組曲の１０番の「永遠」を完成させようと試みる。その頃地上では、同じ竹内結子演じる姪の香夏子が長らく中断していた、翔子の聴覚を奪った花火を上げた、恋人の瀧本（香川照之）に伝説の「恋する花火」を打ち上げるよう説得する。そして、天国で

組曲を完成させ、地上から伝説の花火が打ち上げられた時、奇跡が起きる。天国とこの世を、恋人の翔子と瀧本が何度も行き来し、まるで死別した私の先生みたいだと、観終わった時には感動して、涙が止まらなかった。ぜひ、この映画のようにこの私の本に感動する人がいたら、実写化して欲しい。

そして、それを観終わって、仮眠をとった頃、成田に着いた。私は疲労のため皆でホテルを１泊したが、荷物ごとこけてしまった。

ここまで、ロスの体験を載せてきたが、今、カルフォルニア州はアメリカ最大の１５万人のホームレスを抱えていて、ニューサム知事が、コロナ予防にこの人たちもケアすることを提案しても、差別で受け入れる病院が無く、ホームレスは「家が無いのにどこに避難するのか？」と抗議している。アメリカは学資ローンといって、日本のような学校環境が整っておらず、返せないから、４千万人のホームレスがいる。それは、５年前のデータだから、今はもっといる。今の日本も、奨学金制度を民営化したため、返せなくて「奨学金破産」が１６万7000人いる。それは３年前のデータだから、いまはもっといる。日本は刑務所の民営化もあり、もうアメリカのように貧困国となっている。アメリカでコロナが収まらないのも、日本のように皆保険がなく、金持ちしか治療出来ないのが現状だ。カルフォルニア州でこんなにホームレスが集中しているのは、私が体験した、制度や設備は崩壊し、皆、ホームレスになっているのだろうか？いささか心配だ。

また、今年の６月２５日にカリフォルニア州知事が「財政非常事態」を宣言。

アメリカで最大の人口を抱える州がコロナで困窮化している。私と先生が旅行した、思い出の地が「もうダメだ」と嘆いているのは悲しい事実だ。

そして、時差ボケを治すため、寝る事、２７時間。ただひたすら眠り続けた。そして、清掃のバイトの復帰日に出勤した。無事乗り越えられたことに、Ｋ課長も感動し、写真が出来た時に、一緒に談笑しながら会食した。Ｋ課長はこの時以外も、給料日や記念日には必ず、私が清掃のバイトが昼に終わる頃、「濱かつ（はまかつ）福岡天神店」などに連れて行っていただいて豚カツなど、昼食をおごっていただいた。楽しい思い出だ。ロスの写真は、課長は興味深く聞いて、とても喜んだ。

そして、それが、２年くらい続いた後、私は作業所には行っていなかったが、地域支援センターというところに、仕事が無い時などに行っていて、そこの施設長から、「女性のピアスタッフを探している」と聞いた。ピアスタッフとは、当事者が当事者を支援する仕事で、「ピア」とは「同じ立場」という意味が含まれている。これはガン患者が

ガン患者のために働く時にも使われて「ピアサポート」は浸透しつつある。やはり、同じ立場でないと分からない悩みも多くあるのが現状だ。私は月刊ぜんかれんでそういう仕事があると知っていて、ピアカウンセリングには大いに興味があった。両親が賛成したので、課長とは別れたくなかったが、面接を受けることにした。そしたら、ロスに行った活躍が評価されて見事、ピアスタッフとなった。課長にはその施設の清掃を案内し、施設長が賛成していただいたので、時々、清掃で楽しく会話し縁は続いた。

　また同時に、「ギターサークル」「絵画サークル」「就労サークル」「英会話サークル」を立ち上げて、どれも人気だったから、それぞれ参加者が多く盛況となる。

　また、百道浜（ももちはま）という所で昔「よかトピア」があったところで、海水浴場が出来ていたから、ちょっと都会の海なのでゴミが多かったが、皆で海水浴をして、水泳をして泳いだり、皆で目隠ししてスイカ割りなど楽しんだ。皆で「そこを右、イヤ、左」などと言って、センターのほとんどの人が参加して、記念撮影などをしてこれがその時、

スイカ割り

割れたスイカを私が切る様子です。このスイカはＹ君が実家から差し入れた自家栽培のものだ。他にも写真はあるけど、一人で映っている後ろ姿のこれを載せます。

　そんなある日、２００５年３月２０日に「今日はセンターに行きたくないな」と朝にシャワーに入っていたら、福岡県西方沖地震が起こった。西方沖を震源とするマグネチュード７の地震だった。私はお風呂場でもう裸になっているため、家から出れずにずっと激しい揺れだったが「この揺れが止まりますように」と念じながらシャワーを続けた。父と母はすぐに家から出て、近所から「大丈夫か？」と半ば心配か冷やかしか分からない人が来て、あれは何分だっただろうか？相当に長く、およそ７分強い揺れを耐えた後やっと、揺れが止まり、私も着替えて家から出た。家は壊れなかったが、この時、福岡市全体、特に海の中道海浜公園など、かなりのビルや施設が甚大な被害を受けた。

　そして、すぐに「センターは休館します」と連絡があり行かなかった。その時、弟は熊本から福岡のソラリアプラザに来ていて、全員出されて警固公園にいた。弟は「怖かった」と恐怖体験を話して２泊した。

そして、それが１年経った頃、施設長が交代するというので、新しい施設長になった。私はその人と、面識があったため、初めてではなかったが、福岡市役所の催しで、私が携わっていた会社の本を一晩、預けた時に、帰って来た本が足りなかったので、私の減収となった。これに不信に思った私は、その頃からだろうか？当事者とはすごく仲良かったが、スタッフからいじめられるようになった。

　しかし、そうはいっても施設長以外はスタッフもメンバーも優しかったため、よく研修などに参加させていただいた。そして、ある年のお正月近くに県庁で施設のスタッフ全員参加する研修があった。終わった後、ピアスタッフは皆、疲れたと言って帰ったのだが、私と他のスタッフで、東公園近くにある「十日恵比寿神社（とおかえびすじんじゃ）」の「正月大祭」に参拝することになった。それは８日が「初えびす」で９日が「宵えびす」で１０日が「正大祭」で１１日だったので「残りえびす」となった。「福岡懸神社誌」に「香椎宮社家の武内平十郎が博多に分家し、紙屋と号して商売を営んだ。天正一九年（一五九一年）恵比寿大神の尊像を拾い上げたる地に御社を立て氏の神と家運大いに栄えた」とあり、また竹内文書「十日恵比寿神社記録社」には「毎年正月十日恵比寿ととなえて、自身でお供えして拾い上げたところで御神酒をささげた。これが知られて次第に参拝する人が多くなって繁盛した」とあり、いまではすっかり商売繁盛の神様として有名となり、九州中から参拝に来る。

　そこの「残りえびす」で参拝して、祈った後におみくじを皆でひいた。そこには「招福御守」とあり中に「このおみくじ　それぞれに納められているえびす様は商売繁盛、だいこく様は福の神、鯛（たい）は目出たい亀は金運長寿、小槌（こづち）は除災開運、小判と古銭（ふるぜに）は宝が満つる財布のお守りとなります。どうぞ常に身につけて大切にお持ちください　十日恵比寿神社」とあり、私は金の小判が中にまた入っていて当たった。小判なので宝が満つるのを期待して、今も大切に財布の中に入れて、持ち歩いている。他に、だいこく様やえびす様が当たった人もいた。もう出店も片付けに入っていて人は少なかったが、このおみくじをひけたことに皆で感動して楽しい思い出です。

　そして、私自ら企画した、バザーに母はミトンを自ら、３０個も作って貢献した。そのミトンは今も家にある。が、しかし、肝心の私が当日付近に補されることになって、私はバザーに参加せず、２週間休んだ。

　この時ばかりは、そのまま辞めようと思ったが、私も両親もまだ出来ることがあるのでは？という気持ちで再開した。それからもいじめは無くならなかった。

また、毎年、クリスマスパーティーが開かれ、私はその度にサンタの格好をして皆の前でギターを演奏しながら、皆で歌った。その時の写真です。そこでピアノの伴奏でSMAPの「らいおんハート」を歌う男性の歌詞を聞いて、私と先生のことだなとしみじみ感動しながら聞いた。私もピアノの伴奏で「アメイジング・グレイス」を歌ったりした。ギターではスピッツの「チェリー」や「空も飛べるはず」やビートルズの「レ

サンタの格好のギター

ット・イット・ビー」やベン・E・キングの「スタンド・バイ・ミー」などを弾いた。左利きのT君が上手で、左利き用のギターを特注で持っていていつも伴奏をリードしてくれた。

　皆と、バスツアーに参加して、日本一南端の、梨狩りを日田でしたり、黒川温泉へ日帰りで行き、皆で温泉につかった。その時、雪が降っていた。露天風呂の珍しい光景だ。また湯布院にも日帰りで温泉につかり、チャリで散策して、いっぱいお土産を買って帰った。阿蘇の小国町の「やまなみハイウェイ」もバスで通って、雄大な景色を堪能して、その上で皆で景色を見下ろしながら、昼食をとった。今は熊本地震で、どうなっているか不安だが、どれも貴重な楽しい思い出だ。

　また、丁度その頃、同じ病院に通っていた、Oさんに薬の相談を毎晩のようにしていた。彼女はお兄さんも病気で、なんでも私のように働きたいとのことだった。私はその度に、真摯（しんし）に電話相談を個人的にもして、毎回、就労サークルのイベントにはすごくおしゃれして車に乗って来て参加していた。そして、とても仲良くなったので、お正月に志賀島へ行かないか？と誘われ、彼女の車に乗ってでかけた。その時は、海の中道（うみのなかみち）という所を訪れ、その中でももっ

志賀島の海

とも有名な海浜公園を訪れて動物と戯れ（たわむれ）たり、いろいろ観覧車にも乗った。そして、玄界灘の方の海岸線まで出て、いろいろ病気で苦しんでいることや、いかにして克服して働くかをビーチのベンチに座って語り合い、記念写真も撮った。これがその時の写真です。本当に海岸線がどこまでも伸びてキレイな所だ。彼女は私の相談のかいがあってか、薬も少なくなり、現在、保育園で働いている。ほんとに相談に付き合って良かったと思っている。

　センターではよく「海の中道マリンワールド」を皆で訪れて、イルカショーを観たり、会食したり、海洋生物を観て楽しんだ。ここも福岡の有名な観光スポットだ。よく、博多ふ頭から連絡船で行き、船に乗る時に、出るかどうか分からない天気の時に外人に英語で「この船はいつ出るか？」と聞かれ、「今日は恐らく出ない」と答え、私達も列車にしたことがある。また、今は福岡中央郵便局の前から直通のバスが出ていて、それで行ったこともある。いい思い出だ。

　そして、新しい施設長で1年経って、それでも私に対するいじめは無くならなかったので、私の絵画サークルの皆の絵を、福岡空港で展示していただいた頃くらいに、両親も私も嫌になり、理由は言わないで、そのまま、休んだ。それは、離職とは理解されず、新しい施設長が「また来て欲しい」とファックスや手紙があったが、とうとう行くことは無く、退職決定。

　この頃から、絵が得意だった為、舞鶴公園の桜や、太宰府天満宮の梅や、筥崎宮あじさいまつりの「参道花めぐり」に入館して、何度も足を運んで絵を描いた。

　また、その頃に父と母と3人で天神へ出かけた。私はイムズの島村楽器で2代目のギターを買いたいと言うことで、いっぱいいろいろ弾いてみた。その中で、父が「一番音色がいいよ」と言ってくれたから、歌の上手い父に狂いはないと、少々高かっ

筥崎宮あじさいまつりの紫陽花

たが、YAMAHA の APX700 というエレアコを買った。エレアコとはエレキギターの要

素が入った、アコースティックギターで、本当に音色が良かった。今、世界中で売れているのは YAMAHA の楽器である。海外の楽器ではない。そこで、シールドを買ったが、アンプやエフェクターやミキサーは、近所に音が響いたらいけないからと反対され買わなかった。たびたび、説得したが最後まで両親は許可してくれなかった。だから、本当はいけないけど、電池を入れっぱなしにして、弾いていて、名古屋でダメと知ったから、今、アンプに通して機能するか不安だが、私は初代の Hotaka の Morris Model HF‐201 と共に、2 台のギターを大切にしている。島村楽器でギター教室がある日は、必ず持参して参加して、一生懸命、本当に勉強した。

そんなある日。地下鉄馬出九大病院前（まいだしきゅうだいびょういんまえ）の駅で待っていたら、大切そうに封筒に入れてある、書類を見つけた。おそらく、書類であるため、無くすといけないだろうと、駅員さんに届けた。後で分かったが、それは重要な契約書で、落とし物を取りに来た人が泣いて喜んだそうだ。こういう目に見えない徳を積むことを「陰徳（いんとく）」と言う。お礼の品は何もなかったが、泣くほどだったなら届けて良かったし、私でなければどうなっていたかは分からない。このように、落としても見つかるのは日本だけだ。

また、島村楽器では毎年、素人がプロになるための、登竜門のコンテストコンサートがあった為、必ず参加した。楽器を買った時、担当していただいた H 店長には、個人的にレミオロメンの「粉雪」の弾き方も教えていただいた。ただ、引っ越す時は訳を言わず、コンサートを不参加にしてしまったため、現在、H 店長は存在しない。訳を話せば良かったか？

そして、母は略礼服（りゃくれいふく）を買いたいということで、彼女の料理と術後が良く、もう太っていたので、大きなサイズを売っている、大丸まで行った。彼女は店員さんに勧められるものを、何着も着て、その度に私たちに「どう？似合う？」と聞いてきた。それで、あれは何着目だっただろうか？父も私も「いい！」と言った、8 万円するものを買った。ほんとうにおしゃれで似合っていた。それは、津島に引っ越してから、何回も着ることとなる。

その頃から、もっと本格的なパソコン教室に通いたいという私の気持ちで、少々、高い授業料だが、ワードからエクセルや、パワーポイントやアクセスなど顧客管理の仕方も習い、資格も取った。

しかし、私は病気があるため、いくら資格があるからといって、雇ってはくれないだ

ろうと、勝手に思い込み、デザインやホームページが作れるコースを更にとった。それは、illustrator（イラストレーター）や Photoshop（フォトショップ）やドリームウィーバーを習えるものだった。後に名古屋に引っ越して同じ教室に通い料理のホームページをF先生から丁寧に教えて頂き作りました。そしてその教室がなくなったから、別の教室に通って、新型コロナウィルスで私のコースがなくなり、3月いっぱいで辞めることとなる教室のN先生にもたくさん教えて頂いた。貴重な体験だ。今は違う教室に通っている。

そしてこの間、よく貯めたお金で、母と東京を旅行した。母は楽しそうだった。こんなに楽しんでくれるなら、やはり助けて良かったなと、しみじみ思った。お台場、浅草寺、東京タワー、国会議事堂、皇居、靖国神社、後楽園跡地、増上寺、渋谷、原宿、表参道やいろいろなところへ行った。

中でも、徳川家の菩提寺の江戸城の裏鬼門の増上寺を参拝してい

お台場のレストランでの私

る時に、大量の旅行集団が来て、徳川家のお墓を特別に見せてくれるとのことだった。歴史にすごく詳しい母は、どうしても見たいと言い出し、二人で、私たちくらいだったら分からないだろうと、その旅行集団に紛れて特別な鍵のかかっているところを見せていただいた。和宮や第十四代将軍徳川家茂（とくがわいえもち）はじめ、数々の歴代将軍がとても立派なお墓に埋葬されていた。母はとても感慨深く、その日の帰りの飛行機はよく間に合ったなというくらいぎりぎりの搭乗だった。

また、靖国神社ではお金をそれぞれ払って、境内の中に入ってお祓いをしてもらった。私は当時、神社の習わしには無関心で女性の本厄など、全く知らなかったが、ちょうど本厄の歳のお祓いだったので、後から思えば、災難な年だったなと振り返っているが、それでも生きているのは、靖国神社でお祓いをしたためだと解釈している。それくらい効果があった。母は御朱印を集めていたので何回も靖国神社へ行き、行くたびに書く人が違うからその違いを楽しんでいた。

国会議事堂では、隣の国立国会図書館でいろいろな体験をし、母はどうしても本を買

いたいと言い、気に入った本を選んで、帰
りの飛行機で熟読していた。

　また、鹿児島も旅行し、JR鹿児島中央
駅近くのかごしま中央ビジネスホテルに泊
まり、部屋にマッサージチェアがあったの
で、何回も乗って疲れが取れ、ぐっすり眠っ
た。まだ九州新幹線は出来てなかったが、
第11代薩摩藩主の島津斉彬（しまずなり
あきら）が祀られている照国神社でお参り
をしたり、この方は、今の国旗を幕府に提
案した方でお守りを買い、たった一人で島
津斉彬の功績を讃えるミュージアムに入っ
て全部の上映映画を堪能した。その後、西
郷隆盛の像も見た。そして、ホテルに帰り、
あくる日、午後5時の出発の新幹線まで時
間があるとホテル長に話したら、「鹿児島市

クリスマスの羽田空港の私

には観光バスが500円で市内を一日かけて一周するサービスがあって、2コースある
から、どれか選んで乗って見学して帰るといいよ！」と言われて、早速、問い合わせた。
西郷隆盛が自決した城山と西郷隆盛が祀られている神社を周るコースに別れていた。私
は迷ったが、西郷隆盛の本は何冊も読んで十分に歴史を語れるくらいだったので、神社
を周るコースにした。当時大河ドラマで「篤姫」があったから「篤姫ミュージアム」も
見学して波乱な生涯に感慨深く周り、江戸城無血開城（えどじょうむけつかいじょう）
は篤姫と西郷隆盛により、成り立ち、江戸は火の海になることはなかったことなど様々
に学んだ。

　また西郷隆盛が眠る南洲墓地がある南洲神社もお参りし、お墓ではちゃんと祈って、
そこに西郷南洲顕影館があったから一人で見学して、西南戦争の悲惨さを目の当たりに
して、そこにしか売っていない本の「西郷南洲翁遺訓（さいごうなんしゅうおういくん）」
という本はすごく難しい西郷隆盛の残した言葉の漢文で出来ていて難解だが、私の宝物
となる。それは庄内藩士によって作られたもので、今日もベストセラーである。庄内藩
とは今の山形である。どうして、山形の人がまとめたかというと、戊辰戦争三強といわ

れた、長岡藩と会津藩と庄内藩が降伏したのは、明治元年九月二十六日であるが、この前に、江戸市中取り締まりの任にあった庄内藩が、慶応三年十二月二十五日に江戸薩摩藩邸を焼き打ちにしており、報復処分を覚悟したが、官軍参謀（さんぼう）黒田清隆（くろだきよたか）は、極めて寛大な処置をとり、武士道にのっとり、降者に恥辱を与えることはしなかった。後日、このことが西郷隆盛の内示（ないじ）によることと知った庄内藩の幹部たちはじめ全員が西郷隆盛がいる薩摩藩に集結して、これを温かく、もう下野していた西郷隆盛はじめ皆、歓迎し私学校をつくった。そこで聞き集めた西郷隆盛の言葉を残そうと立ち上がったのが庄内藩だからである。まだまだ歴史を書きたいが、これは私と先生の恋愛小説であるため、割愛させていただく。

　また、薩摩藩はじめ、西郷隆盛は決して、庶民にむごいことをすることはなく、世界一武士道に乗っ取った真摯な藩で人物である。それは、薩摩おごじょの私が言っているから信じて欲しい。今も、鹿児島では郷中（ごじゅう）という、武士道を学ぶ教育が少なくなったが盛んだ。

　この前に、集成館や磯庭園も訪れ、そこで「薩摩のキセキ」という、分厚い本を買って、帰りの列車で読破することは出来なかったが、遺訓の方を一生懸命に読んで帰った。「薩摩のキセキ」は帰って読破した。木曽三川の治水も学んだ。

　また、引っ越す前に、記念に福岡城跡地が桜の頃、開城されたときに、いっぱい写真を撮りに行って、その時、桜をバックに武具櫓（ぶぐやぐら）を撮った写真は、チャンネル桜に取り上げられた。武具櫓とは城がいろいろな櫓を城の周りに造って守るのが定番で、その一種です。現在、福岡城は大河ドラマの「黒田官兵衛」があった時に本格的に復元し始めている。武具櫓は現在発掘が進められて、本格的な櫓だったことが判明したが、現在、復元は計画中だ。

　福岡城で一番有名な櫓は多聞櫓（たもんやぐら）で旧福岡城の４７にもおよぶ櫓のうち、永年の風雪に耐え現在位置を保っているのは、この櫓のみで、構造は南西角にある二十二階建切妻造の角櫓と桁行３０間の西平櫓とから

朝日立つ窓に向かひて今日生きん

舞鶴公園の桜川柳入り

なっている。一般に、多門櫓は防禦（ぼうぎょ）のための長塀であり、平素は倉庫等に利用していたものといわれている。部屋の内部は突き抜けの状態が普通とされているが、この多門櫓は１６の部屋に独立しており、石落としのみで城外を見る窓のない部屋もある。現在は昭和４７年１０月から２年半の歳月をかけて復元されたものです。初代藩主「黒田長政（くろだながまさ）」の頃からあるもので、国の重要文化財に指定されています。一番、桜がキレイな櫓です。

　そうやって、福岡の生活を３人で楽しんでいたが、弟の嫁が裏を真っ白にして年賀状を送って来て、どこに住んでいるかわからなくなり、音信不通になったため傷ついて、最初、母は鹿児島に土地が買えるか、父と父の長男の所に打診に行った。その時、私の病気を指摘され深く傷つき、それは父と母が出会った場所ではあるが、母が八方塞がりの６３歳の時に、全く知らない人だらけの愛知県の薩摩藩が江戸時代に死者を出すほど命がけで治水した木曽三川沿いの津島へ引っ越した。後で、引っ越す前に、鹿児島県連の福岡支部の長に「鹿児島に引っ越したかったが名古屋になる」と告げたら、「それはあなたが一緒に両親について行かなければいけなかった」と言われ、私も同席して元気な姿を長男に見せていたら冷遇も変わったかもしれないと悔やむことになる。また、津島に来てプールが無いことに気づき、遠くまで行かないといけないから、水泳をしなくなった。

　そして、父と母は弟が長女は小学生になるからと、音信不通だったのが、突然、連絡してきて、もう名古屋に引っ越すことを、母は自ら決めており、なかなか言い出せないで、引っ越す直前に告げて、ここで１０年間、今までの苦しかった生活を取り戻すかのように、手と手を取り合って、母がずっとしたかった、家庭菜園を父の庭の大きな石を懸命に取るという、協力もあって、楽しく過ごした。

　父と母にしてみれば、出会った場所だから楽しいだろうが、私は名古屋では盆地なため、福岡より夏暑くて、冬寒いことに耐えきれず、「なんでここを選んだか？」とずっと母を責めることとなる。でも今は都会と田舎が混ざっている名古屋が好きだ。

　そして、母は自分たちだけでなく弟の家族５人分の野菜も作り、「それは辞めた方がいい」という私の助言も聞かず、弟家族が盆と正月に泊まりに来て全員の食事を楽しそうに作り続けおせちも全て手作りで弟家族が弟以外全く手伝わなかった。恐らく私に子供がなかったから家庭的な母は弟家族が大切だったのだ。

　最初の年の正月は伊勢神宮参拝をし、長女は母と二人で長く並んで、木の間をくぐる

とご利益があるという木を、二人でくぐっている。

　そして、その年の２０１１年３月１１日に東日本大震災が発生した。その時、私は名古屋のパソコン教室に行くことにしていたが、キャンセルして、父と母は出かけていて一人で家にいた。何が起こったかはすぐには分からなかったが、遠く離れた名古屋の私の家の階段にある吊り下げ式の電灯が大きく何回も長く揺れた。もしかしたら地震かもしれないと、急いでテレビをつけたら津波の様子が映っていて一気に怖くなった。弟から「大丈夫か？」と連絡がある、幸い私の家は強い揺れを感じただけで大丈夫だったから「大丈夫だ」と答えた。この後、分かったことだがパソコン教室の１２回も激しく揺れ、名古屋市はマヒしていたから、行かないで良かった。そして、だんだんと被害の様子が分かってきて、津波は大津波で、多くの人を呑みこみ、死者は１万５８９９人（２０１９ねん１２月１０日時点）におよび、戦後、最大の被害をもたらした。福島県の県知事選で「福島第一原発所はアメリカ製であるから、これを修復しよう」と唱えた人はスキャンダルを暴露され受からなかったから、そのままとなり、当時の政権による邪魔も入り、メルトダウンをして、福島県は入ることを放射能のため禁止された。しかし、放射能は太陽の光と同じであって、ラドン温泉などに使われているが、かえて体に良い。その理解が国民に無いため、風評被害や空き巣やいろいろな災難に見舞わされた。東京でも強い揺れの為、交通網はマヒして、歩いて２時間かけて家に帰る人など続出した。この時、「スーパー堤防」が完成していたら、被害も東北は少なかったかと思うと、当時の政権だったのは、日本武尊の子孫に与えられた試練かと思う。津波の映像を見るたびに眠れない日々が続いた。

　そして、その翌年からは東大寺見学、法隆寺見学やラグーナ蒲郡（がまごおり）や名古屋港水族館へ皆で行き、その度に法外な値段の名古屋飯をエスカという地下街で全員におごって、それはそれは、姪っ子初め、弟家族全員が楽しんだ。名古屋飯は、ひつまぶしや天むす、きしめん、味噌煮込みうどん、味噌カツ、手羽先唐揚げ、小倉トーストやどて煮や味噌カツや名古屋コーチンが有名。中でも私が名古屋に来て一番に最初に食べたのは「きしめん」でテレビに載った店で食べたので格別に美味しかった。名古屋コーチンとは、愛知県特産である鶏の卵肉兼用種で、「名古屋種」と改名されたけどこの名前で流通している、卵をよく産み肉も美味しくて、肉や卵は高級食材となっているものです。比内地鶏と薩摩地鶏と並んで三大地鶏の一つです。それが料理に入った物は格別な味がします。小倉トーストとは名古屋の一の宮はモーニング発祥の地で、厚めに

スライスした食パンをトーストした後に、マーガリンまたはバターを塗って小倉餡（おぐらあん）を乗せたもので、母は町内会会議でいつも美味しく食べていた。

　そしてその頃、私はまだ先生を思い出して夜に泣いていたので、急に激しく泣きたくなって、病気も悪化して、泣いている私を「あっちいけ」と言う父と母に悲しくて、大泣きしながらお風呂に入り、寝る前も泣いて寝た日があった。その夜の、２０１６年４月１４日に熊本地震が起こった。私は就寝していたため、後で知ったが、それはマグネチュード７.３で本震と余震があり、最大震度６強の地震が２回と６弱の地震が３回発生し、東日本大震災よい強い、国内観測史上最大の揺れとなった。死者は関連死を含んでいないから、少ないが、病院に通院していた老人が行けずにかなり亡くなった。熊本が誇る熊本城も崩壊し、噴火の石が空から飛んで来て、多くの家屋の屋根を壊した他、倒壊したのは阿蘇の橋にまで及び、甚大な被害となり、熊本大学も２０００万円以上に及ぶ設備倒壊となる。

　また、この時に数万年もの間、阿蘇南外輪山にある「免（めん）の石」が神秘的な光景で有名だったが落下して、落下後の空洞が「猫の形に見える」と話題を集めるようになった。これは、私達、熊襲が活躍するのを予言するかのようだ。

　またそれから、長女が中学３年生になる前のお正月に、母が「指導できるから嬉しいと」と私を指したから、激怒して大晦日も元旦もミカンだけで皆と食べることはしなかった。これが最後の帰省になるとは思わずに、皆とお神酒（おみき）で祝うのもせずに、本当に悔いの残る正月を迎えた。母はこの頃、何を思ったのか重いガンに効くタラの為木を垂井の土地にタクシーを使わず、父と担いで電車で行ったため歩けなくなっていた。八方塞がりの年の前の前兆だった。それは後に整骨院で治ることとなった。２日に父が私の部屋に来て「謝るから皆のところへおいで」と言ったので、素直に合流し歓迎された。

　そして、最後の夜に私と弟と長女と次女と「人生ゲーム」をすることになって、私はずっと最下位だったので、「右手でルーレットを回すからいけないんだ！左手で回してみよう」と考えて、ボーナスが「７」だったらもらえるところで、なんと初めて左手で回した。そしたら慣れてないのか、「６」から「７」へかすったようにルーレットが移動しただけで、法外な値段のボーナスをもらい一気に１位になった。このルーレットの回り方に皆が大爆笑して、弟からも「これでボーナス？」と言われ、長女は終わるまでずっと笑い続け、楽しい一夜になった。

　そして、高校受験に長女が入るから、ひょっとして名古屋に来られなかったらいけな

いからと、私は皆が電車に乗る「町方駅」まで一緒にいろいろ放しながら行った。母は歩けなくて玄関で涙を出した。そして、長女が剣道の推薦で修悠館に行きたいことを知っていたので、皆が電車に乗り込む前に、大きな声で長女に「試合はメンタルで決まるけん。勝つと思った方が勝つ」とメッセージを送った。それを覚えていたかは分からないが、見事に県大会まで出場した。そして、見事に修悠館の推薦を勝ち取った。

　そして、その年、弟家族を盆と正月に世話するのが１０年間続いたため、弱い彼女にとってはかなりの疲労だったのだろうか？八方塞がりの歳の７２歳の時に、十二指腸ガンを患ってしまった。患ってからも胃ろうを続け、自宅療養するまで回復し、父と私の献身的な介護に感動し、初めて晴れやかな気持ちで、祖父母からの、真珠と金の結婚指輪をつけて、私があげたバックで診察に行くまで回復したが、私が最後に苦しい学生生活を分かってほしいと「大学の時、大学の裏で泣いたとよ」と言ったら「なんで泣いたかね？」と言って、最後まで私が地域ぐるみでいじめられて、尚且つ、家族の犠牲になったことは分かってもらえなかった。また、先生の存在も知ってもらおうと、「福岡でオリンピック選手になって銀メダルとって有名になった人と結婚したかったのだよ！」と彼女に話したが、「彼はすってんてんになって福岡に来た」と何とも無礼なことを言ったから、ほどなく、名古屋に大きな台風が来て、うちの家は停電を６時間経験し、母の点滴が危うくなり、すぐに立てなくなって、また病院へもどった。体温が３６.５度以上だったらガンが逃げていくからと、体温を高める、黒糖を飲んだり、ガンに聞くタラ茶を飲んだり、イトオテルミーの温熱療法などしていて、順調だったのに何もかも無駄になった。

　そして、それから５月３日の金婚式の翌日は父と母と私とで病室で祝い、令和弁当を美味しそうに食べて、２個母はおかわりして、それはすごく私の記念日です。二人の仲の良さは携帯の下４桁の番号をお揃いにするくらいだった。

　そして、闘病１年２か月目の夏。令和元年８月２日22時18分永眠。危篤の知らせを受けた、父と妹と私とで最期を看取った。心拍数や血圧がどんどん下がるなか、私と妹とで、母の消えていく記憶の中、手を握りしめながら耳元で「楽しかったよ！産んでくれてありがとう！お母さんがいなければ今の私は存在しないよ！」と大きな声で一生懸命に声をかけていたのが分かったか？最後に「はーい！」と力を振り絞って返事をし、他界した。

　彼女の永眠時刻は全部、１と２と８で構成され、最後まで先生の存在は理解してくれ

なかったけど、最期にオリンピックに出ていたら、金メダルをとっていただろうあろう私と、銀メダルだった先生が、8を横にすれば無限大の記号だから、永遠だよとメッセージを体現して残して逝ったように思えた。

　彼女は九紫火星生れで、私が四緑木星生れで、妹が三碧木星生れで、彼女はまさに彼女からすると、大吉の相性の私と妹の助けによって、最後まで家族を構成できたと言っても過言ではないだろう。まさに最高の相性の娘を産んだのだ。また、「桃太郎」の鬼退治にお供したのは、猿と雉（きじ）と犬であるため、酉年の私と、戌年の母と妹は、鬼退治出来る星のもとに産れて、まさにそれを実行できた、最高の組み合わせであった。それを彼女は気づかず他界したが、やはり子供の為だけの人生で終わらないでいたことに、助けて正解だったと今も思って自負している。

　母の葬儀は家族葬で、ただ一人、私だけ納棺師が母のお化粧をしている時、大泣きしたが、あれだけ最期の方関わった、妹や弟は思うところはなかったのかな？と改めて私と母の強い結びつきに想いがいっぱいになった。

　母の財布には「痛みがなく逝けますように」と手書きでかいたメモが入っていて、母はモルヒネなど打たずに、最後まで痛みがなく逝けたことに、本当に望みが叶ったのだと、改めて思う。私と妹は病院から「食べてはいけない」と言われていたが、刺身やお菓子や漬物、私は彼女が育てていた蕾菜（つぼみな）の料理をして差し入れをしていたり、酢玉ねぎの料理の鮭など差し入れを続けた。妹が1カ月につかった差し入れは10万円に上った。それで、弱い母も胃ろうはあったが、1年2か月持ったと思う。

　今から思うと、津島の新居は二人の仲を示すかの如く、白の百日紅（さるすべり）の苗を父が買い、母が紅の百日紅の苗を買い、玄関に対で植えられている。それは全く手入れをしなくなった今も毎年、夏になると咲く。母の苗の近くに私のローズマリーが地植えになってしまい、母の寿命を示すかの如く、父の樹の半分くらいしか育たず、私は度々、両親から「撤去しろ」と言われていたが、新居に引っ越してから離れて福岡に暮らす弟家族ばかり可愛がるから、反抗して一向に応じなかった。これは今も反省している。母が短くしか生きられないかの如く短くなったのは私のせいだ。母には申し訳なかったと、今も毎日、遺言通り氷を供えている。彼女は浄水の氷が好きだった。そして、あの世で成仏するよう祈っている。今年は母の百日紅を大切にする為ローズマリーを切る。

　折しも、私が育った冷泉町には貞応（じょうおう）元年（1222年）、博多津に人魚が打ち上げられ、その大きさは約145.8mというとんでもないもので、鎌倉幕府

に知らせが入って、博多に勅使（ちょくし）の冷泉中納言（れいせんちゅうなごん）が来て、皆は食べようとしたが、占術の博士・阿部大富（あべのおおとみ）が「この人魚は国家長久の瑞兆（ずいちょう）である」とあり、手厚く葬ることに決まった。そこで冷泉中納言の滞在した浮御堂を適地として、そこに人魚を埋めて、龍宮から人魚が来たと見なし寺の名前を龍宮寺とし、山号を中納言にちなんで「冷泉山」として、寺の所在地である冷泉町は、この冷泉山から取られている。龍宮寺の境内には人魚塚があり、本堂内には人魚の絵の掛け軸と共に、人魚の骨が安置されている。明治頃までは、月1回の縁日になると骨を浸した水を参拝者に振舞っていた。しかし、たくさんあった骨は、その後は散逸（さんいつ）し、現在では数本のみ残されている。悲しい現実だ。

このことを考えると、私が冷泉で育った理由もわかるし、私はアマビエ妖怪本人の半人魚であるため、ぜひともまたお祭りを再開して、コロナで苦しんでいる日本武尊の子孫を救って欲しい。きっと神社より必ずご利益があると思う。

　また、私は蠍座産まれであるため、美川憲一の「さそり座の女」の歌詞の通りの生き方をしたのだなと思う。

　また、今の私の生活は、長渕剛の「乾杯」のかしのように続いています。

　また、今はテレサ・テンの歌詞のように、側にいないことは違うが、先生の色に染められ、先生のために人生を捨ててしまった半生だが、それさえも愛おしいくらい、自分が気に入っている。

　またＳＭＡＰの「Dear WOMAN」の「Welcome　ようこそ日本へ　君が今ここにいること　とびきりの運命に　心からありがとう　Welcome ようこそ日本へ　僕らが生きてる時代へ　舞い降りた偶然に　心からありがとう　君が　君でいることが　とても美しい　忘れないでいて　いつまでも　君こそ我が誇り Dear Woman」の歌詞のように偶然にアマビエ本人と生きているこの時代に感謝して欲しい。きっとアフターコロナは素晴らしい世界だ。　これは、アマビエが流行る前の

私が1月に描いたアマビエ

1月に描いた自画像です。

　また、スガシカオの「夜空ノムコウ」の「あれからぼくたちは　何かを信じてこれたかなぁ　夜空のむこうには　明日がもう待っている　woo,woo」の歌詞のように、私が全人類に明日という日を用意し続けている日々が続いている。

　また、私は THE BLUE HEARTS の「リンダ　リンダ」のような人物だったかもしれない。

　また、だれも私の存在を肯定してくれないから、佐野元春の「約束の橋」の「今までの君はまちがいじゃない　君のためなら七色の橋を作り、河を渡ろう」を聴いて、自己肯定する毎日です。

　また、Ｔ‐ＢＯＬＡＮの「マリア」の歌詞にょうに先生との激しい愛を振り返り涙する毎日です。

　また、この本が森山直太朗の「さくら（独唱）」の歌詞のように、またみんなと会える機会になり、もうほとんど死にかけても笑ってくじけなかった私が皆を勇気づけることが出来ればいいなと思う。

　また、イーグルスの「ならず者（Desperado・デスペラード）」という曲があるが、それは「デスペラード」で検索して一番目に出る動画で、歌も訳も分かるが、先生はその通りの生き方をしてきたが、決して「ならず者」という表現はふさわしくなく、彼は正しい道を歩んだのだと、私は生きて証明したい。

　また、中島みゆきの「糸」のように、先生と私の糸で出来た布が、コロナで大打撃を受けて、死にそうになっている日本国民の傷をかばうことが出来ることを祈っている。

　また、谷村新司の山口百恵さんが歌った「いい日旅立ち」のように、先生はずっと私を待っていて、今はその思いを胸に、旅立ちをしようといている。

　また、今はただ中島みゆきの「時代」の歌詞のように、悲しみでいっぱいだった私が、自分自身で自分の事を語れる日が来たのだなと、感慨深いです。これは、今もアルペジオは出来ないままだが、ギターで弾けます。

　ここまで、漫画の世界にしかない、「輪廻転生（りんねてんせい）」の純愛の事実を述べてきたが、「北斗の拳」のテーマ曲の「愛をとりもどせ!!」の歌詞のように「俺との愛を守る為　お前は旅立ち　明日を見失った　微笑み忘れた顔など　見たくはないさ　愛を取り戻せ」本当に彼との愛を守る為に旅立った女が今、生きていることは、にわかに信じがたいと思うが、実際に起きた現実の世界での話である。これは、皆さんには多くの方に知っていただいて、今、コロナに苦しむ現状を照らし合わせて、何故、このよ

うな現象がおきるのか、深く考察していただきたい。私は決して、嘘を載せているのではないから、本当のことを記憶に止めて欲しい。

　まだまだ、私の生活は続くが、最後に私と先生の愛を彩って、先生を励まし続けたJPOPを中心に全文掲載することを決意した。これに賛同いただけたアーティストたちには敬意を表したい。CDではなく本にまとめるのは私が初となるが、私はどこの国の歌よりJPOPが最高だと信じて疑わない。高い著作権を払ってでも、コロナでコンサートが出来ず苦境になった音楽業界を盛り上げたい。私の魂の叫びが皆さまの心奥底まで届くよう祈って、自叙伝を締めくくりたいと思う。

—歌詞引用—

Amazing Grace

１７７２年　作詞 John Newton 作曲不明

Amazing Grace! How sweet the sound

That saved a wretch like me!

I once was lost, but now am found

Was blind, but now I see.

'Twas Grace that taught my heart to fear,

And grace my fears relieved.

How precious did that grace apper,

The hour I first believed.

Through many dangers, toils, and snares.

I have already come;

'Tis grace has brought me safe thus far,

And grace will lead me home.

The Lord has promised good to me.

His word my hope secures.

He will my shield and portion be

As long as life endures.

Yes,when this flesh and heart shall fail,
And mortal life shall cease;
I shall possess, within the vail,
A life of joy and pease.

The earth shall soon dissolve like snow
The sun forebear to shine;
But,God who called me here below,
Will be forever mine.

＜対訳 , 出塩康代＞
偉大なる神の恵み！その響きはどんなに優しいだろう
それは私のように哀れな者も救ってくれた
私はかつて迷子だったが　しかし今は分かる
わたしは盲目だった私が　今は見える

その恵みは私の心に畏れ（おそれ）を教えた
そしてその畏れの神の恵みが実際に現れた
どんなに大切だっただろうか　その恵みが現れることが
その時、私は初めて信じれた

たくさんの危険や苦しみや誘惑があったが
私たちはすでにここまでやってきた
その恵みはこのような危険からはるかに私を守った
そして、その恵みが私を家まで導くだろう

神は私にとてもいいことを約束してくれた
神の言葉は私の望みは確かなものにした

神は私の盾であり　私の一部となるだろう
この私の命が続くかぎり

そう、この肉体と心は滅ぶだろう
そして、滅ぶべき命が終わる時
私は来栖で思いのまま得るだろう
それは楽しい人生と平和です

地球は雪のようにまもなく溶けてなくなるだろう
太陽は光を失うだろう
しかし、手元に私を呼んで下さった神は
永遠に私自身となるだろう

「およげ！たいやきくん」
まいにち　まいにち
ぼくらは　てっぱんのうえで
やかれて　いやになっちゃうよ
あるあさ　ぼくは　みせのおじさんと
けんかして　うみに　にげこんだのさ

はじめて　およいだ　うみのそこ
とってもきもちが　いいもんだ
おなかの　アンコが　おもいけど
うみは　ひろいぜ　こころがはずむ
ももいろサンゴが　てをふって
ぼくの　およぎを　ながめていたよ

まいにち　まいにち　たのしいことばかり
なんぱせんが　ぼくの　すみかさ
ときどき　サメに　いじめられるけど

そんなときゃ　そうさ　にげるのさ

いちにち　およげば　ハラペコさ
めだまも　グルグル　まわっちゃう
たまには　エビでも　くわなけりゃ
しおみず　ばかりじゃふやけてしまう
いわばの　かげから　くいつけば
それは　ちいさな　つりばりだった

どんなに　どんなに　もがいても
ハリが　のどから　とれないよ
はまべで　みしらぬ　おじさんが
ぼくを　つりあげ　びっくりしてた

やっぱり　ぼくは　タイヤキさ
すこし　こげある　タイヤキさ
おじさん　つばを　のみこんで
ぼくを　うまそうに　たべたのさ

「私の恋人、たいやきくん！」
私の恋人　たいやきくん
あるとき海に　逃げこんだ
私もあとから　追いかけて
いそいで海に　飛びこんだ

あわてていたので
少ししっぽが切れたの
ヨチヨチ泳ぎじゃ
とても追いつけずはぐれたの

海は広くて　すてきだけど
たいやきくんが　みつからない

サンゴの林で　みかけたり
ヒラメとふざけて　はしゃぐのを
みつけてシグナル　送るけど
知らない顔して　逃げちゃうの

しっぽがついてりゃ
ちゃんと泳いで行くのに
大きなクジラに
そうよ狙われたら大変よ

コンブがじゃまして　何も見えない
たいやきくんが　みつからない

クラゲにもたれて
少し休んで行きたい
私はもうダメ
足も両手も心もこわれそう

おじさんわたしも　すぐにたべてよ
おなかの中で　会えるから

はじまりはいつも雨
歌　ASKA
君に逢う日は　不思議なくらい
雨が多くて

水のトンネル　くぐるみたいで

しあわせになる

君を愛する度に　愛じゃ足りない気がしてた
君を連れ出す度に　雨が包んだ

君の名前は　優しさくらい　よくあるけれど

呼べば素敵なとても素敵な　名前と気づいた

僕は上手に君を
愛してるかい　あいせてるかい
誰よりも　誰よりも

今夜君のこと誘うから
空を見てたはじまりはいつも雨
星をよけて

君の景色を語れるくらい　抱しめ合って

愛の部品もそろわないのに　ひとつになった

君は本当に僕を　愛してるかい　愛せてるかい
誰よりも　誰よりも

わけもなく君が　消えそうな気持になる
失くした恋達も　足跡をつけて

今夜君のこと誘うから　空を見てた
はじまりはいつも雨　星をよけて
ふたり　星をよけて

瑠璃色の地球
作詞：松本隆　作曲：平井夏美　編曲：武部聡志　歌：松田聖子

夜明けの来ない夜は無いさ　あなたがポツリ言う
の立つ岬で　暗い海を見ていた

悩んだ日もある　哀しみに　くじけそうな時も
あなたがそこにいたから　生きて来られた

朝陽が水平線から　光の矢を放ち
二人を包んでゆくの　瑠璃色の地球

泣き顔が微笑みに変わる　瞬間の涙を
世界中の人たちに　そっとわけてあげたい

争って傷つけあったり　人は弱いものね
だけど愛する力も　きっとあるはず

ガラスの海の向こうには　広がりゆく銀河
地球という名の船の　誰もが旅人

一つしかない　私たちの星を守りたい

朝陽が水平線から　光の矢を放ち
二人を包んでゆくの　瑠璃色の地球

瑠璃色の地球

青春の影（１９７４年６月５日）
作詞・作曲：財津和夫　編曲：TULIP/ 青木　望　歌：TULIP

君の心へつづく長い一本道は
いつも僕を勇気づけた
とてもけわしく細い道だったけど
今君を迎えにゆこう
自分の大きな夢を追うことが
今までの僕の仕事だったけど
君を幸せにするそれこそが
これからの僕の生きるしるし

愛を知ったために涙がはこぼれて
君のひとみをこぼれたとき
恋のよろこびは愛のきびしさへの
かけはしにすぎないと
ただ風にたたずんで
君はやがてみつけていった
ただ風に涙をあずけて
君は女になっていった

君の家へつづくあの道を
今足もとにたしかめて
今日からは君はただの女
今日から僕はただの男

日本国国家　「君が代（きみがよ）」
「君が代は千代に八千代にさざれ石の巌（いわお）となりて苔のむすまで」

おわりに

　私は今、こんなに大好きな先生がいるのに、結婚も出来ず、子供も産むことも出来ず、大好きな水泳のオリンピック選手になることも出来ず、大好きな数学や物理を解くことも出来ずに現在に至っている。ただ、「またあの人と結婚したい」と言っただけなのに大騒ぎして私に大量服薬と長期入院を強いて先生のことも死なせて私の人生をめちゃくちゃにした、弥生人が憎くて仕方なかった。だから、たった一人で彼の死を悼んで弥生人に復讐しようと誓ってきた。

　でも、今は違う。母が他界し、父も介護疲れで介護施設にいるから、たった一人で悲しみにくれて、いつまでも起きている私に、TOKYO FM から流れて来る、SCHOOL OF LOCK のとーやま校長が、それは１０代を励ます番組だが、間接的に私のことも励ましてくれた。彼は教頭がいなくなってもたった一人で 10 代を励まし続けた。今年３月、男性最大の本厄で退任した彼の今後が心配だ。

　また、金曜日の午前１時からのやまだひさしのラジアンリミテッドフライデーで、先生を偲んで泣いている時にやまだひさしの歌の午前５時に流れる、「I'm a radioman」その歌詞の、もう朝になって明るくなるけど、おはようかおやすみか分からないけど、僕の声が届けば君は一人ではないというようセリフに、こんな時間まで起きているのは私一人ではないのだ！決して一人ではないのだと勇気が出て、涙が出てきた。

　また、山下達郎さんは緊急事態宣言が出てから、自らの番組「サンデーソングブック」で「希望という名の光」をかけ、全身全霊で国民を励まし続けた。

　TOKYO FM と言えば、松前重義（まつまえしげよし）という、熊本県上益城郡嘉島町に産れて、東北大学出身で、東海大学創立、国際柔道連盟会長を歴任し女子柔道を創設し、日本で初の民放ラジオの東京 FM を作った人のラジオだ。戦後 GHQ の占領により敢え無く公職追放されたが、その功績は素晴らしいものであった。そのラジオ局に励まされ続けた。でも今は改編でかなり変わった。

　このラジオを聴くとういのは、左脳が鍛えられるだけでなく、右脳も鍛えられて、記憶力がよくなるという最新の研究結果が博士によって分かった。

　また兼好法師（けんこうほうし）の徒然草（つれづれぐさ）に「常住（じょうじゅう）ならむことを思ひて、変化（へんげ）の理（ことわり）をしらねばなり」すなわち「この世が永久不変であると思い込んで、万物が流転変化（るてんへんげ）するという無常（むじょう）をわきまえないからである」（角川文庫）とある。常に世は無常であり、決して同じ形は留めないのである。

ならば、もう二度生死を彷徨っていても、こうやっていろいろな人に助けながら実際にまだ生きていいるのであれば、残りの人生では恨みは捨て許そうと思った。「強靭な精神は強靭な身体に宿る」とはよく言ったもので、私は普通なら死を選ぶほどの大変な道を経験したが、これを乗り越えられるほど、これら二つを併せ持って産んでくれた両親には、改めて感謝したいと共に、奇跡を生んでくれた人たちとして、いつまでも心に留めておくだろう。

　だから、母と先生の功績を世に広めようと、本にまとめると決意して、最初に出版会社に入金した時は名古屋で雨が上がり、二重の虹がかかりまるで天の二人が、私のことを祝福してくれているようだった。二人は偉大な功績を残したのである。それを世に広めることが、大切私をあの世で見守っている二人に対する恩返しではないか？

　東京オリンピックがあるのは、もう何年も前から決まっていたから、それをどうこう言いたくはないが、こうやって、まだ食糧もままならない日本の中、ただ一人大量に食べて大きくなり、嫌いな水泳の選手になり、青春を真っ黒にして、最期は死を選択してしまった選手がいることと、私のようにオリンピック選手になりたくても、なれない人が沢山いるということを認識して、観戦して欲しいと思う。こういうオリンピックの時代背景がもっと浸透して、またこういう選手が実際にいたことが、世に知れ渡っていたら、去年の大河ドラマの「いだてん」も、もうちょっと視聴率があったかなと思うと惜しい。また、東京五輪が延期になって、出られないことになった選手の気持ちが私は同じ立場として痛いほど分かる。しかし、桃田賢斗選手や池江璃花子選手のように不遇に悩む選手の苦しみは痛いほど分かるが延期となって二人は助かった。東京五輪が延期になったのは、先生の名前を削除している JOC と日本国民による、今も日本国民と地球と人類を支えている、先生を亡き者にした天罰であろうかと思う。あれだけ貧しい日本でただ一人大きくなって頑張った選手を皆で忘れ去ったタタリでるかと思う。また新型コロナで、いきなりの中止で大打撃をうけている日本経済は、日本武尊の子孫が産まれ変わる為の最後のチャンスだと思う。神社仏閣ではご利益はないから、この墓を参拝するのをお勧めする。

　また、延期となったことでスポンサーの維持や競技道具の維持に莫大なお金がかかることに、かなり危惧している。

　もし、来年になっても国際情勢が東京五輪を許さなかったら、私は五輪に出られなかった悔しさを晴らすために、もう泳いでないから自信が無いが自ら競技に参加し JOC と

日本国民と日本選手と日本企業のためだけに、東京五輪を開催することを提案する。競技に出られなくても、惜しみなく国民に提案する。

　皆、IOCはロサンゼルスから、オリンピックを商業目的に変えてしまい、開催された都市は全部、環境破壊と貧困に直面していることに気づくべきだ。また、日本の一番暑い時期に、アメリカの都合で行い、どれも決勝がアメリカ時間に合わせて、午前6時開催に疑問を持たないか？競技人生がある私は、午前6時までにウォーミングアップも精神統一も出来ないのは十分わかる。あのまま、東京五輪が行われていたら、日本は二度と日本人が住めない国となっていた。それは、日本立国、当初から神風となって日本を守り続けた私が神風を起こしたと理解して欲しい。決してコロナで沈みそうな日本を台無しにはしない。何度でも神風を起こして見せる。オリンピック後景気がよくなったのはアトランタ大会以外ないし、バルセロナ大会はそれ以後外国の住処となり地元の人はおらず、東京五輪はとても疑問で、今後の日本を大いに危惧していたが、新型コロナでTOKYO2020のロゴも無駄になったのを考えると、先生と私が地球と太陽となって生活を守っていることに感謝しない日本国民のタタリだ。この際IOCはなくていい。出られなくてモチベーションも維持も大変なのは分かるが全選手と出場機会を与えられない全国民と甲子園やインターハイが無く悔しい選手達にも、実際に出場してもらい悔しい気持ちを晴らしていただきたい。

　また、都市伝説に詳しい島田秀平さんが、江戸城跡地の皇居の鬼門に上野の西郷隆盛の像と、裏鬼門の渋谷に忠犬ハチ公があり東京を守っているが、１９４５年８月１４日にハチ公をなくした時、終戦が決まり、１９８９年にもなくした時バブルが弾けてデフレが始まり、日本は負け組になったことを考えると、今度の都市計画ではなくすことになる東京はいかがか？このタタリは恐らくもうハチ公は無いかと思う。

　また、母の葬儀で津島の「一期一会」という破格の値段で写真も生花もばっちりであったが、母が着物を着せて欲しいと言うから、探したが、あれだけ祖母から手作りの着物や、自らも作った着物が沢山あったのに、福岡の生活がよほどショックだったか？全て処分して、残っていたのは棺と似合う色の着物だけだった。私はそれに気づいて、彼女を許せないとかではなく、もっと早くに先生を紹介して、入院ではなく二人で自宅療養して、子供を産んでいたら、また彼女の人生も変わり、決して悲嘆にくれることなく、私達家族全員の運命もまた違ったのではないかと思うと痛恨の極みである。

　この自叙伝は、相続が争続になり、兄弟とは音信不通になり、父も母の遺言書に傷つ

いてあまり多くを語らず、取材に応じて下さったのは、福高等同会と森硝子の森重隆会長と石蔵酒造店と福高の副先生と博多中と福大だ。また、福高の副校長には校歌を詳しく教えて頂き、この場を借りてお礼が言いたい。森会長とは直接、電話で取材出来たことに感謝したい。後は全て私一人私の記憶力に頼っているが、私の記憶力は１００分の１の存在ではなく、７７億分の１の存在で、全てパーフェクトであることを祈っている。

　また、私の学生時代の尊い犠牲によって、私達家族は裕福な生活が出来たことに感謝せず、この私を尊ぶどころか貶めて、母は最期まで私を病気故、恥ずかしい者として扱い、最後まで父と母が造った最高傑作が私自身ということに気づかなかった。だから、一体私の人生は何だったのだろうかと悲しく思う。むしろ家族の為などと、我慢せずどこかの時点で自殺するべきで、また先生が自殺したときも私も一緒に自殺した方がましなくらい死同然の人生である。唯一の救いは日本国民の皆さんがこの本を手に取って、日本史始まって以来の未曾有の大ピンチに「私と一緒に乗り越えよう」と願っていただくことだけで、それが今となっては最後の心の救いです。

　でも、日本一貧困家族を３兄弟で乗り切ったことを思い出して欲しくて、楽しい思い出ばかりを載せた。弟は、天から贈られた天使のキューピットで彼がいなければ、先生との電話も成立しなかったし、大恋愛も無かっただろう。また、勉強以外のいろいろなことを教えてくれる福高に通っていなければ、この先生との愛も成立しなかっただろう。

　そんな大切な福高の有名な体育祭が、今年は自粛で、観覧できるのは３年生の保護者各家庭１名のみとなったことに、大変、悲しみを覚えている。

　また、SPITZ（スピッツ）の「見っけ」というアルバムを聞きながら執筆したが、曲のお陰で「mindfulness（マインドフルネス）」という「心を一点に集中させて心を研ぎ澄ませる様（瞑想）」になり、筆が運び執筆も速やかに出来たことにお礼したい。同じ福岡出身だから、今も応援している。このマインドフルネスのアプリは世界で７５万ダウンロード以上と人気がある。この「瞑想」をすると、脳の海馬が刺激され、記憶力が良くなり、コルチゾールが除去され、すごく健康的になれ記憶力が高まる。

　また、忙しいのに真摯に相談にのって頂いた司法書士の馬淵良一氏に感謝する。

　また、パソコンのし過ぎで、食欲がよくなくなった私に、薩摩芋の紅はるかの焼き芋のアントシアニンが、眼精疲労と視力低下を防ぎ、私を美肌と美腸へと導いた。お腹も満足でき、父が食べていたものはこんなにダイエットに助かり、素晴らしいものだったと、薩摩が私の誇りである。お礼が言いたい。

私が体験した、１８歳から２０歳までの間は、私を素敵な大人へ成長させるほど尊いものだったが、これが１８歳で成人式を迎える若者はどんな大人に育つだろうか？この２年間は非常に大きかった。また１８歳で成人は意味がない。誰がそんな若さで高校だけで、大人の酸いも甘いもかみ分けることができるだろうか？かなり大きな疑問が残る。また、今年、中止や縮小で卒業式を迎えられなかった悲しい気持ちが私は痛いほど分かる。私も奪われた一人だ。でも、その時代に産れたことを真摯に受け止め、どうしてこういう目に遭わないといけなかったかということを私の本を読んで理解し乗り越えて欲しい。また、オンライン授業を出来るかどうかによって学力の差がついていることに危惧している。ぜひ、オンライン化は進めて欲しい。

　今の教育現場は私が体験したのとは全く違い、凄惨ないじめで命の大切さを教えないから簡単に自殺してしまう。また ONLY1 とか言って、小学校から英語を習わせているから、センター試験や学力テストの平均点はのきなみ過去最低を記録し続け、読解力、数学力、歴史力はもう皆無に等しい。小学校から英語をする必要はない。それは結局、国語力も英語力もどちらも身に着かない人物を育てるだけである。国語力あっての勉強力である。勉強とは自らの力で考え、自らの言葉で発する力を身に着けるツール（道具）であって、決していい学校に行くためのツールではない。懸命に両親の中学受験に従っている男子が成績でもめて、親に殺されるという悲惨な事態になっている。NO. 1 になる必要はあるが、ONLY1 になる必要はない。成績順を公表することは大いに勉学を励む原動力となる。ONLY1 ばかり教えるから、簡単にあおり運転で人を殺せるようなだらない若者ばかり育っているではないか？そして、自ら考える力のない、自我ばかりを強調して、協調性のない若者ばかりだ。

　また、今は男女混合で体育をしており、男女間の恥じらいも何もかも全く生まれずに、女性の競技を男性がし、男性の競技を女性がし、体育祭では男女達で皆の前でキスを披露しないといけない学校もあるくらいで、全くくだらない先生だらけになった日本だ。これでは恋に対する憧れはなく結婚はしない。

　ゆとり教育とは日本人が１番のままでは困る輩（やから）が作った、愚民化政策である。π が３とは、いかに夢も希望もないことか？円とは本来は無限で円周率を世界で最初に発見し開発したのは江戸時代の関孝和（せきたかかず）という天才数学者の日本人で、江戸時代は数学が盛んに解かれていて、そのレベルは世界最高峰だった。「円周率の謎を追う（鳴海風著）」にちゃんと載っている。また、今は i2 乗＝－１という虚数が

あり、私の頃には無かったが、これで全ての自然現象が数学によって解けるまでになっている。そんなに頑張った先祖たちが、今の日本人の状況を知ったらどうだろうか？きっと悲嘆に暮れて後悔してもし切れないほど、悲しむだろう！それに加えて３Ｓ政策（スポーツ、スクリーン、セックス）にまんまと陥った日本人は、もはや自らの力で自国のことも考えられないほど重症化して、今、みじめな運命を辿っている。

　ここで聞きたい！「若者よ！本当にこのままで良いか？」老人が死ぬときには地球はあるが、私たちが死ぬ前には、地球は亡くなっているかもしれない。それは、温暖化、海のマイクロプラスティック、猛暑、暖冬、強烈な台風を経験している私達からすれば容易に想像できる。ここでこの国全体が変わらなければもう取返しはつかない。ハロウィンや NEW YEAR で渋谷に集まってどんちゃん騒ぎをしている場合ではない。まあ、そんな危機感を持てないほど教育は荒廃しているが。噂によると、あと１２か月で地球の問題が解決できなければ、私たちは地球を滅ぼした人種として名が残り、全ての生命体を引きずり込んで、地球を終了させてしまうとのことだ。

　浮浪者になるしかない国の人が、森で暮らすから、あちこちで山火事が起きて、今年のオーストラリアの大規模な山火事では、１２億５０００万の動物が死亡し、今は洪水で悩まされているという。北極では、４０℃になり皆、何も感じないか？

　また、愛する先生が「西遊記」の孫悟空のように、三蔵法師の私に仕えて、無事自転を今もさせていて彼が大切に育てた地球の恩恵を授かっている人類がこれ以上勝手なことをさせるのは許せない。手塚治虫の「火の鳥」では男に３０億年の孤独を与えたが、私はたった２千年しか与えなかった。その重大さをよく皆で考えて欲しい。彼は手塚治虫の漫画の「鉄腕アトム」の主人公そのものの存在で少年隊の「君だけに」の歌詞のように私だけを愛するために産れた彼と私の存在とによって全てが奇跡で繋がって彼と私との犠牲によって日本も地球も太陽も成り立っているのに、ここで終了させる訳にはいかない！そんな気持ちでいっぱいである。

　そもそも、地球のように 24 時間で自転する惑星は無く、生命体を育むのに丁度、適していた。宇宙に生命体は存在しておらず、条件が揃わない。それを、先生が 50 億年もかけて作った地球を人類が我が者顔で、身勝手な行動ばかりして生命体が悲鳴を上げており、ゲノムや遺伝子組み換えや F1 といった遺伝子ごと組み替える食べ物を作ると言う、横着なことをしているから、全生命体が人類を生かしてはならないと、生命体全員で人類を滅ぼそうとしている。それを人類は真摯（しんし）に受け止めるべきだ。月

が小さくなって、太陽も爆発が多くなっていることを考えると、恐らく私の命と共にこの世の終了だ。この様なものを食べ続けると死ぬ為、私はお醤油が国産です。

　また、コロナの人間活動停止で大気汚染や海洋汚染が大幅に改善されたのは、産業革命以降の人間の活動は地球の害で、この発明はくだらない証明だ。また、人間活動が戻れば今度こそ絶滅だ。

　また、今は海の温暖化で私のペンダントの珊瑚礁が海水温が高いため白化していき、珊瑚礁は海の森の役割をしているから、それが死滅している。由々しき問題だ。温暖化をこの手でなんとしても止めたい。それが、大切な地球ひいては人類を守ることになる。

　また、モーリシャスでの日本の船の座礁では、大量の重油が流れ出し、もう元のキレイな珊瑚礁には戻れないほど汚染されてしまった。これを元に戻す作業は大変で、こんな罪を犯した会社はどうかと思う。悲しい事実だ。

　また今年の７月３日からの令和２年７月豪雨で甚大な被害を受けている私の故郷が心配で様変わりしていくのが悲しい。収穫前の果物や野菜は二千億円超の被害が出た。一刻も早く上流にダムを作ってほしい。度重なる反対で出来なかったのが被害につながった。これからの梅雨や台風は尋常ではない。肝に命じて欲しい。それは、林業が予算が削除されて、もう間伐をしてないから、今の森は昔のように保水力は無く、すぐに水が流れ出し、たくさんの余計な木が流木となって、下流の住民の生活を脅かすのだ。

　また、曽祖父が経営していた会社の慰安旅行で下呂温泉を訪れた時は、会社名と会長名を入れた、横断幕で大歓迎されたが、今年の豪雨で、下呂温泉自体は被害が無かったけど、それが上手く伝わらず、宿泊を大量にキャンセルされるという事態に陥っていて、風評被害というものは、どこまでも観光や産業をダメにする。

　また。GO TO トラベルで第２波が起こり、逆に自粛が長引き、これではもう日本の経済はリーマンショック以上の落ち込みで、立ち直れないのではないか？２０２０年４月から６月のGDPは戦後最悪の落ち込みで、５月以降、賃金の改善もされていない。そして、派遣社員が大量解雇され、行き場を失い、死と隣り合わせの現状に陥ってしまった。消費税をこの際、無くすべきだがそれも無し。皆、苦し過ぎると思わないか？

　また、この本で白川郷の合掌造りを紹介したが、去年の台風で８割が平屋にしてしまったそうだ。悲しい事実だ。どんどんと以上になっていく台風に対策は急務だ。

　また、９月７日の台風１０号では、私の故郷の九州が甚大な被害を受け、糸島のご神木や神殿が次々と倒壊してしまった。生まれ育った土地がこのような被害を受けるもの、

まことに悲しい。７日４７万５千戸も停電が発生した。まるで、私の故郷が助けを求めているようだ。福岡市は過去に例を見ないほどの最大の避難指示を出した。

　また、今は欧米で中国人に似ているという理由だけで、日本企業や日本人が差別されている。もともと、白人は黄色人種を差別してきたが、そこに拍車がかかっている。これは、由々しき事態だ。この偏見を、この本が覆すことを祈っている。

　また、他の国より、まだ第２波の危険はあるが、コロナが中国に近い日本で、感染者が少なくて済んだのは、毎日お風呂に入り、土足で家に上がらないという「清潔」な習慣と思考によるもので、これを全世界に広めたい。

　また、今、パリで日本のマスク文化が高く評価されている。欧米は同じ単語でイントネーションで意味を区別するため、口が最も重要だから、最近までマスクを拒んでいたが、日本は目が一番大切なため、すでにマスク文化もあったこともあって、マスクはすぐに浸透し、被害も欧米ほどにはならなかった。

　また、自分の本がどれだけ売れるか分からないのに、惜しみなく著作権を払ってまで、邦楽を載せたのは、まだ日本人は欧米では差別されており、日本人がアメリカなどで販売しようとしてもルートがなくお金を騙し取られるだけで、今はかなり良くなりましになったが、この現状を私の本を通して、JPOPが世界一を確証したい。また、それと同時に、このような差別が無くなることを祈っている。しかし、著作権が高すぎて、直前で大幅カットした。こんなに高ければ、日本の歌は偏狂な土地で流行っている、偏狂な歌として、漫画のテーマ以外、一向に世界に広まらないのではないか？

　また、この本のパステル画の鉛筆は母が３０本以上買ってくれた大切なパステル鉛筆で描いています。最近まで嫌がらせをする出版会社と契約していて、思想をチェックしたら、どうりで長い編集機間でやったことと言えば、読んで感想をまとめただけと、劣悪だった為、急遽、他の出版会社を探し、もう大損をしていたので、全て自分で編集するという約束で、安く出版してくれるところを見つけたのが最近で、どうしても今年中に出したいということで、急ピッチで表紙や画像修正やInDesignで組んで自分で編集したから、多少、誤字脱字、表記のゆれ、画像の荒さなどあるが、許して欲しい。

　ちなみに表紙の紫陽花は母が育てていたのを、世話しなかったけど奇跡的に咲いたものです。また落款(らっかん)は大阪教材社の盛喜一輝さんに急いで出版に合わせて作っていただいたものである。

　また、先生は日本武尊の子孫であるため、伊勢神宮にはお参りしているし、特に熱田

神宮は年に何回もお参りしている。

　今は、６０代以上は「日本武尊」と「熊襲」と「日本書紀」と「古事記」は教科書に載っていて、習って知っているのだが、それ以降は、だんだんと削除されていって、私の代もほとんど知らないで、最も若い人たちの知識は皆無である。だから、大切な私と先生との輪廻転生の大恋愛の部分が全く理解できないことが、予想される。ぜひ、これを機に国民に教えるようになっていただきたいが、分からなかったら、自分で検索して、学習してからこの本に臨んで欲しい。これらは、大切な日本のルーツであるため、作家としてデビューしたあかつきには、このことについてだけでも、また１冊書いていい。

　また、淡竹が咲いたことで、飢饉に対して、日本国民全員で備えて欲しい。世界のバッタの襲来やダムの決壊による洪水などみても、飢饉になると想像できるだろう。また日本の農家や漁業は今、苦境に立たされており、実際に作物が出来ても流通しない。また、これまで外人向けのイバウンドに頼った高級野菜を作り続けており、肝心の日本人は地球の裏側のブラジルから運ばれてきた安い野菜を食べるという、なんとも矛盾した現象を直したい。インバウンド事業の終焉（しゅうえん）だと思う。これからは自国民のために自給率１００％を目指して欲しい。そのためには若者の農業や漁業への偏見を是正すべきだと思う。

　また、私は、海のプラスティックを抽出して、プラスティックと水と塩に分ける装置を開発して、海洋汚染を直し、二酸化炭素を酸素と炭素に分ける装置も開発して、地球の温暖化を防ぎたい。それが、大切に育ててくれた両親と私を守っている先生への恩返しだと思う。また、その他、地球環境が改善するする装置を開発する会社を設立したい。そこには、ニートやひきこもりになっている人も多く雇いたい。これは、莫大なお金と労力を要するため、今年は製造部門は雇うのを控えて、大量の技術者の卵が行き先を失っている様なので、このような人々も雇いたい。だから、皆さんご協力下さい。

　今、この国は未曾有のピンチで、補償無しの緊急事態宣言で、倒産や解雇が大量発生している。また、コロナの解雇で身を売る女性が増えたことに危惧している。8050といって、80代が50代の引きこもりを抱えて共倒れになりそうである。GHQの占領により、日本人は100社以上まわっても断られるから心が折れる。500万人のニートは、由々しき問題だ。また、私は食事と寝る事しか与えられない入院を３年半続けたが、そのような状態に陥ってコロナ離婚、コロナDVにあっている世界中の人たちも救いたい。

　また、無名の私が本を出すだけでは説得力ないから、先生がコロナも東京五輪延期も

用意してくれたかと思うと、どこまでも先生に守られていると思う。

　また、女性は何千年前から家庭を守るように身体が出来ていて、女性が働くのは、家庭崩壊へとつながる。簡単に離婚を選ぶが、私達二人のような絆で結ばれた方がどれほど素晴らしいかと思う。離婚は子供にも負担をかける。

　また、私は統合失調症（昔の精神分裂病）と一人暮らしと更年期障害を、全て、酢たまねぎや納豆や当帰芍薬散（とうきしゃくやくさん）という漢方薬で乗り切って跳ね返して、無事、出版にこぎつけことに、おなじ精神科に苦しむ皆さんにこういうことも出来ると勇気づけになれば、いいなと思っている。

　また、この本には、今年の夏、皆が出来なかったスイカ割りやビーチバレーなどの、たくさんの日本の風物詩を載せた。それで、皆さんには夏気分を思い出して欲しい。しかし、博多の祭りは中止で、この豆知識は「博多の誇り」から引用している。

　また、私は蠍座産まれで不動宮グループの中でも、最も逆境や困難に強い、最強のガーディアンである。だから、この生まれ持った性格ならば、今、最大級のピンチに陥っている日本を救えると思う。最も、安定と充足を与える星のもとに産れている。

　また、最年少で二冠を達成した藤井聡太王位棋聖の扇子回しは運動脳が活発化し思考を一旦停止させて、また考える力を与える。そのように、私も扇子を回しながら、よく推敲してまとめたが、かなり難解になってしまったから、全部理解できる人はほとんど出ないのかと危惧している。それでもここまで読んで下さった方に感謝したい。

　私はこの国は今、長いデフレと増税で中間層の破壊、貧困層の増加、いじめや自殺、倒産、老前破産などで私のように貧困層から富裕層へと昇りつめることはもう出来ないほど高学歴は高学歴と結婚し、負のスパイラルばかり続くが、欧米化された思考や生活習慣を正せば、精神科の患者やいじめ、自殺、引きこもりやニートや離婚、DVなどこれらの現象は必ず良くなると確信している。

　この本が、今まさに自殺したい気持ちにさい悩まされていたり、いじめで苦しんでいたり、精神科を患って服薬に悩んでいたり、ニートや引きこもりになってやり場のない怒りを抱えていたり、離婚により一人で育てていて苦労したり、DVや虐待を受けて悩んでいる人々の、心の支えになることが出来るほどに仕上がっていることを祈っておわりの言葉にかえさせていただきたいと思う。

令和二年知九月吉日

出塩康代

There is no revenge
So complete as forgiveness.

Josh Billings
(U.S.writer,1817-85)

許すことほど、完璧な復讐はない。

恩師に捧ぐ

出塩康代

私は人魚

発　行　日	2020 年 11 月 15 日　初版第 1 刷発行
著　　　者	出塩康代
編集・デザイン	出塩康代
発　売　元	株式会社 星雲社（共同出版社・流通責任出版社）〒112-0005 東京都文京区水道 1-3-30 TEL03-3868-3275　FAX03-3868-3270
発　行　所	銀河書籍〒590-0965 大阪府堺市堺区南旅篭町東 4-1-1 TEL 072-350-3866　FAX 072-350-3083
印　刷　所	有限会社 ニシダ印刷製本

ISBN 978-4-434-28181-5　C0036
日本音楽著作権協会（出）許諾　第 2008474-001 号